本书系国家社科基金青年项目“《哈姆雷特》汉译专题研究”（项目批准号：13CYY012）结项成果。由安徽师范大学学术著作出版基金资助出版。

《哈姆雷特》百年汉译史研究

吴　颖◎著

安徽师范大学出版社
ANHUI NORMAL UNIVERSITY PRESS
·芜湖·

图书在版编目(CIP)数据

《哈姆雷特》百年汉译史研究 / 吴颖著 .— 芜湖:安徽师范大学出版社,2022.1(2022.8重印)

ISBN 978-7-5676-5012-1

Ⅰ.①哈… Ⅱ.①吴… Ⅲ.①《哈姆雷特》- 汉语 - 文学翻译 - 历史 - 研究 Ⅳ.①I209

中国版本图书馆CIP数据核字(2021)第025979号

《哈姆雷特》百年汉译史研究 吴 颖◎著

《HAMULEITE》BAINIAN HANYI SHI YANJIU

责任编辑:汪碧颖 责任校对:蒋 璐

装帧设计:丁奕奕 责任印制:桑国磊

出版发行:安徽师范大学出版社

芜湖市北京东路1号安徽师范大学赭山校区

网 址:http://www.ahnupress.com/

发 行 部:0553-3883578 5910327 5910310(传真)

印 刷:江苏凤凰数码印务有限公司

版 次:2022年1月第1版

印 次:2022年8月第2次印刷

规 格:700 mm × 1000 mm 1/16

印 张:15.5

字 数:222千字

书 号:ISBN 978-7-5676-5012-1

定 价:56.00元

目　录

第一章　绪　论

1839年，在林则徐组织编译的《四洲志》中出现“沙士比阿”[①]的名字，这是莎士比亚在中国的第一次亮相。从此以后，莎士比亚及其作品在中国的译介从未中断。莎士比亚戏剧作品在中国拥有最广大的读者群，在所有世界名著中莎士比亚戏剧作品的汉译本也最多，其代表作《哈姆雷特》是所有莎剧作品中拥有汉译本最多的作品，最能代表莎士比亚乃至世界名著在中国语境中的接受和传播模式。因此，专门针对《哈姆雷特》汉译的研究具有独特意义。本书以《哈姆雷特》为典型个案，梳理《哈姆雷特》百年汉译史中的诸多译本，重点评述具有代表性的译者和译本。通过考察社会、政治、历史、文化等外部因素与译者自身因素的影响和介入，试图对《哈姆雷特》在中国的接受和传播模式进行全景式描述，勾勒出其发展脉络，总结其翻译规律，深化莎剧翻译批评研究、莎剧汉译史研究。

第一节　《哈姆雷特》中文译本简介及汉译历史分期

《哈姆雷特》百年汉译史中共出现16种译本，本书将百年汉译史分为五个时期，探讨每个时期译本具有的共性特征。译本与历史分期具体介绍如下：

① 林则徐著，张曼评注，《四洲志》，北京：华夏出版社，2002年，第117页。

一、《哈姆雷特》中文译本简介

从1903年第一部改写本出现，至今多达16种译本，成为外国文学汉译史上一道亮丽的风景。具体如下：

（1）1903年，上海达文社出版《澥外奇谭》，译者未署名，原著者署“英国索士比亚”，译自查尔斯·兰姆和玛丽·兰姆对莎士比亚戏剧的改写本《莎士比亚戏剧故事集》，共选译10个故事，《哈姆雷特》是故事之一，取名为“报大仇韩礼德杀叔”。

（2）1904年，上海商务印书馆首版《吟边燕语》，收录于说部丛书第一集第八编，由林纾、魏易合译（以下简称“林纾译本”），原著者署“英兰姆”，同样译自查尔斯·兰姆和玛丽·兰姆对莎士比亚戏剧的改写本《莎士比亚戏剧故事集》，共选译20个故事，《哈姆雷特》是故事之一，取名为“鬼诏”。

（3）1921年，田汉在《少年中国》第2卷第12期上开始连载译作《哈孟雷特》，1922年冬由中华书局以单行本形式出版，标为《莎翁杰作集》第1种。译者在《少年中国》上连载时所写译叙与单行本中的译叙完全不同，这一现象的意义在后文中将予以分析。

（4）1924年，邵挺《天仇记》译本出版，现存版本由商务印书馆1930年出版，收入王云五主编的《万有文库》（第一集），总第855种。关于邵挺译本的初版时间，梁实秋在1932年发表于《图书评论》第1卷第2期《莎翁名著哈姆雷特的两种译本》一文中说：“邵译本不知是何时最初出版，收入在《万有文库》以后我才看见。”[①]而据戈宝权的说法，出版时间是1924年，本书采用的是商务印书馆1930年版本。

（5）1936年，上海商务印书馆出版《丹麦王子哈姆雷特之悲剧》，译述者梁实秋，由中华教育文化基金会提供赞助。1965年，梁实秋译《莎士比亚戏剧20种》，由台湾文星书店出版。1967年，梁实秋终于完

① 梁实秋，《莎翁名著哈姆雷特的两种译本》，《图书评论》，1932年第1卷第2期，第61页。

成莎士比亚37部剧的翻译，由台湾远东图书公司分37册出版《莎士比亚全集》，1968年全集40册出齐。

（6）1938年，上海启明书局出版周平译本《哈梦雷特》，封面注为“足本莎翁杰作集”，周平译，扉页注为“周荘萍译”。正文前附有两幅插图：一幅为莎士比亚画像，另一幅为依利莎白演剧院的内景。此外，译者摘录郑振铎编《文学大纲》“关于莎士比亚”的介绍，并在“序”中交代了原著创作年代、版本、译者参考的版本、翻译策略等。

（7）1944年，曹未风于1935年至1944年翻译的11种莎剧由贵阳文通书局出版《莎士比亚戏剧全集》。1946年，上海文化合作股份有限公司出版《莎士比亚全集》，印2000册，署名方式是“译者、版权所有人、发行人曹未风”。

（8）1947年，上海世界书局分三辑出版朱生豪译本，共27部剧本，《哈姆莱特》属于第二辑第二种。人民文学出版社于1954年获得朱生豪译本版权，以北京作家出版社的名义出版，书名为《莎士比亚戏剧集》（共12册）。

（9）1956年，卞之琳译本《哈姆雷特》由人民文学出版社出版。1988年，作为“外国文学名著丛书”，人民文学出版社出版《莎士比亚悲剧四种》，即《哈姆雷特》《奥赛罗》《李亚王》《麦克白斯》。较之首版，卞之琳者对1988年出版的《哈姆雷特》译本进行了较多修改。

（10）1982年，中国戏剧出版社出版林同济译本《哈姆雷特》。该译本完成于20世纪70年代后期，在译者去世后第二年得以出版。译本附有“例言”，交代了所依据的原著版本、译者所采用的翻译策略等。

（11）1991年，孙大雨译本《罕秣莱德》由上海译文出版社出版，距他译完该译本已经长达27年之久。译本附有长达16页的“译序”，详细交代了原著的故事来源、演出情况等，同时译者还介绍了其艰辛的翻译和出版历程。

（12）2000年，河北教育出版社出版方平译本《新莎士比亚全集》。译者在《哈姆雷特》译本“前言”中对原剧进行解读，尤其是对主人公哈姆雷特的性格、复仇行为进行了现代主义解读。

（13）2003年，中国少年儿童出版社出版北塔译本《哈姆雷特》，译本被列为教育部教学大纲推荐书目，预期读者对象为中小学学生。

（14）2012年，上海外语教育出版社出版王宏印译本《哈姆雷特》。译本附有长达26页的“译者序言”，包括译者对莎士比亚戏剧的重新解读、对《哈姆雷特》现有译本的评价和译者自己的翻译原则、翻译策略等。

（15）2013年，清华大学出版社出版黄国彬译注本《解读〈哈姆雷特〉——莎士比亚原著汉译及详注》（上、下册）。全书600多页，是所有《哈姆雷特》汉译本最厚的，其中有长达17页“译本序言”和长达117页的“译本前言”，正文中注释有2800多条。

（16）2015年，外语教学与研究出版社出版由辜正坤等主编的《莎士比亚全集·英汉双语本》，其中《哈姆雷特》由辜正坤翻译。该全集依据的版本是2007年新修订的英国皇家版《莎士比亚全集》。

莎士比亚及其作品在进入中国人视野之前早已在世界文坛确立了文学经典地位。然而《哈姆雷特》的中国之旅却并非一帆风顺，而是几经沉浮，甚至一度遭到否定。简言之，百年来中国对《哈姆雷特》的译介经历了一个由浅入深、由表及里逐步深入的过程。

二、《哈姆雷特》汉译历史分期

中国莎学家孟宪强将莎学在中国汉译的历史分为六个时期[①]：发轫期（1856—1920）、探索期（1921—1936）、苦斗期（1936—1948）、繁荣期（1949—1965）、崛起期（1978—1988）和过渡期（1989年至今）。这种分期的主要依据是莎士比亚在中国的教学和研究状况。另有学者在孟宪强的基础上，根据译文文体的演变，也将《哈姆雷特》的汉译历史分为六个时期[②]：发轫期（1903—1921）、探索期（1922—1936）、苦斗

① 孟宪强，《中国莎学简史》，长春：东北师范大学出版社，1994年，第2—67页。

② 金静、朱建平，《〈哈姆雷特〉在中国的百年译介述评》，《中国翻译》，2016年第5期，第43页。

期（1937—1947）、沉寂期（1948—1981）、崛起期（1982—1999）和繁荣期（2000年至今）。历史时段的划分具有一定的主观性，与作者研究的具体操作方式也密切相关。为了便于描述和研究，本书依据翻译目的、译者身份、翻译策略和译本形式等因素，将《哈姆雷特》的汉译历史分为五个时期：发端期（1839—1904）、发展期（1905—1930）、兴盛期（1931—1948）、繁荣期（1949—1977）、高潮期（1978年至今）。发端期包含《澥外奇谭》和林纾译本，发展期包含田汉和邵挺译本，兴盛期包含梁实秋、周平、曹未风和朱生豪等的四种译本，繁荣期包含卞之琳、孙大雨和林同济等的三种译本，高潮期则包含方平、王宏印、黄国彬和辜正坤等的四种学术型译本和北塔的通俗型译本。这五个时期各自所包含的译本在翻译目的、译者身份、翻译策略和译本形式等四个方面都呈现出基本相同的特征。本书对每个时期的《哈姆雷特》汉译现象进行考察，提炼各个时期的共同特征及例外现象，对其进行描述，并分析成因。本书以莎士比亚最重要的代表作《哈姆雷特》为典型个案，通过描述其在中国的译介过程，以期揭示莎士比亚及其作品在中国的接受和传播规律、经典化之路。本书认为这个过程同时也是莎士比亚作品中国化的过程，对《哈姆雷特》汉译过程中的诸多影响和制约因素的考察有助于反思中国典籍的外译之道。

第二节　《哈姆雷特》汉译研究概况

一、《哈姆雷特》汉译研究综述

相对于《哈姆雷特》汉译的巨大成就，相关的翻译研究成果明显不足。国内对《哈姆雷特》译本的研究早期多散见于莎剧翻译研究之中，包含译者的简介、翻译经验谈、语言风格研究等，后来逐步发展到对

《哈姆雷特》译本的独立研究，以上大略可分为四个阶段：

（1）1903—1949年：《哈姆雷特》汉译研究主要停留在笼统、感性的评价上。此类研究多见于译本的“序”或“后记”中。早期《澥外奇谭》的译者和林纾等在“序言”中交代了莎剧翻译的原因、翻译手法和翻译目的。如顾燮光在《译书经眼录》中对林纾译本进行了评价，赞其译笔“复雅驯隽畅，遂觉豁人心目”[①]。此外没有针对《哈姆雷特》译本的专门研究。《哈姆雷特》单行本出现后，译者多在“序言”中交代其翻译缘由、翻译方法、翻译困难等，但也多为经验之谈，过于笼统。20世纪20年代的翻译评论多为散论，论者为普通读者，他们对照原文，并从译文中找出几处误译或漏译，从原著的视角提出批评。20世纪30年代的翻译评论者有较大进步，他们对莎剧及莎剧翻译都有较深入的认识，如邢光祖在《论翻译莎士比亚》一文中对梁实秋译文进行评价时，认为理想的莎剧翻译是要将莎士比亚的内在的神韵传达出来，进而提出莎剧翻译要达到三个层次：意似、神似、形似，这一见地很深。20世纪40年代，宋清如发文详述朱生豪译莎的艰难历程及成就。此阶段没有形成针对《哈姆雷特》译本的独立研究。

（2）1950—1977年：《哈姆雷特》汉译研究取得较大进步。几部重要译本的出现引起了莎剧研究者的关注，“文革”前共发表莎士比亚翻译研究论文13篇，其中有关《哈姆雷特》的汉译研究主要针对各种译本，从语言特色、修辞、艺术风格等方面展开。顾绶昌于1951年至1952年在《翻译通报》上连发3篇论文，批评梁实秋译文通顺但无诗意，认为朱生豪译文有意漏译、过度诠释原著，而曹未风译文“做得最潦草”[②]，文笔生硬、错误最多。他高度赞扬了孙大雨的诗体译本。1959年曹未风发表“翻译莎士比亚札记”系列论文，从文本层面探讨自己译莎的得与失。同时莎学界开始总结莎士比亚在中国的接受历史，出

① 顾燮光，《译书经眼录》，阿英编，《晚清文学丛钞·小说戏曲研究卷》，上海：中华书局，1960年，第539页。

② 顾绶昌，《评莎剧〈哈姆雷特〉的三种译本》，《翻译通报》，1951年第3卷第5期，第54页。

现3篇重要文章[①]，全面评述了自林纾至20世纪50年代莎士比亚戏剧的汉译情况，其中主要是《哈姆雷特》的汉译。“文革”期间，《哈姆雷特》汉译研究几乎中断。

（3）1978—2000年：此阶段《哈姆雷特》汉译研究取得巨大成就。两种全集及各种单行本的出现催生了莎士比亚研究和翻译研究的高潮。《哈姆雷特》汉译研究形式有两种：一种是片段式，即包含在莎士比亚研究专著之中，以篇章或段落形式出现；另一种是《哈姆雷特》汉译的专门研究。此阶段出版了十多种专著[②]、中国莎士比亚研究会所编刊物《莎士比亚研究》和论文数十篇。有关《哈姆雷特》汉译研究主要涉及语言、文体、译者风格、汉译历史总结等，其中香港中文大学出版社1981年出版的周兆祥的《汉译〈哈姆雷特〉研究》，利用“等效论”对已有的6个重要译本进行研究，内容详实，论证周密，具有很高的学术价值。此外，20世纪90年代出版的孟宪强的《中国莎士比亚评论》和《中国莎学简史》是莎学研究的两部力作。《中国莎学简史》一书首次对中国莎学研究进行分期，详细探讨了莎剧的汉译历程，并附有各种译本和重要译者的简介及莎士比亚研究论文文献目录，资料详实，评述得当，是中国莎学的“百科全书”，对后来的研究者具有重要的参考价值。此阶段《哈姆雷特》汉译研究的论文多为译本评价，以原著为中心，从语言、修辞、文化意象等层面，对译本进行“正误”判断，内容更具体，但较零散、缺乏系统性，尤其缺乏对译者的深入研究。

① 曹未风，《莎士比亚在中国——纪念莎士比亚诞生三百九十周年》，《文艺月报》，1954年4月号；戈宝权，《莎士比亚的作品在中国（翻译文学史话）》，《世界文学》，1964年第5期；戈宝权，《谈我国最早翻译的莎士比亚作品》，《光明日报》，1964年4月23日。

② 代表作有：贺翔麟等，《莎士比亚研究文集》，西安：陕西人民出版社，1982年；中国莎士比亚研究会，《莎士比亚研究》（创刊号、2、3、4集），杭州：浙江人民出版社，1983年至1986年；陆谷孙，《莎士比亚专辑》，上海：复旦大学出版社，1984年；张泗洋、徐斌、张晓阳，《莎士比亚引论》（上、下），北京：中国戏剧出版社，1989年；卞之琳，《莎士比亚悲剧论痕》，北京：生活·读书·新知三联书店，1989年；涂淦和，《简明莎士比亚辞典》，北京：农村读物出版社，1990年；王佐良，《莎士比亚绪论——兼及中国莎学》，重庆：重庆出版社，1991年；孟宪强，《中国莎士比亚评论》，长春：吉林教育出版社，1991年；孟宪强，《中国莎学简史》，长春：东北师范大学出版社，1994年。

（4）2001年至今：《哈姆雷特》汉译研究呈现多元化趋势，出现对译者的专门研究。研究者运用西方各种文学批评、文化批评、翻译学和语言学理论对译本和译者展开全方位研究，如布迪厄惯习理论、多元系统理论、隐喻、文化语境、翻译美学、期待视域等①。其中，奚永吉②基于翻译比较美学理论，以“趣”贯串全文，从译者、语言、修辞、诗体形式等诸方面深入分析了各种译本的得失。胡开宝③用语料库方法对不同译本进行分析，开了《哈姆雷特》汉译科学量化研究的先河。针对译者的专门研究，包含林纾、卞之琳、梁实秋和朱生豪等译者，主要集中在梁实秋和朱生豪两位译者，出现了多部专著④。这些专著详尽深入地探讨了译者的翻译思想、翻译策略等；日本的樽本照雄在《林纾冤案事件簿》中探索了林纾翻译的莎士比亚历史剧底本，澄清了中国学界对林纾莎士比亚翻译的许多误解。同时，此阶段还出现了与莎士比亚翻译有关的硕、博士论文106篇，其中，以《哈姆雷特》汉译为研究对象的硕士论文共4篇⑤；以莎士比亚戏剧翻译为研究对象，包含《哈姆雷特》

---

① 如吴翠萍、闫曼曼，《布迪厄惯习理论视角下莎士比亚戏剧汉译本中译者主体性的体现——以〈哈姆雷特〉译本为例》，《科教文汇》，2018年第11期；谢世坚、赵洁，《多元系统理论视角下〈哈姆雷特〉的汉译——历史文化语境下〈哈姆雷特〉四种译本对比》，《宜春学院学报》，2018年第10期；李其金，《翻译美学观照下的莎剧赏析与汉译——以〈哈姆雷特〉为例》，《复旦外国语言文学论丛》，2018年春季号；吕倩，《〈哈姆雷特〉译本视域与融合对比》，《现代语文》，2018年第5期；赵彦、应高峰，《从等效翻译理论角度看朱生豪〈哈姆雷特〉隐喻汉译》，《安徽文学》，2018年第2期。

② 奚永吉，《莎士比亚翻译比较美学》，上海：上海外语教育出版社，2007年。

③ 胡开宝、朱一凡，《基于语料库的莎剧〈哈姆雷特〉汉译文本中显化现象及其动因研究》，《外语研究》，2008年第2期。

④ 如严晓江，《梁实秋中庸翻译观研究》，上海：上海译文出版社，2008年；李伟昉，《梁实秋莎评研究》，北京：商务印书馆，2011年；朱安博等，《朱生豪的文学翻译研究》，北京：国防工业出版社，2014年；段自力，《朱生豪莎剧翻译经典化研究》，杭州：浙江大学出版社，2015年；[日]樽本照雄著，李艳丽译，《林纾冤案事件簿》，北京：商务印书馆，2018年。

⑤ 石丽云，《从图里的翻译规范论看莎士比亚〈哈姆雷特〉的三个中译本》，广西师范大学，硕士论文，2006年；金艳，《从文学文体学分析莎剧〈哈姆雷特〉的汉译》，四川大学，硕士论文，2006年；蒋恬恬，《从语义和交际翻译理论评朱生豪译〈哈姆雷特〉》，浙江工商大学，硕士论文，2007年；赵宏姣，《〈哈姆雷特〉在中国的旅行》，四川外语学院，硕士论文，2011年。

汉译的论文共49篇，其中出现了对卞之琳和孙大雨的专门研究①。此阶段研究更深入、更科学，但是缺乏系统性，对译本、译者研究的范围较窄，且多为微观研究，缺少宏观层面的考察。

在目前已有的《哈姆雷特》汉译研究中，将历史因素纳入考察范围的论著较少，有6种②。其中4篇文章对《哈姆雷特》的多种汉译本和译者进行评价分析，探索汉译过程的发展变化。赵宏姣在硕士论文中梳理了《哈姆雷特》汉译从20世纪初到中华人民共和国成立后的历程，但涉及的译者有限。黄诗芸在专著《莎士比亚的中国旅行：从晚清到21世纪》中涉及林纾的改写与老舍对《哈姆雷特》的戏仿及《哈姆雷特》的演出情况。这些研究在方法上有突破性，但是与历史的结合不够，对译与介的相互影响关系研究不足，研究覆盖的译者不全。

综上所述，《哈姆雷特》汉译研究的趋势是从粗到细、从感性到理性、从稚嫩到日趋成熟。然而这些研究只关注某个译者或者几种译本的对比研究，以原著为中心对译本进行"正误"判断或评价。这种共时性评价研究把译文置于真空状态，无法解释《哈姆雷特》汉译过程中出现的大量由社会历史因素影响而产生的现象，也无法揭示《哈姆雷特》在中国的接受机制。对于在不同历史时期产生的不同译本，尤其是较远时代产生的译本，用当下流行的翻译标准进行评价，决定其优劣是不适宜的，无法揭示其时代价值。同时已有研究过于集中在梁实秋、朱生豪和卞之琳三大家身上，忽略了诸如田汉等这类在莎剧翻译史上曾经扮演过重要角色的翻译家。

---

① 肖曼琼,《翻译家卞之琳研究》,湖南师范大学,博士论文,2010年;姚鸽,《孙大雨英诗汉译研究》,杭州师范大学,硕士论文,2011年。

② 北塔,《〈哈姆雷特〉剧本的汉译》,《南阳师范学院学报》(社会科学版),2004年第8期;北塔,《论〈哈姆雷特〉剧本的汉译》,《英语研究》,2008年第3期;赵宏姣,《〈哈姆雷特〉在中国的旅行》,四川外语学院,硕士论文,2011年;王瑞,《〈哈姆雷特〉百年汉译形式演化》,《山东外语教学》,2015年第5期;金静、朱建平,《〈哈姆雷特〉在中国的百年译介述评》,《中国翻译》,2016年第5期;[美]黄诗芸著,孙艳娜、张晔译,《莎士比亚的中国旅行:从晚清到21世纪》,上海:华东师范大学出版社,2017年。

二、《哈姆雷特》汉译研究目的与意义

本书旨在对《哈姆雷特》百年汉译史进行专题研究，依据翻译目的、译者身份、译本形式等因素将所有译本进行分期归类，探讨每个历史时期《哈姆雷特》汉译的共性特征，并重点研究《哈姆雷特》汉译史上有代表性的几位译者，试图回答以下问题：为什么选译这部作品？译者是谁？他们如何翻译作品？其翻译过程受到了哪些因素的制约？译者如何抉择？目标读者是谁？译本的社会效果如何？通过回答这些问题，本书回到不同的历史现场，试图勾勒出《哈姆雷特》在中国百年之旅的全貌，探讨翻译活动与社会、政治、历史、文化等诸多因素之间的互动关系，同时也考察莎士比亚研究与翻译活动之间的影响关系，总结提炼《哈姆雷特》在中国传播和接受的发展脉络，以深化对翻译活动规律的认知。具体意义如下：

（1）本书是《哈姆雷特》百年汉译史的专题研究，试图突破前人阶段性、片段式、单一化的研究，走向系统性和完整性研究，以全面地勾勒《哈姆雷特》百年汉译的史实、特征和发展概貌，对莎剧翻译史、莎剧翻译批评等均有较高的学术参考价值和学术推动作用，也为个人未来的学术发展打下了坚实的文献基础和研究基础。

（2）本书既对《哈姆雷特》汉译的元文本、副文本、超文本等进行宏观考察，又能做到文本细读、译本细读；既系统地考察百年汉译的文化大图景，又试图剖析典型个案，有助于从宏观和微观两个方面总结出有代表性的莎剧翻译观、翻译策略、理想的莎剧汉译者身份等。

（3）本书结合各个历史时期的社会政治思潮、文化思潮、文学思潮，将典型译本置于历史语境中进行描述，取代以当下某一翻译标准对译文进行“正误”判断，有助于更好地认识译者的翻译心理及翻译得失，揭示其译本所具有的时代价值和历史意义。

（4）本书以《哈姆雷特》为典型个案，考察世界名著在中国的接受

历程，总结原著中国形象塑造中的各种合力，探索典型译本的经典化传播手段，有助于反观中国文学经典的外译之道，具有现实意义和实践价值。

三、《哈姆雷特》汉译研究理论框架

一个作家、一部作品在异语文化中的形象是由各种改写形式塑造的，包括翻译、介绍、评价、研究，也包括电影、电视剧的改编等，具体反映在译作、译作序跋、教材、期刊论文、学位论文、报刊等材料中。因此，当一个普通读者（非专业读者）说自己“读”了一本书，他们其实指的是“他们脑海里对这本书所形成的构想”[①]，而这种构想可能是基于译本，也可能是基于这本书某一节选片段，比如他们在学校中所读的文学史片段，或者教学参考书对这本书的分析评价，当然也可能是报纸、杂志、学术论文中的批评等。这些不同形式的改写共同参与塑造了作品在异语文化中的形象，成就了作品在异语文化中的“接受和生存”[②]。

勒弗维尔提出“改写”概念，以概括文学作品的传播和流传方式。他认为：“改写者创造了一个作者、一部作品、一个时期、一种体裁，甚至有时是一个国家文学的形象。这些形象和文学实体同时存在，他们似乎总是比文学实体更可能被更多的人接触到，现在尤其如此。”[③]因此，对改写的研究非常重要。他提出了几个致力于改写研究的人要考察的问题：是谁在改写，为什么要改写，在什么背景下改写，为了谁而改写等。而“那些导致文学作品被接受或拒绝，经典化或非经典化的过

① André Lefevere, Translation, Rewriting and the Manipulation of Literary Fame. Shanghai: Shanghai Foreign Language Education Press, 2004:6.

② André Lefevere, Translation, Rewriting and the Manipulation of Literary Fame. Shanghai: Shanghai Foreign Language Education Press, 2004:1.

③ André Lefevere, Translation, Rewriting and the Manipulation of Literary Fame. Shanghai: Shanghai Foreign Language Education Press, 2004:5.

程，其实是由非常具体的因素所掌控，这些因素很容易分辨”[①]。在寻找这些问题答案的过程中，就能发现一部作品被接受或拒绝的具体方式和影响因素，从而对作品的接受历史进行描述和解释。

为了便于理解和研究这些“非常具体的”决定因素，勒弗维尔借用了俄国形式主义关于系统的理论。一个社会或一个文化是一个大的系统，文学系统是构成这个大系统的诸多子系统中的一个。文学与其他子系统之间相互影响，而这种影响关系是由两种因素控制的：一种是来自文学系统内部的力量，即诗学形态，体现在“专业人士”身上。“专业人士”指的是“文学批评家、评论家、教师和译者”[②]。另一种控制因素来自文学系统外部，即意识形态，通过赞助机构实现，它可以决定一部文学作品的阅读、创作和改写。赞助机构“可以是个体、一个群体、宗教团体、政党、社会阶层、皇室、出版商、大众媒体（如报纸、杂志）等”[③]。赞助机构从三个层面对文学系统实行控制：政治、经济和社会地位。通过系统概念，可以把影响文学系统的诸多因素如社会、政治、历史、文化等纳入考察范围，探求文学作品在异语文化中的接受状况和成因。

本书从“改写”角度切入，考察《哈姆雷特》汉译过程中社会、政治、历史、文化等诸多因素对译本形成和接受的影响，并结合各个时期《哈姆雷特》的研究状况，分析和总结这些因素合力塑造的《哈姆雷特》在中国的作品形象。本书还运用戏剧文体学、文化理论、读者接受等理论对典型译者和译本进行分析研究，描写和评述译者风格、译文特色、翻译策略及其成因。

① André Lefevere, Translation, Rewriting and the Manipulation of Literary Fame. Shanghai: Shanghai Foreign Language Education Press, 2004:2.

② André Lefevere, Translation, Rewriting and the Manipulation of Literary Fame. Shanghai: Shanghai Foreign Language Education Press, 2004:14.

③ André Lefevere, Translation, Rewriting and the Manipulation of Literary Fame. Shanghai: Shanghai Foreign Language Education Press, 2004:15.

四、《哈姆雷特》汉译研究方法

本书采用内部与外部、微观与宏观、共时和历时相结合的思路，把译本置于其产生的历史语境中，考察该时期各种社会、政治、历史、文化等因素的影响，同时也对历时现象进行梳理、描述，试图发现其中的发展脉络，并解释其成因。采用的主要方法包括：(1) 文献分析法：从《哈姆雷特》外部系统的元文本、副文本等入手，大量研读不同历史时期的社会史、政治思潮史、文化史及文学思潮史等，探讨社会历史文化背景对《哈姆雷特》汉译活动产生的影响，旨在梳理《哈姆雷特》汉译的发展脉络；(2) 对比描写法：通过译本细读与对比，对有代表性的译本进行具体描写、归纳和分析，并结合各时期译者传记、作品集等，提炼典型译者的翻译思想、译文特色；(3) 理论抽象法：在描写的基础上，提出较为理想的莎剧翻译策略和理想的译者身份，从而为莎剧重译作理论上的铺垫，提高新时期莎剧新译本的水平，同时也为中国戏剧及典籍的外译提供参照，促进中西文学的交流；(4) 理论阐释法：综合改写论、多元系统论、翻译规范论、文化理论、接受美学等，对《哈姆雷特》进行跨学科、多视角的理论解读，揭示《哈姆雷特》百年汉译的发展规律。

第三节 《哈姆雷特》汉译研究的基本观点与主要内容

一、《哈姆雷特》汉译研究的基本观点

《哈姆雷特》在中国跌宕起伏的汉译变迁是中国百年社会历史文化变迁的见证，也是莎剧翻译从稚嫩走向成熟的见证。受到不同时期的社

会历史背景及文学思潮、翻译规范等影响，《哈姆雷特》汉译呈现出不同的文本形式：故事、散文剧和诗剧。

《哈姆雷特》汉译与中国对莎剧原著的研究水平相互促进、相互影响。学界对莎剧原著的认识不断深化，从故事情节到人物刻画、主题内涵、语言艺术，最后到表演艺术，莎剧翻译呈现出与其他文学翻译完全不同的追求：从意似、神似、形似，进而到原著舞台演出效果的再现。莎剧汉译的理想译者身份是兼诗人、剧作家及莎学研究者为一体的学者型译者。

《哈姆雷特》翻译策略的变化体现了译者们文化心态的变化，是中国文化地位百年变迁的象征。晚清时期，译者从中国传统文化出发改写原文；而五四时期，译者忠实传达原著，学习西方文学手法，丰富新生的中国白话；20世纪30年代至40年代，译者翻译莎剧，希冀从语言、文学艺术层面救济缓慢发展的诗坛、剧坛；中华人民共和国成立后，译者从白话文中寻找格律，力图再现英诗格律，希望引进诗剧形式，填补中国文坛空白；21世纪，译者重回传统，从中国传统曲词和民歌中寻找资源，会通英诗格律。从以中观西、以西补中，到以中通西，正是中国文化发展历程的写照。

二、《哈姆雷特》汉译研究的主要内容

第一章，绪论。简要介绍《哈姆雷特》中文译本、百年汉译史的历史分期，并在评述相关研究现状的基础上提出本书的研究目的与意义、研究视角与框架、基本观点、主要内容等。

第二章，《哈姆雷特》汉译的发端期（1839—1904）。首先分析《哈姆雷特》汉译姗姗来迟的原因。晚清时期，文学扮演着工具或手段的角色，翻译活动以救亡图存为目的，《哈姆雷特》无法满足时代的需要，被束之高阁。中国对莎士比亚的认识仅限于他的“词人”身份，晚清诗坛力图打破旧诗格律，戏剧界在系统内部进行嬗变，《哈姆雷特》作为

诗剧找不到生存空间。直到20世纪初，上海达文社出版的《澥外奇谭》和林纾译本问世，两位译者基于中国传统文化对原著进行改写，包括文本和文化两个层面。《澥外奇谭》重在猎奇，新意不够，读者反应平平。林纾因其译笔古朴备受文界欣赏，而他改变原著叙述方式，添加细节营造画面感，则使其译本受到青年读者的追捧。

第三章，《哈姆雷特》汉译的发展期（1905—1930）。五四时期，翻译外国文学的目的是要学习外国的文学方法，用西方语言来丰富补充处于萌芽期的白话文，最终创造中国自己的白话文学，因此，学界更注重对原著形式和写作手法的传译。出于丰富白话文的需求，学界明确提倡使用白话散文体翻译外国名剧，大胆采用欧化国语。译者对原著的态度是虔诚的，促生了首个全译本。田汉借译本抒发悲愤之情，其译本重在表达情感，充满了谴责、讥讽和嘲弄，戏剧张力大，戏剧家的身份使其译本重在展现“戏剧性特征”。邵挺译本则重在关注原著的写作手法和传递西方文化，使用大量注释作为文化补偿手段。两种译本在《哈姆雷特》汉译史上都具有里程碑式的意义：田汉译本是《哈姆雷特》在中国的第一个以戏剧形式出现的全译本，邵挺《天仇记》译本则是第一个文言注释译本。由于莎士比亚作为古典作家被冷落，田汉译本接受情况不佳，而邵挺的文言译本与提倡白话文的时代风尚相违，更受冷落。

第四章，《哈姆雷特》汉译的兴盛期（1931—1948）。日本坪内逍遥莎剧全集译本的出现使得《哈姆雷特》的汉译成为一项事关民族尊严的政治任务；而文学上，从语言和文学艺术层面对中国文坛也有裨益。莎士比亚研究与翻译的互动关系明显，译者将莎剧研究成果直接用于翻译之中；在翻译过程中，译者加深对原著的了解，形成了自己的莎学观念，丰富了中国的莎剧研究。同时赞助人因素对此阶段翻译活动产生重大影响，使译本呈现出不同的面貌：由中华教育文化基金会赞助的梁实秋译本求“意似”，以忠实原著内容为主，采用散文形式，带有大量注释。由上海世界书局赞助的朱生豪译本则以普通读者为目标，求“神似”，注重语言明白晓畅，重神韵传达。两位译者发挥各自优势，梁实秋作为文学批评家，擅长散文和杂文，重考证；朱生豪擅长写诗，其译本注重传达原著诗意。梁实秋译本在大陆学术圈中流传至今，朱生豪译本同时还入选大学、中学教材及各类外国文学史、作品选集，拥有最广泛的读者群。周平译本未能超越前人，几乎没有引起学界反应，曹未风译本尝试使用诗体翻译《哈姆雷特》，是散文译莎到诗体译莎的过渡期代表作，获得的关注较多。

第五章，《哈姆雷特》汉译的繁荣期（1949—1977）。此阶段《哈姆雷特》汉译出现高度政治化态势，赞助人所代表的意识形态与主流诗学观念完全统一。国家作为《哈姆雷特》汉译的唯一赞助人对翻译目的、翻译对象及翻译选材做出规定。马克思主义文艺观成为莎士比亚研究和翻译的主要视角，莎学研究的高潮促进了《哈姆雷特》汉译质量的提高。译者开始尝试以诗剧译莎：卞之琳和孙大雨以“形似”为目标，发挥自己诗人的优势，借鉴西方诗歌格律形式，从白话文中找寻格律，尝试用诗体译《哈姆雷特》。卞之琳重译文可读性，采用现代口语，语言通俗易懂、自然流畅；孙大雨以白话文的“音组”代替英诗“音步”，他的译文以高级知识分子为阅读对象，从生活化的口语中创造文学语言，但稍显晦涩生硬；林同济提倡用现代口语译诗，并提出在白话格律中使用韵脚散押法来再现英诗的节奏感。三位译者都以原著为中心，试图从白话文中创造格律以再现原著格律，其译本多在学术圈内传播，在普通读者群中接受度不高。

第六章，《哈姆雷特》汉译的高潮期（1978年至今）。专业读者和非专业读者的两级分化，使得《哈姆雷特》的汉译出现学术型译本和通俗型译本。王宏印和辜正坤以中国文化为出发点，利用汉语优势，前者从地方民歌中寻找资源，后者继承并超越林同济，从中国古代词曲体中找灵感，大胆突破英诗五音步格律形式，以中通西，用汉语押韵音美通原著格律节奏之美。黄国彬译本是“厚译”的典型代表，体现出很高的学术价值。方平、黄国彬和辜正坤译本都体现了译者对原著舞台表演艺术的重视。四种学术型译本均以专业读者为阅读对象，主要在学术圈内流传。以中小学生为预期读者的北塔通俗型译本则采用当代简洁生动的口语和简明实用的注释，并在外观和装帧上吸引年轻读者。

第七章，《哈姆雷特》汉译的总结与反思。通过全景式描述研究，分析提炼《哈姆雷特》汉译的发展脉络：译文形式从改编故事本、散文剧到诗剧，译者追求从意似、神似、形似到舞台表演艺术的再现。反思出版机构在《哈姆雷特》中国传播中的作用以及莎剧研究与翻译的良性互动关系，基于此，对中国典籍外译提出建议：加强与国外大型出版社的合作；在国际期刊发表与译作相关的研究论文；针对不同读者群，推出不同风格的译本。

第二章 《哈姆雷特》汉译的发端期(1839—1904)

1839年至1904年是莎士比亚作品在中国译介的开端。1839年莎士比亚的名字被介绍给国人，但其作品60余年以后才翻译到中国，本章首先分析莎剧翻译姗姗来迟的深层原因。1903年和1904年出现了莎士比亚戏剧作品的两种译本：1903年上海达文社出版的《澥外奇谭》[①]，译者未署名，原著者署“英国索士比亚”。1904年7月，上海商务印书馆首版《吟边燕语》，说部丛书第一集第八编，由林纾、魏易合译，原著者署“英兰姆”。在这两种译本中，《哈姆雷特》均作为其中一个故事出现。两种译本呈现的共同特征是：首先，两者都是依据兰姆姐弟对莎士比亚戏剧本的改写《莎士比亚戏剧故事集》所译，都以小说故事的形式出现，不是莎士比亚戏剧作品本身的译介。其次，两者对莎士比亚及其作品都没有专门研究，其译本也没有对莎士比亚生平或其作品进行详细介绍。再次，出于相同的翻译目的和对目标读者群体的考虑，两种译本都对原著进行了不同程度的改写。最后，两种译本所取得的社会效果出现较大差异，林纾译本被社会广泛接受，林纾本人也因此获得“小说界泰斗”的美誉。相较之下，《澥外奇谭》的反应平平。以上特征在目前的研究中缺乏对比分析，本章重点讨论两种译本出现的成因，以及原著在异语环境中发生的变形，同时探讨两种译本不同命运背后折射出的

① 据阿英《晚清戏曲小说目》记载，在晚清小说目“翻译之部”中记录的书名为《海外奇谈》，原作者为“英莎士比亚”。见阿英编，《晚清戏曲小说目》，上海：上海文艺联合出版社，1954年，第138页。

晚清翻译理念。

第一节 《哈姆雷特》汉译与晚清中国社会

1839年，“Shakespeare”首次以“沙士比阿”的译名进入中国人的视野①。林则徐为了解西方情况，大量翻译西方著作，组织人手将英人慕瑞的《世界地理大全》译成《四洲志》，第二十八卷“英吉利国”部分提到了“沙士比阿”和弥尔顿，称他们“工诗文，富著述”②。莎士比亚作品自问世以来，历经二百余年，早已在英国，乃至整个欧洲文坛奠定了经典地位，可以说，莎士比亚最初即以经典作家的身份被中国读者了解和认识的。然而，在急于了解西方、效法西方的形势之下，莎士比亚的作品却迟迟没有得到译介，不为国人所知。直到1903年，莎翁作品才以故事的方式被中国读者阅读。这种延迟有着深层次的原因，本节试图从文学系统内外寻找答案。

一、《哈姆雷特》汉译姗姗来迟的社会根源

“翻译不是在真空中进行的”③，它处于社会系统中，受到文学系统外的诸多因素的影响，同时也能起到对该时期文学传统的颠覆和对文化、文学进程的推动作用。“翻译历来属于上层建筑，其传输内容和方式无不与政治意图相关联。”④具体来说，翻译政治性一方面决定了翻译

① 中国学界对莎士比亚之名被介绍到中国的最早时间，基本已达共识：“据学者考证，中国最早提到莎士比亚的文字资料是林则徐组织辑译的《四洲志》。”（见谢天振、查明建，《中国现代翻译文学史（1898—1949）》，上海：上海外语教育出版社，2004年，第269页。）原文见林则徐著，张曼评注，《四洲志》，北京：华夏出版社，2002年，第117页。

② 邹振环，《译林旧踪》，南昌：江西教育出版社，2000年，第195页。

③ André Lefevere, Translation / History / Culture: A Sourcebook. London and New York: Routledge, 1992: 14.

④ 谢旭升，《翻译的政治性与有效性》，《翻译界》，2018年第2期，第1页。

的选材，即选择翻译的文本要满足译入语社会的时代需求，另一方面也意味着译者对文本要进行某种程度的改写，迎合译入语社会意识形态和文化价值观，以便被译入语社会接受，从而达到传播的目的。考察莎剧迟迟未被译介到中国的原因，首先要分析1840年以后的中国社会。晚清七十年是动荡不安、各种社会政治思潮迭起的时期，也是国人救亡图存、大力仿效西方的时期。其显著特点是“多半跟随重大史事爆发而有立即的思潮反映”[①]，而国人多非主动系统地介绍西方知识，“历史事件反而扮演着起动的媒介”[②]。举世震惊的历史事件发生了至少十起，每次重大事件发生之后，就会有一场社会变革，涌现新的社会思潮。而伴随着这些社会思潮的就是一次次翻译西方著作的高潮。然而文学翻译，尤其是莎剧翻译却始终与国人无缘，《哈姆雷特》当然也是如此。

1840年至1860年，国人把救亡图存的希望寄托于坚船利炮，文学翻译自然进入不了时代需求的视野。1840年，鸦片战争的惨败惊醒了沉睡百年的国人。很多热爱祖国的有志之士开始谋求拯救民族危亡之道。他们从俄国、日本的富强之路中得到启示：要救国，唯有仿效西方。如何仿效，是摆在国人面前的迫切问题。国人认为两次鸦片战争惨败的原因是武器不如西人，没有坚船利炮，因此应该学习西方的科学技术。一方面引进先进机器设备等，另一方面培养人才，尤其是翻译人才，大量翻译格致、化学、制造等方面的西方科学著作。以学习“格致”即应用科技为中心的“西学”成为此阶段的重中之重，在这种情况下，文学难以被认识到能承担起救民族于危难之大任，此时的莎剧在中国自然“无人问津”。

中法战争的失败让国人认识到坚船利炮无力拯救民族危亡，中国问题的根源在于昏庸的封建专制统治，格致翻译让位于西学翻译，林则徐早就提及的“沙士比阿”依然被“悬隔”。接受过资产阶级思想学术影响的进步人士开始鼓吹变法改革。严复积极主张维新变法，救亡图存：

① 王尔敏，《晚清政治思想史论》，桂林：广西师范大学出版社，2005年，自序第2页。

② 王尔敏，《晚清政治思想史论》，桂林：广西师范大学出版社，2005年，第2页。

“天下理之最明而势所必至者，如今日中国不变法则必亡是已。”[①]严复认为救亡自强之道就在于了解外国事，而要了解外国事，则不能不以西学为要图。严复最初提倡翻译的西学主要是应用科技方面，对国家“有用”的知识。随着学习的深入，西学的内容逐步扩大到哲学、社会科学领域。他首先系统地向国人介绍西方社会科学名著，文学翻译包括莎剧翻译再次被延误。

这种延误到中日甲午战争终于迎来了转机，但小说首先充当了宠儿，而非莎士比亚戏剧。中日甲午战争的惨败对中国朝野刺激至深，“唤起吾国四千年之大梦”[②]，日本的政治本与中国并无二致，但因为变法而跻身列强，可见变法的明效。自此“变法言论胜于朝野，达于极盛”[③]。戊戌变法失败的教训，对西方认识的深化，促使维新志士将目光集中到国民身上，新民成为“今日中国第一急务”[④]。梁启超提出新民的两个途径，“一曰：淬厉其所本有而新之，二曰：采补其所本无而新之”[⑤]，其中第二个途径就是介绍和传播西学。而要改良群治，启发广大民众觉悟，特别是普通百姓，梁启超将目光转向了文学界，投向了小说，掀起了轰轰烈烈的文学界的革命浪潮，从1899年开始，梁启超先后提出了“诗界革命”“文界革命”和“小说界革命”的口号。伴随着文界革命的是第一次文学翻译的高潮，然而此阶段的文学翻译活动是维新派政治运动的组成部分，文学翻译者们看重的不是文学艺术本身，而是其被赋予的“改良群治”的社会功用。

由此可见，晚清的翻译活动与政治紧密相连，具有极强的功利色彩。翻译文本的选择随着社会的需求而不断产生变化，从最初的应用科技书籍，到哲学社会科学书籍，翻译活动都紧紧围绕着一个主题：救亡

① 严复，《救亡决论》，徐中玉编，《中国近代文学大系》（第1集·第1卷·文学理论集一），上海：上海书店，1994年，第63页。

② 梁启超，《戊戌政变记》，上海：中华书局，1954年，第113页。

③ 王尔敏，《晚清政治思想史论》，桂林：广西师范大学出版社，2005年，第191页。

④ 梁启超，《新民说·释新民之义》，《饮冰室合集》（专集之四），上海：中华书局，1989年，第1页。

⑤ 梁启超，《新民说·释新民之义》，《饮冰室合集》（专集之四），上海：中华书局，1989年，第5页。

图存，最后走进晚清国人视野的才是文学翻译。然而此时文学扮演的是为政治服务的工具角色。国人关注的是文学的社会功用，对国家、民族的生存是否“有用”，而忽略了或者说无暇顾及文学的审美特征。可以说，此阶段还没有真正意义上的文学翻译。显然，处于生死存亡时刻的晚清还没有适于莎士比亚戏剧或诗歌存在的土壤。下面将进一步从文学系统内部考察《哈姆雷特》迟迟未被译介的原因。

二、中国传统文学对《哈姆雷特》汉译的桎梏

从文学系统内部来看，晚清前期中国的传统文学是个固步自封的系统。继鸦片战争失败之后，有识之士开始思考国家民族面临的问题，但大都认为实学我不如人，词章人不如我，笃信中国文学优于异邦。西方的坚船利炮、政治法律等并没有改变中国文学的命运，“打破传统文学一统天下的，只能是域外文学的输入”①，而这些发生在1889年之后。在此之前的五十年里，中国封闭的文学系统自然没有莎士比亚作品的容身之地，那么，在诗歌、戏剧和小说界均发生了变革之后，莎士比亚作品在中国的命运如何？

首先要了解晚清时期国人是如何认识莎士比亚及其作品的。早在1839年，林则徐为了解西方情况，开始翻译西方著作，特别是将英人慕瑞的《世界地理大全》译成了《四洲志》，其中第二十八卷“英吉利国”部分提到了“沙士比阿”和弥尔顿。此阶段对莎士比亚的介绍最早由中国开明政治家为了解西方世界而进行。莎士比亚只是作为英国文学界的一个著名诗人被提及，介绍非常简单，认为其擅长写诗，著作丰富。但莎士比亚之名在世界知识范围内出现，其知名程度可见一斑。应该说，莎士比亚是以高起点进入中国人视野的。

1856年，英国传教士慕维廉译的《大英国志》中提到莎士比亚“当以利沙伯时，所著诗文，美善俱尽，至今无以过之也。儒林中如锡的

① 陈平原，《20世纪中国小说史》(第一卷)，北京：北京大学出版社，1989年，第24页。

尼、斯本色、拉勒、舌克斯毕、倍根、呼格等，皆知名之士”[①]。此时对莎士比亚的介绍仍然是作为英国历史的一部分，介绍也很简单，但对莎士比亚的评价极高且非常直接，认为其为知名诗人，其作品之优秀，无人可以超越。1877—1879年，晚清外交官郭嵩焘分别在日记中三次谈到莎士比亚：“舌色斯毕尔〔Shakespeare，莎士比亚〕，为英国二百年前善谱剧者，与希腊人何满得〔Homer，荷马〕齐名。”[②]；“是夕。马格里来邀赴来西恩阿摩戏馆，观所演舌克斯毕尔〔Shakespeare，莎士比亚〕戏文，专主装点情节，不尚炫耀。”[③]至此可见，莎士比亚的身份由诗人变成了戏剧家，国人对其作品的关注点在故事情节，而非语言或人物等。

19世纪末至20世纪初，莎士比亚的名字被英美传教士在翻译或编译的著述中频繁论及。如1882年美国牧师谢卫楼所著的《万国通鉴》中提道：“英国骚客沙斯皮耳者，善作戏文，哀乐罔不尽致，自侯美尔（即荷马）之后，无人几及也。”[④]除外国传教士外，中国学者也开始介绍莎士比亚。1894年，严复在《天演论》中强调莎士比亚戏剧的成就，“词人狭斯丕尔之所写生，方今之人，不仅声音笑貌同也，凡相攻相感不相得之情，又无以异。”他在页下注中写道：莎士比亚是“英国人。戏曲家。”[⑤]1902年，梁启超在《饮冰室诗话》中提到莎士比亚：“近代诗家，如莎士比亚、弥尔敦、田尼逊等，其诗动亦数万言，伟哉！勿论文藻，即其气魄，固已夺人矣。”[⑥]赞颂其诗歌气势宏大，万言诗行在中国文学里闻所未闻。

由此可见，在19世纪后半叶，国人对莎士比亚的认识是世界著名的诗人和戏剧家，其作品不仅在英国无人能比，而且影响力远及世界各

① 孟宪强，《中国莎学简史》，长春：东北师范大学出版社，1994年，第2页。

② 郭嵩焘，《郭嵩焘日记》（第三卷），长沙：湖南人民出版社，1982年，第267页。

③ 郭嵩焘，《郭嵩焘日记》（第三卷），长沙：湖南人民出版社，1982年，第743页。

④ 孟宪强，《中国莎学简史》，长春：东北师范大学出版社，1994年，第4页。

⑤ 严复，《天演论》，北京：商务印书馆，1981年，第39—40页。

⑥ 梁启超，《饮冰室诗话》，北京：朝华出版社，2017年，第9页。

国。这种认识虽然非常浅显，流于表面，还远没有揭示出莎士比亚作品不朽的文学价值，但应该说对莎士比亚在世界文学史上的定位是非常准确的。然而对于这样一位世界驰名的诗人、剧作家，国人对其作品显然没有表现出应有的兴趣和热情，尤其是诗界和戏剧界。如果说19世纪中叶中国传统文学仍固守在自己的封闭圈内，那么到了19世纪末20世纪初，随着“诗界革命”“文界革命”和“小说界革命”口号的提出，何以莎士比亚的诗歌和剧本仍然无人问津，下文对此进行探讨。

晚清的诗坛旨在解放诗体，打破旧诗格律，而莎士比亚戏剧包括《哈姆雷特》是由格律严谨的“无韵诗体”写成，与诗坛的需求不符。1868年，黄遵宪在《杂感》诗中即写道：“我手写我口，古岂能拘牵。”[①]第一次明确提出语言与文字合一的诗文创作主张，成为后来“诗界革命”的先声。诗界革命“借鉴外国文学，……冲破旧诗的格律，解放诗体，扫荡了信而好古的风习，……推动了诗歌逐渐向自由化、通俗化、现代化发展”[②]。可见，诗界革命首先是要革古旧僵化的文言文，其次是内容上要有新意，再次是诗歌形式的解放，以摆脱旧诗格律的束缚。诗界革命的成就没有小说界革命的成就突出，因为诗歌没有小说的“通俗”之功，无力完成维新派宣传政见、改良群治的任务，但为配合革命的需要，诗歌也成为必须改变的领域之一。不同于小说的是，此阶段诗歌领域的变革不大，有识之士多自己创作诗歌，诗歌作品翻译甚少。莎士比亚诗剧产生于16世纪末期，语言介于中古英语与现代英语之间，且韵律严谨优美，显然不符合此时国人对诗歌革命的诉求，无法进入国人视野。

晚清戏剧界因其固有特点，没有出现翻译西方戏剧的热潮，因此也无法提供莎剧上演的舞台。晚清戏剧界虽然也在“域外文学冲击下，作

① 黄遵宪，《杂感》，徐中玉主编，《中国近代文学大系》(第1集·第1卷·文学理论集一)，上海：上海书店，1994年，第636页。

② 吴组缃、季镇淮、陈则光，《总序》，徐中玉主编，《中国近代文学大系》(第1集·第1卷·文学理论集一)，上海：上海书店，1994年，总序第13—14页。

出结构性调整"[1]，但时间上滞后很多，更多的是戏剧界内部的嬗变。在中日甲午战争失败之前，中国戏剧界处于封闭系统内部的自然嬗变过程中。1902年，小说界革命掀起西方小说翻译的热潮，而晚清戏曲却只走上了改良之路，大规模翻译西方话剧直到五四运动以后才发生，这里体现出政治与文化所施的双重作用。

一则中国戏曲自古就有"劝善惩恶"的教化功能，宣传传统的"忠孝"观念，深为社会下层民众所喜爱。二则晚清戏剧界能够紧扣时代，反映社会需求，与国家民族同呼吸同命运，关注社会现实，用舞台表达情感。晚清前期，富有时代感的艺人们创作了大量历史剧，借历史人物、历史事件反讽现实，借英雄人物，激发民众的爱国热情。"金戈铁马的英雄传奇，慷慨悲歌的历史故事就成为中心主题。"[2]到了晚清后期，戏剧家们都充分重视戏剧的教育作用："天下之物，最易动人耳目者，最易入人之心。"[3]而戏曲演员也非常重视戏剧的社会功能，程长庚说自己演戏"聊以泄吾悲耳"[4]，所演之戏多为"忠臣孝子事"，并"寓以讽世之词"[5]。戏剧创作多关注"外患"，出现一大批"描写其征讨之苦，侵凌之暴，与夫家国覆亡之惨，人民流离之悲"[6]，深刻地反映出当时社会斗争和矛盾的时事剧。三则与中国戏剧观众的欣赏习惯有关。从宋元杂剧、明清昆剧再到京剧，中国戏剧观众长期受到传统戏曲文化的熏染，形成了特有的观剧习惯和审美观念。由此可见，晚清戏剧界自身可以呼应时代需求，没有产生对外国戏剧的译介需要，莎士比亚戏剧

① 陈平原，《20世纪中国小说史》(第一卷)，北京：北京大学出版社，1989年，第3页。

② 田根胜，《近代戏剧的传承与开拓》，上海：上海三联书店，2005年，第119页。

③ 俞樾，《余莲村劝善杂剧序》，徐中玉主编，《中国近代文学大系》(第1集·第2卷·文学理论集二)，上海：上海书店，1995年，第481页。

④ 陈澹然，《异伶传》，张次溪编，《清代燕都梨园史料》(下)，北京：中国戏剧出版社，1988年，第734页。

⑤ 张江裁，《燕都名伶传》，张次溪编，《清代燕都梨园史料》(下)，北京：中国戏剧出版社，1988年，第1188页。

⑥ 陈去病，《论戏剧之有益》，徐中玉主编，《中国近代文学大系》(第1集·第2卷·文学理论集二)，上海：上海书店，1995年，第504页。

进入中国剧坛显然为时尚早。

综上可知，一方面，虽然国人早在鸦片战争时期已知莎士比亚其名，但无论从政治需求上，还是中国文化文学系统内部来看，莎士比亚作品译介的时机还远未成熟。近代中外交往多为不平等的政治和军事目的，中国处于被侵略的一方。平等的文化文学交流还未出现，文学在交流中扮演着工具或手段的角色，是维新派和革命派宣传政治观点的武器。另一方面，此阶段在国人的认知中，莎士比亚仅是闻名遐迩的“词人”，对其作品的文学价值还远未了解，也无暇了解。中国传统文学在国人心中的地位依然根深蒂固，诗界虽已经出现革新的萌芽，但他们试图打破传统格律的束缚，尝试创作自由新诗，显然格律严谨的莎士比亚诗剧不符合其要求。此阶段的戏剧界内部能够与政治相呼应，从内容和形式上适时创新，反映社会现实，因此也没有引进外国戏剧的必要。唯有小说界不同，小说被维新派推上文学最上乘的地位之后，大量外国小说被译介到中国，莎士比亚的作品才随着这股热潮得以踏上了中国土地。

第二节 “小说界革命”对莎剧故事编译本的催生

选择什么样的作品译介，域外文学作品在中国文化中的形象，都在很大程度上反映着翻译发生之时的社会状况和意识形态。与晚清诗界、戏剧界不同，小说翻译在晚清掀起了高潮，而莎士比亚戏剧，尤其是《哈姆雷特》在这股热潮中以故事的形式走进了中国。

“政治先行，文艺后变。”[①]应该说，在近代中国，乃至现代中国，文学都是从属于政治的。晚清“小说界革命”的口号就是维新派为配合政治改良运动而提出的。1902年，在《论小说与群治之关系》一文中，

① 鲁迅,《三闲集·现今的新文学的概观》,《鲁迅全集》(第4卷),北京:人民文学出版社,1982年,第134页。

梁启超经过论证，认为“小说为文学之最上乘”[①]，因其“有不可思议之力支配人道故”[②]，因此明确提出“今日欲改良群治，必自小说界革命始”[③]。而“吾中国群治腐败之总根原”[④]在于小说，因此改良小说必从译介域外开始，自此掀起了小说翻译的高潮。从1873年近代第一部翻译英国长篇小说《昕夕闲谈》在《瀛寰琐记》月刊上连载以来，至辛亥革命爆发，据阿英《晚清戏曲小说目》统计，翻译小说多达607种，实际数字应该更多，因为此书中所录，“以已收得者为限，仅知其名者不录”[⑤]。晚清翻译小说的数量竟高出于创作小说两倍。

维新变法失败后，维新志士由直接的政治斗争转为间接的政治宣传，小说，尤其是政治小说，正合乎这一需求。除《新中国未来记》这种真正的政治小说外，新小说家们在其他类型小说中也喜欢掺杂大段的政治见解，甚至借小说人物之口作长篇演讲，宣传作者自己的政治观点。究其根源，可以说维新志士并没有超越传统，他们利用的还是中国古代“文以载道”的文学观念，区别就在于所载的“道”上。传统小说载的是忠、孝、节、义的思想，而“新小说”所载的则是民主、自由、独立、权利等进步之思想。这就决定了晚清时期小说翻译的选材观以及解读域外小说的立场。“政治小说教会新小说家发议论，侦探小说和言情小说教会新小说家更好地讲故事，而社会小说则将教会新小说家如何发掘新的小说题材。”[⑥]此外，还有科学小说等陆续被译介到中国来。这足以说明，何以20世纪初莎士比亚作品最先以小说故事的方式进入国

① 梁启超，《论小说与群治之关系》，徐中玉主编，《中国近代文学大系》(第1集·第2卷·文学理论集二)，上海：上海书店，1995年，第304页。

② 梁启超，《论小说与群治之关系》，徐中玉主编，《中国近代文学大系》(第1集·第2卷·文学理论集二)，上海：上海书店，1995年，第303页。

③ 梁启超，《论小说与群治之关系》，徐中玉主编，《中国近代文学大系》(第1集·第2卷·文学理论集二)，上海：上海书店，1995年，第308页。

④ 梁启超，《论小说与群治之关系》，徐中玉主编，《中国近代文学大系》(第1集·第2卷·文学理论集二)，上海：上海书店，1995年，第307页。

⑤ 阿英，《晚清戏曲小说目》，上海：上海文艺联合出版社，1954年，例言第1页。

⑥ 陈平原，《20世纪中国小说史》(第一卷)，北京：北京大学出版社，1989年，第12页。

人的视野并获得了独特的解读方式。

由此可见，小说是晚清维新志士宣传政见、实现政治理想的手段。传统小说被认为是导致社会腐败的总根源，唯一的途径只有大量翻译外国小说，尤其是那些中国没有的小说种类，如政治小说、科学小说、侦探小说等。小说翻译迎来了第一次高潮。此阶段的翻译成为政治的附属品、时代的应声筒。可以说，此时的小说翻译与作为文学类别的小说关系不大，翻译者关注的不是作品的文学价值和艺术价值。

时人选择翻译文本的标准是看是否合乎中国人阅读的好尚和口味。“有好些外国小说，不合中国人好尚的，不必翻译。”[①]可见，小说翻译初期，翻译选材不在于原作是否为世界名著，而在于是否适合中国读者口味。因为只有读者愿意读，才能有助于世道人心，进而才有助于改良群治。此阶段，国人看重的是小说“俗”的特点和功能，因为维新人士需要借助小说来教化普通百姓：

> 仅识字之人，有不读经，无有不读小说者。故六经不能教，当以小说教之；正史不能入，当以小说入之；语录不能谕，当以小说谕之；律例不能治，当以小说治之。……今中国识字人寡，深通文学之人尤寡。[②]

梁启超则在引证欧洲各国变革之始，寄小说抒发政见时，列举了小说的各个读者群：“于是彼中辍学之子，黉塾之暇，手之口之，下而兵丁、而市侩、而农氓、而工匠、而车夫马卒、而妇女、而童孺，靡不手之口之。”[③]

① 中原浪子，《〈京华艳史〉第一回》，陈平原、夏晓红编，《二十世纪中国小说理论资料》（第一卷·1897—1916），北京：北京大学出版社，1989年，第149页。

② 任公，《译印政治小说序》，陈平原、夏晓红编，《二十世纪中国小说理论资料》（第一卷·1897—1916），北京：北京大学出版社，1989年，第21页。

③ 任公，《译印政治小说序》，陈平原、夏晓红编，《二十世纪中国小说理论资料》（第一卷），北京：北京大学出版社，1989年，第21—22页。

显然，小说预期的读者对象上至有学识的人，下至市井百姓。针对这些读者，小说必然是“俗”的。兰姆姐弟改写《莎士比亚戏剧故事集》是为“年轻的读者写的，当作他们研究莎士比亚作品的一个初阶”[①]，而他们在改写过程中努力的方向也是“想把这些‘故事’写得叫年纪很小的孩子读起来也容易懂”[②]。出于这样的写作目的，《莎士比亚故事戏剧集》的内容浅显易懂，生动有趣，只有如此才能“使他们巴不得自己能再长大一些，以便原原本本地读到原剧”[③]。显然，这样的作品是符合晚清小说翻译对“俗”的要求的。

此外，陈平原认为，中国新小说家对域外小说的借鉴，经历了从小说形式的“外部”向“内部”转移的逐步发展的过程，首先是主题意识，其次是情节类型，再次是小说题材，最后是叙事方式。《澥外奇谭》和《吟边燕语》两种译本紧随着“小说界革命”口号的提出而出现，显然属于借鉴的初级阶段，吸引译者的是原著曲折动人的故事情节。《莎士比亚故事戏剧集》中所选的是莎士比亚所有戏剧作品中知名度很高、很有代表性的作品，故事情节千变万化，百转千回，涉及爱恨情仇各种主题，这一点从译本中各章的题目可见一斑，如《澥外奇谭》中前五章的题目是：第一章　蒲鲁萨贪色背良朋；第二章　燕敦里借债约割肉；第三章　武厉维错爱孪生女；第四章　毕楚里驯服恶癖娘；第五章　错中错埃国出奇闻[④]。因此，它能够在小说界革命开始阶段便走进中国译者的视野之中。

由此可见，政治上的需求在晚清时期直接影响了译者对于原著的选择，此时的翻译远未摆脱政治的束缚。这种影响不仅体现在对原著的选

① [英]莎士比亚著，[英]查尔斯·兰姆、玛丽·兰姆改写，萧乾译，《莎士比亚戏剧故事》，天津：天津人民出版社，2015年，原序第1页。

② [英]莎士比亚著，[英]查尔斯·兰姆、玛丽·兰姆改写，萧乾译，《莎士比亚戏剧故事》，天津：天津人民出版社，2015年，原序第2页。

③ [英]莎士比亚著，[英]查尔斯·兰姆、玛丽·兰姆改写，萧乾译，《莎士比亚戏剧故事》，天津：天津人民出版社，2015年，原序第2页。

④ 戈宝权，《莎士比亚的作品在中国(翻译文学史话)》，《世界文学》，1964年第5期，第138—139页。

择上，还体现在译者对原著的解读之中。《澥外奇谭》的译者和林纾在对原作者和原著的认知中深深地烙上了时代的烙印。那么，莎士比亚及其作品究竟到底是以什么样的面目出现在中国读者眼前呢？下节将对此进行重点讨论。

第三节　以中观西：两种译本的本土化改写

《澥外奇谭》的译者和林纾从中国传统文化出发，对莎士比亚及其故事进行了本土化改写，以迎合中国读者的欣赏口味。改写主要从题材、文本和文化三个层面展开，下文结合实例予以分析。

一、对莎士比亚及其作品题材的改写

上海达文社出版的《澥外奇谭》，从书名上看即知该书看重的是“奇”，亦即瑰奇陆离之故事。这与同时期其他译作的着眼点是相同的，如1906年译介的《粉阁奇谈》、1909年译介的《航海奇谈》等，目的显然也是为吸引求新求变的中国读者。而译本把原著者署为“英国索士比亚”，则说明译者当时对原著者和原著知之甚少，连原著和故事改编都分不清。译者在“叙例”中简单介绍莎士比亚出生年月及其作品的影响：“其所编戏本小说，风靡一世，推为英国空前大家。译者遍法、德、俄、意，几乎无人不读。”[①]此种认识并未超越前人，译者把原著和故事集混为一谈，更奢谈交代作品的文学价值了。当然这也从反面印证了晚清小说翻译注重的是故事情节，而非小说艺术本身。

该译本共选译了十个故事，各成一章。译者用章回体小说回目形式给各章命名。各章的题目分别是：第一章　蒲鲁萨贪色背良朋，第二章　燕敦里借债约割肉，第三章　武厉维错爱孪生女，第四章　毕楚里

① 孟宪强,《中国莎学简史》,长春:东北师范大学出版社,1994年,第8页。

驯服恶癖娘，第五章　错中错埃国出奇闻，第六章　计上计情妻偷戒指，第七章　冒险寻夫终偕伉俪，第八章　苦心救弟坚守贞操，第九章　怀妬心李安德弃妻，第十章　报大仇韩利德杀叔[①]。

可以看出，在小说界革命开始之初，译者显然还没有摆脱传统小说的影响。从译者所选取的十个故事中也可以看出，译者借域外小说所要传递的仍然是中国传统价值观：良朋、寻夫、救弟、贞操、弃妻、报仇等，或者说译者的选材受到中国传统价值观的限制。看到这些标题，读者可能以为自己正在读一本中国章回小说。这无疑易于拉近读者与原作的距离，减少隔阂，但同时也使得读者距离真正的原著更远，无法领略原著的真正魅力。

第一章提到晚清时期国人对莎士比亚的认知是驰名海内外的诗人和戏剧家，其作品无与伦比，远播海外，但对于其作品不朽的文学和艺术价值却知之甚少。林纾对莎士比亚及其作品的认识在继承这一基本观点的基础上加以推演，并直接导致了对莎士比亚及其作品的误解。王尔敏认为对于西方的知识器物，"朝野士大夫恒以其固有的知识基础，从事于了解说明和批判讨论。也就是说他们采用主观的譬解以代替客观的承受"[②]。因为受到客观环境制约，他们对西方知识是间接接触，免不了一知半解，"而以固有观念附会和弥缝其不完备的假设理论"[③]。这一观点恰好可以解释林纾对莎士比亚的认知过程。他本人不懂西文，没有留学或出国经历，因此他对莎士比亚的认知都是间接的"吾之所闻"[④]。他利用传统知识，采用譬解方式对莎士比亚进行说明和批判评价，这种评价可想而知是片面的，甚至是错误的。

首先，林纾对于莎士比亚的生平和作品内容价值未作介绍。从"译本序言"中可以看出，在林纾眼中，莎士比亚是与哈葛得齐名的英国著

① 戈宝权，《莎士比亚的作品在中国（翻译文学史话）》，《世界文学》，1964年第5期，第138—139页。

② 王尔敏，《晚清政治思想史论》，桂林：广西师范大学出版社，2005年，第2页。

③ 王尔敏，《晚清政治思想史论》，桂林：广西师范大学出版社，2005年，第2页。

④ ［英］兰姆著，林纾、魏易译，《吟边燕语》，北京：商务印书馆，1981年，第1页。

名诗人。英国名辈中有人喜欢他的诗，家传户诵，不但自己诵读，更“付之梨园，用为院本”[①]，即有人将其诗歌改编成戏剧，用于演出。这是清朝末年中国戏剧界的普遍做法。艺人们以稗官为传奇蓝本，改编通俗小说，多为历史小说和英雄侠义小说，另有神魔小说如《西游记》《封神演义》等，颇受欢迎。显然这一点与事实是有很大出入的。莎士比亚的戏剧作品先是在剧院演出，大获成功后方形成剧本结集出版。产生此出入的原因应该是林纾听说莎士比亚诗歌很出名，经常在剧院演出，便根据自己的主观理念，结合中国戏剧界现状做出的推论。

其次，对莎士比亚作品的认知则生动体现了林纾如何采用譬解方式，以固有观念附会和弥缝其不完备的假设理论。林纾的论证逻辑可以简化成：中国日渐衰落的原因是思想旧，好言神怪，因此中国少年仁人志士，一切求新。英国为文明大国，而莎士比亚的诗歌托象于神怪，思想之旧，其作品却没有被焚弃禁绝，反而大受欢迎。原因在于西方人国富民强，因而有闲情逸致阅读这些古旧作品，寻求乐趣。既然英国以新为政都不废莎士比亚的诗，那么我们翻译他的作品应该也不会被新学家排斥。林纾的论述中，第一个错误在于对莎士比亚作品的理解，他把莎士比亚比作中国诗圣杜甫，立义遣词，往往托象于神怪，其作品思想守旧。神怪小说在中国由来已久，林纾将莎士比亚作品中出现的神怪等同于中国的神怪小说中的神怪，无疑是错误的，但是符合当时中国文人的认知水平。林纾的第二个错误在于他认为莎士比亚作品之所以受欢迎，是因为英国已经国富民强，衣食无忧，所以有闲暇去“追蹑古踪，自博其趣”[②]。林纾借用中国名门望族斥巨资求购古鼎的例子比喻英人对莎剧的追捧，一方面暗示莎士比亚作品过去曾经有过重要价值，另一方面可以看出显然他对莎士比亚作品不朽的文学价值完全没有认知，以为人们对它的喜好仅仅因为它古旧。如果说林纾作此序的目的是为了向读者论证《吟边燕语》一书的价值，希望吸引读者购买阅读，那么他的论证

① [英]兰姆著，林纾、魏易译，《吟边燕语》，北京：商务印书馆，1981年，第1页。

② [英]兰姆著，林纾、魏易译，《吟边燕语》，北京：商务印书馆，1981年，第1页。

恰恰是错误的。英国人欢迎莎士比亚是因为他们已经“赡国利兵，外侮不乘”[①]，而中国当时处于国难当头、国运日衰的时期，又怎么有闲暇去阅读莎士比亚作品呢？当然，林纾作此序的目的的确是借英国之名，推广新书，只是没有意识到自己的错误而已。

然而，“神怪小说”却成为林纾认识和翻译莎士比亚作品的基调。这种基调建立在林纾对中国传统文学的认识和对目标读者的考虑之上。神怪小说在中国具有悠久的历史：

> 志怪之作，庄子谓有齐谐，列子则称夷坚，然皆寓言，不足征信。《汉志》乃云出于稗官，……探其本根，则亦犹他民族然，在于神话与传说。[②]

从原始神话与传说，到六朝之鬼神志怪、唐传奇、宋之志怪、明之神魔小说，神怪构成中国小说的重要元素之一。梁启超把中国小说分为三类：“英雄”“男女”和“鬼神”[③]。鬼神故事注重情节，利用曲折离奇甚至荒诞不经的故事，托古喻今，“一为娱心，一为劝善，而尤以劝善为大宗”[④]。当林纾听到魏易口述的莎士比亚故事中出现众多的鬼神形象，必定以自己固有的传统知识为基础，来理解和解释这些故事。林纾共选译二十则，其中《哈姆雷特》是第十则故事，取名“鬼诏”。这个题目即圈定了读者理解的范围：首先，故事是以“鬼”为叙述中心的，“诏”则表明这个故事发生在皇室、帝王之家。这很容易让读者产生联想：故事一定与王侯将相、官场争斗有关。事实上，不只林纾，顾燮光在评价《吟边燕语》时说道：“然则此书殆海外《搜神》，欧西述异

① [英]兰姆著，林纾、魏易译，《吟边燕语》，北京：商务印书馆，1981年，第1页。

② 鲁迅，《中国小说史略》，上海：上海古籍出版社，2004年，第10页。

③ 梁启超，《小说丛话》，徐中玉主编，《中国近代文学大系》（第1卷·第2卷·文学理论集二），上海：上海书店，1995年，第310页。

④ 鲁迅，《中国小说史略》，上海：上海古籍出版社，2004年，第92页。

之作也夫。"[①]顾燮将《吟边燕语》比作海外版《搜神记》，显然也是把莎士比亚作品作为神怪小说来理解的。林纾这样理解的原因是，一方面局限于自己的传统知识结构及当时人们对莎士比亚及其作品的研究水平，另一方面还有其对预期读者欣赏习惯的估计和迎合。前文讲到时人选择翻译文本的标准是看是否合乎中国人阅读的好尚和口味。受着几千年神怪故事熏陶的中国读者，对于来自异域的神怪故事，既有新鲜感，又不完全隔膜，固然易于接受。因此，无论是主观原因还是客观原因，林纾把莎士比亚作品当作神怪小说对待都是明智之举。

对比《澥外奇谭》的译者和林纾给《哈姆雷特》的命名可以看出两者存在的差异：《澥外奇谭》的译者侧重的是复仇情节，而林纾侧重的是神怪故事，如"神合""鬼诏""仙狯"等。那么，林纾通过神怪故事传达给读者什么样的价值观呢？又是如何在译文中表达的？下文结合文本进行具体分析。

二、译著在文本层面的改写

为更清晰显示林纾译本与原著的差异，本节将结合原著的现当代译本，即相对来说较为直译的萧乾译本[②]，将三者进行对比。首先两种译本在长度上有巨大差异，萧乾译本中，《丹麦王子哈姆雷特》一章约9000个字，而"鬼诏"故事一章仅约2000个字。经过文本细读，发现林纾对原著进行了大量删减，而删减的方式分为两种：一是用简洁的文言文概括缩减原文内容，二是直接删除部分内容。下文结合译例详加描写研究。

第一种概括缩减原文内容的方式在文中大量出现。林纾用精炼的文

① 顾燮光，《译书经眼录》，阿英编，《晚清文学丛钞·小说戏曲研究卷》，上海：中华书局，1960年，第539页。

② ［英］莎士比亚著，［英］查尔斯·兰姆、玛丽·兰姆改写，萧乾译，《莎士比亚戏剧故事》，天津：天津人民出版社，2015年。

言文，提纲挈领，以故事情节为中心点，删繁就简，使中心更为突出。比如，在哈姆雷特见到先王鬼魂后，失魂落魄，决定要装疯时，有下列描写：

And he, fearing that it would continue to have this effect, which might subject him to observation, and set his uncle upon his guard, if he suspected that he was meditating anything against him, or that Hamlet really knew more of his father's death than he professed, took up a strange resolution, from that time to counterfeit as if he were really and truly mad; thinking that he would be less an object of suspicion when his uncle should believe him incapable of any serious project, and that his real perturbation of mind would be best covered and pass concealed under a disguise of pretended lunacy.①

萧乾译文：

哈姆莱特很怕自己继续这样下去，会惹起注意，叫他叔叔对他存起戒心。哈姆雷特为了怕他叔叔怀疑他存心要对付他，或者怀疑哈姆莱特关于他父亲死的情形实际上知道的比他公开承认的多，就做了一个很奇怪的决定：他决定从那时候起假装他真的发了疯。他想这样一来，他叔叔就会认为他不可能有什么认真的图谋，也就不至于在他身上那么猜疑了。同时，在假装疯狂的掩护下，他的心神真正的不安倒可以巧妙地遮盖起来。②

林纾译文：

因自念佯狂亦佳，庶足以释克老丢之疑。③

原文106个词，林纾翻译成16个字。通过比较可以发现，林纾保留了原文所有重要的情节因素，清楚地交代了哈姆雷特装疯的原因，即解除叔叔对自己的怀疑。而相较之下，原文就显得冗余繁复得多，很多对

① Charles and Mary Lamb, Tales from Shakesperare, Shanghai: Chung Hwa Book Company, 1929: 266.

② [英]莎士比亚著，[英]查尔斯·兰姆、玛丽·兰姆改写，萧乾译，《莎士比亚戏剧故事》，天津：天津人民出版社，2015年，第252页。

③ [英]兰姆著，林纾、魏易译，《吟边燕语》，北京：商务印书馆，1981年，第51页。

哈姆雷特想法的交代显得多余和啰唆，因为这些言外之意读者是完全可以从上下文情境中体会出来的。对于原文而言，这是可以理解的，因为原作者写作的对象是“年纪很小的孩子”，所以原作者尽可能交代清楚细节，甚至有些是无意义的重复。而林纾采用文言，留给读者许多想象空间。这里可以看出文言文和白话文的差异。

那么此处就出现一个问题，前文提到有识之士翻译小说的目的是为开启民智，理论上其读者对象是上至学人，下至市井百姓，那么相对于晦涩聱牙的文言文，浅显易懂、明白晓畅的白话文更应该受到欢迎才对，而且当时白话文已经开始流行。1876年，我国最早的白话报《民报》出版。1887年，黄遵宪在《日本国志》中提出要创造一种“适用于今、通行于俗”，使“天下之农、工、商、贾、妇女、幼稚，皆能通文字之用”[①]的新文体。到1898年，白话文运动先驱裘廷梁在《论白话为维新之本》中第一次明确提出“崇白话而废文言”[②]的口号。那林纾为什么要取文言文而舍白话文呢？是林纾思想守旧，排斥维新吗？事实上，林纾早年是积极参与资产阶级政治改良运动的。在严复发表《本馆附印说部缘起》后，林纾积极响应号召，开始尝试译书。他认为中国无法与欧洲抗衡的原因是“欧人日励于学，亚则昏昏沉沉，转以欧之所学为淫奇而不之许”[③]。他把中国人不愿学习西方而又“漫与之角，自以为可胜”[④]，形象地比喻成不会水的人与别人比赛游泳，结果可想而知。和严复一样，林纾认为开启民智的诸多方法中，译书最好，“吾谓欲开民智，必立学堂；学堂功缓，不如立会演说；演说又不易举，终之唯有

① 黄遵宪，《日本国志·学术志二·文学》，徐中玉主编，《中国近代文学大系》（第1集·第1卷·文学理论集一），上海：上海书店，1994年，第56页。

② 裘廷梁，《论白话为维新之本》，徐中玉主编，《中国近代文学大系》（第1集·第1卷·文学理论集一），上海：上海书店，1994年，第84页。

③ 林纾，《〈译林〉序》，陈平原、夏晓红编，《二十世纪中国小说理论资料》（第一卷·1897—1916），北京：北京大学出版社，1989年，第26页。

④ 林纾，《〈译林〉序》，陈平原、夏晓红编，《二十世纪中国小说理论资料》（第一卷·1897—1916），北京：北京大学出版社，1989年，第26页。

译书”[①]。但林纾坦言“顾译书之难，余知之最深”[②]。此处的难指的不是中西文法不同所造成的传译困难，而是林纾本人不识西文。他最初想翻译的是《拿破仑第一全传》，由于自己不懂法文，他请过自己的好友，也请过法人迈达翻译，都遭到拒绝，后来译书之事被搁置，可见译书之难。而林纾译书的目的在“序言”中也予以交代：“虽然，大涧垂枯，而泉眼未涸，吾不敢不导之；燎原垂灭，而星火犹爝，吾不能不然之。”[③]林纾愿做燎原之火，而此后他与友人合作，共译170多种小说，的确带来了中国文坛的新气象。

这样一位忧国忧民、思想进步、积极倡导译书的文人之所以会选择文言文进行翻译，最主要的原因是对目标读者的考虑，此外还有其自身语言能力和翻译观念的影响。虽然林纾译书的目的是开启民智、“新吾亚之耳目”[④]，但译书时，其心目中的目标读者却绝非目不识丁、孤陋寡闻的农工商贾、村妇童孺，而是“海内有识君子”[⑤]“吾国新学家”[⑥]。晚清同治年间，中国兴办了一系列官办、官督商办的军用企业和民用企业。这是资本主义近代企业的滥觞。随着民族资本主义的发展，中国固有的社会阶级被打破，“原本掌握着社会经济、政治、文化多种优势资源的阶级阶层发生分化，不少人从其原本所属的阶级、阶层、群体中游离出来”[⑦]。随着新式教育的兴办及1872年之后留学热潮

---

① 林纾，《〈译林〉序》，陈平原、夏晓红编，《二十世纪中国小说理论资料》（第一卷·1897—1916），北京：北京大学出版社，1989年，第26页。

② 林纾，《〈译林〉序》，陈平原、夏晓红编，《二十世纪中国小说理论资料》（第一卷·1897—1916），北京：北京大学出版社，1989年，第26页。

③ 林纾，《〈译林〉序》，陈平原、夏晓红编，《二十世纪中国小说理论资料》（第一卷·1897—1916），北京：北京大学出版社，1989年，第26页。

④ 林纾，《〈译林〉序》，陈平原、夏晓红编，《二十世纪中国小说理论资料》（第一卷·1897—1916），北京：北京大学出版社，1989年，第26页。

⑤ 林纾，《〈黑奴吁天录〉跋》，陈平原、夏晓红编，《二十世纪中国小说理论资料》（第一卷·1897—1916），北京：北京大学出版社，1989年，第28页。

⑥ 林纾，《〈英国诗人吟边燕语〉序》，陈平原、夏晓红编，《二十世纪中国小说理论资料》（第一卷·1897—1916），北京：北京大学出版社，1989年，第124页。

⑦ 郭汉民，《晚清社会思潮研究》，北京：中国社会科学出版社，2003年，序第3页。

的出现，成群的资产阶级和小资产阶级知识分子从旧式文人和青年士子中涌现，“他们的经济地位、文化背景、知识结构、价值观念使之一般都充当着资产阶级在政治上和思想上的代言人”[①]。这个群体关注国家民族的前途命运，希望挽救严重的民族危机，他们乐于接受新思想，不断提出各种各样的救世主张。近代传媒如报纸、杂志等兴办起来，以及各种社会团体，即学会的出现[②]，他们成为林纾翻译小说的读者群。徐念慈对购买和阅读新小说的人做过统计：

> 余约计今之购小说者，其百分之九十，出于旧学界而输入新学说者；其百分之九，出于普通之人物；其真受学校教育，而有思想、有才力、欢迎新小说者，未知满百分之一否也。[③]

一方面，这些“出于旧学界而输入新学说者”成为新小说购买和阅读者的主力。他们既不同于普通人，即文学趣味底下的“粗人”，如农工商贩、妇孺童叟等识字不多的人，也异于接受过新式学校教育的“有思想、有才力、欢迎新小说”的“新人”。对于“粗人”，文字浅近易懂的白话文应该更适合；对于提倡“文言合一”的“新人”，显然也应该采用明白晓畅的白话文。而占读者大多数的出旧入新的文人则既熟谙传统，饱读古书，同时也愿意接受新鲜事物、新鲜思想，为了抓住这部分读者群体，迎合他们的阅读习惯，林纾采用文言文也就在情理之中了。

另一方面，白话文仍然处于探索阶段，诸多学人对文言文和白话文的特点进行过探讨。严复在《本馆附印说部缘起》中对比了文言文与白话文，认为文言文是用简法之语言，白话文是用繁法之语言：

① 郭汉民，《晚清社会思潮研究》，北京：中国社会科学出版社，2003年，序第5页。

② 除开秘密会社和职业性的社团，单是纯自由结合的学会，有记载可查的在三百个左右，参与的领导人物，有名可稽者在四百人以上。王尔敏对晚清社团有较深入的研究，在《晚清政治思想史论》中设专章进行阐述，见王尔敏，《晚清政治思想史论》，桂林：广西师范大学出版社，2005年，第12页、第111—143页。

③ 觉我，《余之小说观》，《小说林》，1907年第10期，第9页。

简法之语言，以一语而括数事，故读其书者，先见其语，而此中之层累曲折，必用心力以体会之，而后能得其故。繁法之语言，则衍一事为数十语，或至百语千语，微细纤末，罗列秩然，读其书者，一望之顷，即恍然若亲见其事者然。故读简法之语言，则目力逸而心力劳；读繁法之语言，则目力劳而心力逸。而人之畏劳其心力也，甚于畏劳其目力。[①]

严复对两个语体的观察无疑是精确的。鲁迅也持有类似观点，认为译文使用俗语，可以“稍逸读者之思索”[②]。上面所举的例子中，萧乾译本即用“百语千语”，把哈姆雷特做出装疯决定的所有心路历程交代得非常清楚，读者一目了然，无须思考，译者替读者做了思考。而林纾译本则相反，读者必须发挥自己的想象，用心体会其简练语言背后的缘由。同样的例子还有哈姆雷特对先王鬼魂的话存有疑虑，准备核实的时候，原文如下：

Moreover, he could not help having some scruples upon his mind, whether the spirit which he had seen was indeed his father, or whether it might not be the devil who he had heard has power to take any form he pleases, and who might have assumed his father's shape only to take advantage of his weakness and his melancholy, to drive him to the doing of so desperate an act as murder. And he determined that he would have more certain grounds to go upon than a vision, or apparition, which might be a delusion.[③]

萧乾译文：

而且他看到的鬼魂究竟真是父亲呢，或者会不会是个恶魔呢，他不

① 几道、别士，《本馆附印说部缘起》，陈平原、夏晓红编，《二十世纪中国小说理论资料》（第一卷·1897—1916），北京：北京大学出版社，1989年，第10页。

② 鲁迅，《〈月界旅行〉辨言》，《鲁迅全集》（第10卷），北京：人民文学出版社，1981年，第152页。

③ Charles and Mary Lamb, Tales from Shakesperare, Shanghai: Chung Hwa Book Company, 1929: 268—269.

免还有些迟疑。他听说魔鬼想变成什么就可以变成什么，它也许是趁他身体虚弱、心情苦闷的当儿，装出他父亲的样子来驱使他去干杀人那样可怕的事。于是，他决定得找到比幻象或是幽灵（那也许是出于一时的错觉）更确实的根据再行事。①

林纾译文：

然鬼言无凭，必得实际者，乃可举大事。②

此段中哈姆雷特关于鬼魂的讨论可以看成“鬼言无凭”四字的注解。读林纾译文时，读者对于鬼言为何无凭，完全可以基于各自的经验有不同的阐释，而原文将这些理解显化，省去读者“劳其心力”的痛苦。如果对于普通百姓而言，自然越通俗易懂越好，而对于有着传统学识基础的旧式文人来说，这样的小说因过于直白，而失去了吸引力。

严复说这段话的目的是为论证应该兴白话文而废文言文，但在实际翻译过程中，译者们发现操作困难，“纯用俗语，复嫌冗繁，因参用文言，以省篇页”③。上文林纾用十分之一的篇幅即可达到与原著同样的效果便是典型例证。可以说，林纾将文言文的优势发挥到了极致。可见，无论对译者还是读者而言，用文言文译书都是事半功倍的。这也可以解释为何当时“文言小说之销行，较之白话小说为优”④。这里体现了林纾以读者为中心的翻译观，在林纾译本“序跋”中，经常可见林纾对读者的照顾，比如翻译《黑奴吁天录》时，他认为书中“言教门事孔多，悉经魏君节去其原文稍烦琐者”⑤，目的是“取便观者”⑥，也就是为了使读者阅读起来更方便。

---

① [英]莎士比亚著，[英]查尔斯·兰姆、玛丽·兰姆改写，萧乾译，《莎士比亚戏剧故事》，天津：天津人民出版社，2015年，第254页。

② [英]兰姆著，林纾、魏易译，《吟边燕语》，北京：商务印书馆，1981年，第51页。

③ 鲁迅，《〈月界旅行〉辨言》，《鲁迅全集》（第10卷），北京：人民文学出版社，1981年，第152页。

④ 觉我，《余之小说观》，《小说林》，1907年第10期，第9页。

⑤ 林纾，《〈黑奴吁天录〉例言》，陈平原、夏晓红编，《二十世纪中国小说理论资料》（第一卷·1897—1916），北京：北京大学出版社，1989年，第27页。

⑥ 林纾，《〈黑奴吁天录〉例言》，陈平原、夏晓红编，《二十世纪中国小说理论资料》（第一卷·1897—1916），北京：北京大学出版社，1989年，第28页。

当然，林纾使用文言文的原因还缘于自己深厚的古文功底。他是光绪八年举人，任京师大学堂教习，与桐城古文家吴汝纶交往甚厚，推崇左、马、班、韩古文。林纾文艺观是桐城派古文理论的延续，著有文论专著《春觉斋论文》《韩柳文研究法》等。林纾不仅用文言文译书，同时以古文家义法对外国小说进行评价，如他认为《黑奴吁天录》"开场、伏脉、接笋、结穴，处处均得古文家义法。可知中西文法，有不同而同者"①。他从《拿破仑传》的插图中，推测"其文字必英隽魁杰，当不后于马迁之纪项羽"②。这种"托古立说"是晚清时人变法议论时惯用的方法，因为"变的观念比维新更刺目而耸人，也更易招致反对"③。而用中国固有传统附会西方事物，可以减少隔阂，更容易被传统的读者接受，借传统文学价值来论证和提高外国小说的价值。从这些比附中也可以看到，林纾注重的不是外国小说的文学价值，而是其写作笔法。在林纾看来，外国小说笔法是不如中国传统文学的："冀有志西学者，勿遽贬西书，谓其文境不如中国也。"④这句话的潜台词是，在国人眼中，西书是不如中国古文的。对写作笔法的重视被广泛运用到翻译批评之中，成为当时翻译评价的标准。这在第三节中将会详加分析。

第二种删减方式是直接删除部分文字。删减文字的标准有两种，一是出于突出情节需要，删除所有跟主要情节无涉的部分：包括重复冗余的段落、次要情节、次要人物、抒发感情之处、心理描写和使用比喻等修辞手法的装饰性段落。二是删除所有不符合中国传统价值观、不易为国人接受的细节，包括有关肉体与灵魂、父母与子女关系的讨论，以及有关婚姻观的部分。

① 林纾，《〈黑奴吁天录〉例言》，陈平原、夏晓红编，《二十世纪中国小说理论资料》(第一卷·1897—1916)，北京：北京大学出版社，1989年，第27页。

② 林纾，《〈译林〉序》，陈平原、夏晓红编，《二十世纪中国小说理论资料》(第一卷·1897—1916)，北京：北京大学出版社，1989年，第26页。

③ 王尔敏，《晚清政治思想史论》，桂林：广西师范大学出版社，2005年，第29页。

④ 林纾，《〈黑奴吁天录〉例言》，陈平原、夏晓红编，《二十世纪中国小说理论资料》(第一卷·1897—1916)，北京：北京大学出版社，1989年，第27页。

在鬼魂告知哈姆雷特他死亡的真正原因后，有这样一段描述：

...as Hamlet had already but too much suspected, for the hope of succeeding to his bed and crown.[1]

萧乾译文：

……正像哈姆莱特早已深深怀疑到的，这件事是他亲弟弟克劳狄斯（哈姆雷特的叔叔）干的，目的就是为了好霸占他的妻子和王位。[2]

此段内容在原著开头已经交代，哈姆雷特对其父王死因甚是怀疑，他认为是叔叔为图王位而将父王杀害。此处这样写是为照应开头，却非必要，林纾在译文中直接隐去，只保留了最关键的叔叔杀害先王的过程。

在埋葬奥菲利娅时，哈姆雷特与奥菲利娅哥哥起了冲突，被拉开后，有和解的情节：

...and Hamlet, after the funeral, excused his hasty act in throwing himself into the grave as if to brave Laertes; but he said he could not bear that any one should seem to outgo him in grief for the death of the fair Ophelia. And for the time these two noble youths seemed reconciled.[3]

萧乾译文：

……葬礼完了以后，哈姆莱特道歉说，他刚才很鲁莽，叫人看了以为他是要跟雷欧提斯打架才跳进坟里去的，可是他说他不能容忍还有谁为了美丽的奥菲利娅的死显得比他更伤心。两个高贵的青年一时似乎讲了和。[4]

原文这个细节有助于刻画哈姆雷特宽容大度的君子形象，但是对于

① Charles and Mary Lamb, Tales from Shakesperare, Shanghai: Chung Hwa Book Company, 1929: 265.

② [英]莎士比亚著，[英]查尔斯·兰姆、玛丽·兰姆改写，萧乾译，《莎士比亚戏剧故事》，天津：天津人民出版社，2015年，第251页。

③ Charles and Mary Lamb, Tales from Shakesperare, Shanghai: Chung Hwa Book Company, 1929: 277.

④ [英]莎士比亚著，[英]查尔斯·兰姆、玛丽·兰姆改写，萧乾译，《莎士比亚戏剧故事》，天津：天津人民出版社，2015年，第261页。

整个故事情节发展来说，用处不大。此外，由于结局中两人要展开决斗，所以可能会使读者产生困惑：两个和解的人为何会决斗？林纾直接删除了这个情节。

除了次要情节外，原文对次要人物的描写也被林纾直接删除，如在国王安排御前大臣波洛涅斯躲在王后内宫帷幕后面偷听，有一段关于他的评价：

This artifice was particularly adapted to the disposition of Polonius, who was a man grown old in crooked maxims and policies of state, and delighted to get at the knowledge of matters in an indirect and cunning way.①

萧乾译文：

这个计策特别适合波洛涅斯的性格，他在朝廷里的钩心斗角的政治活动当中混到晚年，他喜欢用不正当的和狡猾的手段来刺探内幕。②

波洛涅斯在莎士比亚的剧本中占有比较重要的地位，从哈姆雷特回宫开始，他一直活跃在舞台上，鞍前马后替国王效力。兰姆姐弟在改写时为再现原著精华，尽可能保留原著的风貌，尤其语言方面，在由悲剧编写的故事方面，“莎士比亚自己的语言时常没有经过很大改动就在故事的叙述或是对话里出现了”③。所以在兰姆姐弟改写的故事集里会出现这段对波洛涅斯的交代。但在林纾的故事里，波洛涅斯是一个串场的角色，只出现过一次，就是把哈姆雷特写给奥菲利娅的信呈递王国王后。对于这样的角色，林纾显然是吝施笔墨的，这也是林纾坚持的翻译原则，他在翻译《黑奴吁天录》时交代“是书专叙黑奴，中虽杂收他事，宗旨必与黑奴有关者，始行着笔”④。可见，与主题无关或关系不

① Charles and Mary Lamb, Tales from Shakesperare, Shanghai: Chung Hwa Book Company, 1929: 271.

② [英]莎士比亚著，[英]查尔斯·兰姆、玛丽·兰姆改写，萧乾译，《莎士比亚戏剧故事》，天津：天津人民出版社，2015年，第256页。

③ [英]莎士比亚著，[英]查尔斯·兰姆、玛丽·兰姆改写，萧乾译，《莎士比亚戏剧故事》，天津：天津人民出版社，2015年，原序第1页。

④ 林纾，《〈黑奴吁天录〉例言》，陈平原、夏晓红编，《二十世纪中国小说理论资料》（第一卷·1897—1916），北京：北京大学出版社，1989年，第27页。

大的情节，林纾不会着力书写的。

林纾删除的还有原文中大段的心理描写，原文中哈姆雷特在观看戏子表演后，决定用他们来验证先王所言的虚实前，有一段心理描写，摘录如下：

This put Hamlet upon thinking, if that player could so work himself up to passion by a mere fictitious speech, to weep for one that he had never seen, for Hecuba, that had been dead so many hundred years, how dull was he, who having a real motive and cue for passion, a real king and a dear father murdered, was yet so little moved, that his revenge all this while had seemed to have slept in dull and muddy forgetfulness and while he meditated on actors and acting, and the powerful effects which a good play, represented to the life, has upon the spectator, he remembered the instance of some murderer, who seeing a murder on the stage, was by the mere force of the scene and resemblance of circumstances so affected, that on the spot he confessed the crime which he had committed.①

萧乾译文：

这件事使哈姆莱特想到：要是那个戏子仅仅念了那么一段虚拟的台词，居然自己就动起感情来，替他从来没见过面的千百年前的赫卡柏流下眼泪，哈姆莱特自己有多么迟钝，他有真正应该痛苦的理由和动机——一个真的国王，一个亲爱的父亲被谋杀了，——然而他竟这么无动于衷，他的复仇心一直好像在醉生梦死里睡觉。他想到戏子和演技，想到演得惟妙惟肖的一出好戏给观众的影响有多大，这时候，他又记起有些凶手看到舞台上演的谋杀案，仅仅由于场面的感人和情节的相似，受了感动，居然会当场把自己犯的罪招认出来。②

原文这段话表达了一个中心思想：演员的表演非常逼真。林纾用了

① Charles and Mary Lamb, Tales from Shakesperare, Shanghai: Chung Hwa Book Company, 1929: 269—270.

② [英]莎士比亚著，[英]查尔斯·兰姆、玛丽·兰姆改写，萧乾译，《莎士比亚戏剧故事》，天津：天津人民出版社，2015年，第255页。

“因念俳能感人至此”[①]八个字，哈姆雷特丰富的内心活动一律省略。从刻画人物上来看，这显然是不妥的，但对于推动故事情节发展而言，这些心理活动所起的作用不大。这些内心活动删除之后，并不影响读者的理解，因为中国古代文学也有类似的情节，可以通过察言观色，验别真伪。

同样被删除的还有关于哈姆雷特先王与母后恩爱之情的细节描写，以及文中使用比喻等修辞手段起到渲染感情的细节描述，此外还有对人物外貌的描写，这些都与主要情节的关系不大，林纾在译文中都没有着墨。值得注意的是，林纾并不排斥所有细节描写，对细节的删除是有选择的。他删除的都是与主题无关的外貌描写，比如对先王外貌的描写，但保留了对叔叔的描述“克老丢仪表猥陋，心复狡险”[②]，因为叔叔是故事中至关重要的角色，相较而言，先王只是推动故事发展的引子。

除了出于情节紧凑的考虑所进行的删除外，林纾还用中国传统价值观对原文进行改写，文中凡是不符合中国传统价值观、不易为国人接受的细节都直接省去。

哈姆雷特不听霍拉旭等人劝阻，执意跟随鬼魂而去，有一段心理描写：

But their counsels and entreaties could not alter Hamlet's determination, who cared too little about life to fear the losing of it; and as to his soul, he said, what could the spirit do to that, being a thing immortal as itself?[③]

萧乾译文：

可是他们这些劝告和恳求改变不了哈姆莱特的决心，他把生命早就看得无所谓了，他并不怕死。至于他的灵魂，那既然同样是永生不灭

① [英]兰姆著，林纾、魏易译，《吟边燕语》，北京：商务印书馆，1981年，第52页。

② [英]兰姆著，林纾、魏易译，《吟边燕语》，北京：商务印书馆，1981年，第49页。

③ Charles and Mary Lamb, Tales from Shakesperare, Shanghai: Chung Hwa Book Company, 1929: 265.

的，鬼魂怎么能够害它呢？[①]

在西方人看来，人的灵魂是永生不灭的，而在中国道家看来，人有三魂七魄。显然，西方灵魂永生不灭的说法与中国道家说法是不一致的。林纾对此采取的措施即删除，避免解释和造成误解之嫌。

在哈姆雷特误杀大臣波洛涅斯后，劝诫母后时有一段评述：

And though the faults of parents are to be tenderly treated by their children, yet in the case of great crimes the son may have leave to speak even to his own mother with some harshness, so as that harshness is meant for her good, and to turn her from her wicked ways, and not done for the purpose of upbraiding.[②]

萧乾译文：

虽然对父母的错处，做儿女的应当尽量包涵，然而如果父母犯了严重的罪过，连儿子也可以相当严厉地斥责他自己的母亲，只要这种严厉是为了她好，为了叫她改邪归正，而不是为了责备。[③]

在西方社会，家庭关系的核心是夫妻关系，孩子只是夫妻关系中短暂的旅客。孩子长大成年后，就会从家庭中分离出去，作为独立个体独自生活。因此，在西方社会中孩子与父母可以成为朋友，拥有平等权利。中国是一个农业社会，靠土地生存，这种地缘稳定性决定了中国的社会制度是家族制度，儒家思想在很大程度上是这种家族制度的理性论证，也就是理论表现[④]。“两千年来中国之所以能实现农业社会的整合，其关键因素就是依靠儒家文化将王权、官僚政治、地主权力和家长制组成一个自上而下的统一大网。”[⑤]维护大网中各级关系的关键就是森严的

① [英]莎士比亚著，[英]查尔斯·兰姆、玛丽·兰姆改写，萧乾译，《莎士比亚戏剧故事》，天津：天津人民出版社，2015年，第251页。

② Charles and Mary Lamb, Tales from Shakesperare, Shanghai: Chung Hwa Book Company, 1929: 273.

③ [英]莎士比亚著，[英]查尔斯·兰姆、玛丽·兰姆改写，萧乾译，《莎士比亚戏剧故事》，天津：天津人民出版社，2015年，第258页。

④ 冯友兰著，赵复三译，《中国哲学简史》，北京：生活·读书·新知三联书店，2009年，第24页。

⑤ 金观涛、刘青峰，《中国现代思想的起源：超稳定结构与中国政治文化的演变》，北京：法律出版社，2011年，第11页。

等级制度。家长在一个家族中拥有绝对的权威，家族长幼尊卑分明。而林纾坚决维护孔孟道德，到五四时期，林纾已经由支持社会变革的进步文人走向进步的反面。他反对五四新人“必覆孔孟，铲伦常为快”[①]的做法。在林纾眼中，子女只能绝对服从父母，对父母的行为，子女连质疑的权利都没有，更别提严厉斥责了。因此，林纾在译文中此段也未译出。

此外，原文中哈姆雷特在指责王后不该嫁给叔叔时，指出“in itself a highly improper and unlawful marriage, from the nearness of relationship.[②]（从这么近的血统关系来说，这个婚姻本身就是十分不正当的，也是不合法的。[③]）”在中国现代之前，近亲结婚都是允许的，许多文学作品中还讴歌这种爱情，比如宝黛的爱情。直到1980年《中华人民共和国婚姻法》颁布，才从法律上禁止近亲结婚。因此，原文中的这种观点在当时是无法被译者认同的，在翻译时也被删减。

第一种删减方式体现了译者深厚的古文功底。林纾用最少的笔墨力图表现最丰富的内涵，他在翻译小说时无意识地渗透着古文章法。林纾在《春觉斋论文》中谈到做文章的十六忌，其中第一就是忌直率，初学之人最容易犯的毛病就是“极诸所有，尽情倾泻而出”[④]，做文章要有曲折，才能存留气势。这一点从上文对林纾缩减原文的分析中便可得知。做小说也是同理，不可尽言，要留有空白给读者。做文章的第三忌是庸絮，“絮，拖沓之谓”[⑤]。做文章应该“宜节处便节，宜繁处即繁。

① 林纾，《致蔡鹤卿书》，徐中玉主编，《中国近代文学大系》（第1集·第1卷·文学理论集一），上海：上海书店，1994年，第59页。

② Charles and Mary Lamb, Tales from Shakesperare, Shanghai: Chung Hwa Book Company, 1929: 262.

③［英］莎士比亚著，［英］查尔斯·兰姆、玛丽·兰姆改写，萧乾译，《莎士比亚戏剧故事》，天津：天津人民出版社，2015年，第249页。

④ 林纾，《春觉斋论文》，郭绍虞、罗根泽主编，《中国古典文学理论批评专著选辑》，北京：人民文学出版社，1959年，第89页。

⑤ 林纾，《春觉斋论文》，郭绍虞、罗根泽主编，《中国古典文学理论批评专著选辑》，北京：人民文学出版社，1959年，第92页。

若不省用笔之法，故丁宁反覆，伸明已说，此未有不流于絮者”[①]。这一点更具体地体现在林纾对原文中重复冗余情节的删除上。纵观译文，可以发现，林纾译文详略得当、脉络清晰、情节连贯紧凑。显然译者在潜移默化中将文章之法运用到了做小说上。

第二种删减方式一方面是出于情节的考虑，另一方面是对读者的尊重。比如心理描写，中国传统文学中没有大段的心理描写，人物的心理更多地通过语言和行动展现，为适应读者口味，吸引他们阅读的兴趣，译者进行了删减。删减之后，故事结构更加紧凑，语言更加凝练，情节更为突出。上下文衔接天衣无缝，无晦涩不明之处。比如前面提到的心理描写，虽然它有助于人物性格的刻画，但也容易冲淡主题，情节拖沓，使读者失去阅读的快感。林纾翻译小说的目的不是学习西方小说的艺术，或者说当时的林纾也无法欣赏西方小说艺术，他更在意的是小说的情节，如何使情节紧凑连贯、扣人心弦是他关注的中心。对比发现，林纾译本对原文是一种别样的“忠实”，即“忠实”于其故事情节。凡是重要的情节一律保留，缩减或者删除与主题关系不大的细节描写，这反映了林纾的翻译观：“存其旨而易其辞，本意并不亡失。”[②]对于林纾来说，“鬼诏”译本的本意就是其曲折离奇、跌宕起伏的故事情节。

除了删减之外，林纾还增添了很多细节之处，这些增添的目的是什么，达到了什么样的效果，将在下文中讨论。

三、译著在文化层面的改写

林纾对原文的改写不仅体现在对文本的缩减和删除上，从上一节的分析可以看出，这种缩减和删除并非随意妄为，背后反射着译者的价值

① 林纾，《春觉斋论文》，郭绍虞、罗根泽主编，《中国古典文学理论批评专著选辑》，北京：人民文学出版社，1959年，第92页。

② 林纾，《〈黑奴吁天录〉例言》，陈平原、夏晓红编，《二十世纪中国小说理论资料》（第一卷·1897—1916），北京：北京大学出版社，1989年，第27页。

观和翻译观。林纾的改写同时还体现在文化层面，本节从哈姆雷特形象、封建等级制度、中国的婚姻观等几个方面展开分析。

首先探讨的是兰姆姐弟想传达给读者的价值观。兰姆姐弟在莎士比亚三十多部戏剧中选择了二十一部编辑成册，这个选择中也透露出编者的价值观，也就是他们在“序言”中提到的那些美德。他们希望年轻的读者看完这些故事以后，能够：

...enrichers of the fancy, strengtheners of virtue, a withdrawing from all selfish and mercenary thoughts, a lesson of all sweet and honorable thoughts and actions, to teach courtesy, benignity, generosity, humanity.①

丰富大家的想象，提高大家的品质，使他们抛弃一切自私的、唯利是图的念头；这些“故事”教给他们一切美好的、高贵的思想和行为，叫他们有礼貌、仁慈、慷慨，富于同情心。②

这些美德在他们塑造的哈姆雷特身上都可以找到。哈姆雷特是一个高贵的王子，他“being of a nice sense of honor, and a most exquisite practiser of propriety himself.③（为人正派，讲究体面，一举一动都非常端重。④）”他也是一个勇敢而有“excellent understanding⑤（卓越的理智⑥）”的人。为得知先王死亡的真相，他勇敢无畏地跟随鬼魂而去。但他没有轻信鬼魂所说的话，而是命俳优演戏，通过察言观色，小心验证自己的疑惑。这反映出哈姆雷特是一个睿智谨慎的人。他温厚、善

① Charles and Mary Lamb, Tales from Shakesperare, Shanghai: Chung Hwa Book Company, 1929: preface iii.

② [英]莎士比亚著，[英]查尔斯·兰姆、玛丽·兰姆改写，萧乾译，《莎士比亚戏剧故事》，天津：天津人民出版社，2015年，原序第3页。

③ Charles and Mary Lamb, Tales from Shakesperare, Shanghai: Chung Hwa Book Company, 1929: 261.

④ [英]莎士比亚著，[英]查尔斯·兰姆、玛丽·兰姆改写，萧乾译，《莎士比亚戏剧故事》，天津：天津人民出版社，2015年，第248页。

⑤ Charles and Mary Lamb, Tales from Shakesperare, Shanghai: Chung Hwa Book Company, 1929: 267.

⑥ [英]莎士比亚著，[英]查尔斯·兰姆、玛丽·兰姆改写，萧乾译，《莎士比亚戏剧故事》，天津：天津人民出版社，2015年，第253页。

良，有仁慈之心。他迟迟没有动手复仇的原因是“the very circumstance that the usurper was his mother’s husband filled him with some remorse, and still blunted the edge of his purpose.[①]（篡夺王位的人刚好是他母亲现在的丈夫，这个情形也使他感到有些痛心，下起手来更犹豫不决了。[②]）”面对母亲忘却仇恨、改嫁仇人的做法，“this virtuous prince did in moving terms represent to the queen the heinousness of her offence.[③]（品德高尚的王子就用感人的言辞指出王后犯的罪有多么丑恶。[④]）”他的仁慈之心不但体现在对母亲情感的体恤上，还体现在他对人类生命的尊重上，即便这个人是他的杀父仇人，“The mere act of putting a fellow-creature to death was in itself odious and terrible to a disposition naturally so gentle as Hamlet’s was.[⑤]（哈姆莱特天生那样温厚，把一个同类活活儿地害死，这种事本身对他来说就是讨厌而且可怕的。[⑥]）”他还富有同情心。身怀血海深仇，他根本无暇考虑爱情，可是面对深爱他的奥菲利娅，“he thought that his treatment of this gentle lady had been unreasonably harsh[⑦]（他觉得自己对那位温柔的姑娘残酷得太没道理了[⑧]）”，就写了一封柔情的信给她。在奥菲利娅的葬礼上，他悲痛不已，像发了疯一样。这也体现出他是情深义

① Charles and Mary Lamb, Tales from Shakesperare, Shanghai: Chung Hwa Book Company, 1929: 268.

② [英]莎士比亚著，[英]查尔斯·兰姆、玛丽·兰姆改写，萧乾译，《莎士比亚戏剧故事》，天津：天津人民出版社，2015年，第254页。

③ Charles and Mary Lamb, Tales from Shakesperare, Shanghai: Chung Hwa Book Company, 1929: 273.

④ [英]莎士比亚著，[英]查尔斯·兰姆、玛丽·兰姆改写，萧乾译，《莎士比亚戏剧故事》，天津：天津人民出版社，2015年，第258页。

⑤ Charles and Mary Lamb, Tales from Shakesperare, Shanghai: Chung Hwa Book Company, 1929: 268.

⑥ [英]莎士比亚著，[英]查尔斯·兰姆、玛丽·兰姆改写，萧乾译，《莎士比亚戏剧故事》，天津：天津人民出版社，2015年，第254页。

⑦ Charles and Mary Lamb, Tales from Shakesperare, Shanghai: Chung Hwa Book Company, 1929: 267.

⑧ [英]莎士比亚著，[英]查尔斯·兰姆、玛丽·兰姆改写，萧乾译，《莎士比亚戏剧故事》，天津：天津人民出版社，2015年，第253页。

重、充满柔情的人。而他在与奥菲利娅哥哥搏斗之后，主动向对方道歉，找对方和解则体现出他是一个光明磊落的谦谦君子。可见在原文中，兰姆姐弟着力塑造的是一个充满人间几乎所有美德的哈姆雷特形象。

而在林纾的笔下，哈姆雷特被塑造成中国古代小说的典型主人公形象：他是一位孝顺、勇敢、擅武的太子。首先，哈姆雷特是一个地地道道的孝子。可以说，孝道是林纾着力铺陈渲染的价值观。孝道是中国传统社会十分重要的道德规范，也是中华民族尊奉的传统美德。“孝”成为林纾书写哈姆雷特形象的核心词。译文开篇即为哈姆雷特人物形象定下基调，原著中“为人正派，讲究体面，一举一动都非常端重”的王子变成“以孝行称于国人”的太子，他“挚孝之心，实根天性”[①]。接下来，惜字如金的林纾保留原文很多细节来说明父王去世对他的影响，以突显他的孝道：

...insomuch that, between grief for his father's death and shame for his mother's marriage, this young prince was overclouded with a deep melancholy, and lost all his mirth and all his good looks; all his customary pleasure in books forsook him, his princely exercises and sports, proper to his youth, were no longer acceptable; he grew weary of the world, which seemed to him an unweeded garden, where all the wholesome flowers were choked up, and nothing but weeds could thrive.[②]

林纾译文：

……王薨，靡日不哀，又耻其母之失节，居恒怏怏。既不读书，亦不行猎，凡盛年应为之事，无一惬心者，厌世之心日甚，以为此尘埃中，殆非人类所处。[③]

对比原文可以发现，林纾保留了描写哈姆雷特悲伤的所有细节：为

① [英]兰姆著，林纾、魏易译，《吟边燕语》，北京：商务印书馆，1981年，第50页。

② Charles and Mary Lamb, Tales from Shakesperare, Shanghai: Chung Hwa Book Company, 1929: 261.

③ [英]兰姆著，林纾、魏易译，《吟边燕语》，北京：商务印书馆，1981年，第50页。

父王去世伤心、为母后改嫁感到耻辱、不读书、不打猎、对世界丧失了信心。此举对于重视故事情节的林纾来说，非常关键，因为这些细节生动形象地再现了哈姆雷特的“孝顺”。除保留细节外，为刻画哈姆雷特的孝子形象，林纾还添加了原文没有的细节，如在先王鬼魂告知他被害真相并嘱托他要报仇时，林纾添加了“太子泣而诺”①。中国传统文化强调男儿有泪不轻弹，林纾添加“泣”这个细节，进一步强化了哈姆雷特对父母的孝心，父亲的死亡是他的伤心之处。在观看俳优演戏之后，林纾添加了“太子本有夙冤，闻之愈戚触”②，在强调哈姆雷特孝道的同时，也刻画出哈姆雷特是一个有血有肉、重情重义、疾恶如仇的性情中人。哈姆雷特被其母招进宫后，林纾添加了“意欲以至情感动之”③。面对母亲所犯下的罪恶，哈姆雷特不敢指责，而是想用真挚的情感感动母亲，使母亲觉醒。在情不自禁脱口而出指责之词后，他又“语出，自省其过，复变其词”④。可见，哈姆雷特背负血海深仇，可面对自己犯罪的母亲，却必须隐忍，不敢忤逆母亲。这些细节都有助于表现哈姆雷特重孝道的一面。

除孝顺外，在哈姆雷特被叔叔设计遣往英国途中遭遇海盗，有一句表述“太子素勇”⑤，让读者看到了他勇敢擅武的一面。此外，哈姆雷特从英国半途逃回来之后，作书告王叔，使用的借口是林纾添加的“言被盗故”⑥，可见哈姆雷特的机智。林纾笔下哈姆雷特对待爱情的态度较之原文也有很大差异，林纾译文前面交代“太子常与通书，且馈之以戒指，坚约至固”⑦，但在奥菲利娅的坟墓上，哈姆雷特腾身跳入坟墓的理由却是“然自念彼兄弟尚如此，矧吾乃其夫耶”⑧，即妻子的兄弟

① [英]兰姆著，林纾、魏易译，《吟边燕语》，北京：商务印书馆，1981年，第51页。
② [英]兰姆著，林纾、魏易译，《吟边燕语》，北京：商务印书馆，1981年，第51—52页。
③ [英]兰姆著，林纾、魏易译，《吟边燕语》，北京：商务印书馆，1981年，第52页。
④ [英]兰姆著，林纾、魏易译，《吟边燕语》，北京：商务印书馆，1981年，第52页。
⑤ [英]兰姆著，林纾、魏易译，《吟边燕语》，北京：商务印书馆，1981年，第53页。
⑥ [英]兰姆著，林纾、魏易译，《吟边燕语》，北京：商务印书馆，1981年，第53页。
⑦ [英]兰姆著，林纾、魏易译，《吟边燕语》，北京：商务印书馆，1981年，第51页。
⑧ [英]兰姆著，林纾、魏易译，《吟边燕语》，北京：商务印书馆，1981年，第54页。

都如此悲伤，更何况我这个做丈夫的呢！也就是说，哈姆雷特跳入坟墓不是出于对妻子的深爱，而是不能输给妻子的娘家人。这种做法在晚清的中国很普遍。在中国传统社会的五伦关系中，夫妇关系排在第四。父母和子女的关系仅次于君臣关系。因此，对于林纾的哈姆雷特来说，父亲的死亡才是不可承受的生命之重。此外，译文中没有对他品性德行方面的表述。

综上所述，林纾呈现给中国读者的是一位机智、勇敢、果断、疾恶如仇、擅武且天性孝顺的太子。这样的人物形象显然在中国读者的认知中并不陌生，在传统小说中，他是被讴歌的对象。这与原文塑造的至善至美、拥有一切美德的哈姆雷特形象相差太远。

其次探讨的是，除了人物形象上的改写之外，原文以弘扬美德为目的的故事在林纾笔下演变成一出皇叔谋妻篡权、太子智报大仇的宫廷大戏。林纾在遣词造句上都旨在营造这个氛围，而剧中人物角色、言谈举止等也紧紧围绕这个主题展开。原文中先王的“死”变成了“薨”。薨，死也。在古代指诸侯之死，后指有封爵的大官之死。先王鬼魂“as it were desiring to have conversation with him[①]（好像很想跟他谈话）”改成了“似欲临诏太子”[②]。原文中“the queen sent for Hamlet[③]（叫哈姆雷特去）”改成“宣太子入”[④]。译文中还添加了王后“求赦太子”[⑤]。译文除了采用这些有特殊语体风格的词语，还对人物角色进行了改写。原文中霍雷旭是丹麦的臣民，与哈姆雷特是挚友，两个人之间是平等的关系。而在译文中霍雷旭变成太子“近侍卫”和“卫士”，两个人变成了君臣关系，在等级制度森严的古代中国社会，君臣之间是不可能有平等

① Charles and Mary Lamb, Tales from Shakesperare, Shanghai: Chung Hwa Book Company, 1929: 264.

②［英］兰姆著，林纾、魏易译，《吟边燕语》，北京：商务印书馆，1981年，第50页。

③ Charles and Mary Lamb, Tales from Shakesperare, Shanghai: Chung Hwa Book Company, 1929: 271.

④［英］兰姆著，林纾、魏易译，《吟边燕语》，北京：商务印书馆，1981年，第52页。

⑤［英］兰姆著，林纾、魏易译，《吟边燕语》，北京：商务印书馆，1981年，第53页。

的朋友关系的。此外，在原文中王后是一位没有主见、性格温顺、疼爱儿子的母亲，而在林纾笔下却变成一位高高在上、享有至高权威的皇后，会因儿子出言不逊而“大怒”，会质问儿子“尔敢于宫中行戮耶?”[①]通过以上细节，林纾营造了一个等级森严的皇宫和一出血海深仇的复仇戏。

最后讨论的是林纾在译文中传达的中国传统婚姻观。林纾篡改了原文的一个次要情节。奥菲利娅父亲将哈姆雷特写给女儿的情书呈给国王和王后，他们认为找到了哈姆雷特发疯的缘由，之后写道：

And the queen wished that the good beauties of Ophelia might be the happy cause of his wildness, for so she hoped that her virtues might happily restore him to his accustomed way again, to both their honors.[②]

王后倒也希望他是为了奥菲利娅的美貌才发起疯来的，那样，奥菲利娅的美德也可以叫哈姆莱特幸运地恢复到原来的样子，那对他们两个人都是有光彩的事。[③]

在译文中，新王和王后以为找到哈姆雷特发疯的原因后，“立促有司为太子具礼”[④]，即为两人举办了婚礼，所以后文中哈姆雷特称呼奥菲利娅为妻。在西方社会，人们更看重的是爱人之间情感的交流，而非婚姻的形式。而在中国，自古男子先成家后立业，婚姻的形式远大于内容。因此，解决哈姆雷特问题的办法就出现了很大差异，原文中希望借助奥菲利娅的美德换回哈姆雷特的理智，而译文中稳定的婚姻形式可以让男人安定下来。

林纾基于自己固有的传统知识理解和诠释原文，通过删减和增添的方式改写原文，传达出不同的价值观，使原文以一种迥然不同的形象展

① [英]兰姆著，林纾、魏易译，《吟边燕语》，北京：商务印书馆，1981年，第52页。

② Charles and Mary Lamb, Tales from Shakesperare, Shanghai: Chung Hwa Book Company, 1929: 268.

③ [英]莎士比亚著，[英]查尔斯·兰姆、玛丽·兰姆改写，萧乾译，《莎士比亚戏剧故事》，天津：天津人民出版社，2015年，第253—254页。

④ [英]兰姆著，林纾、魏易译，《吟边燕语》，北京：商务印书馆，1981年，第51页。

现在中国读者面前。除了删减和增添之外，林纾还通过对叙述方式的改写对原文进行改造，使其译文取得的社会效果与原文达到异曲同工之妙，下文将予以分析。

第四节　两种译本的不同命运

《澥外奇谭》和《吟边燕语》两种译本都对原文有不同程度的改写，但两者的命运却迥然不同。《澥外奇谭》出版后，反响平平，正面评价很少，甚至鲜有文章评论，很快被读者遗忘。而《吟边燕语》出版后大受欢迎，对读者造成的影响也是深远的。郭沫若在1928年写道："林琴南译的小说在当时是很流行的，那也是我所嗜好的一种读物。……它无形之间给了我很大的影响。"[①]五四时期还有很多学者对外国文学产生兴趣是从阅读林纾译本开始的。那么造成两种译本不同命运的原因是什么呢？

从题目上看两种译本的区别，《澥外奇谭》重在"奇谭"，更多的是为取悦读者，娱乐大众，尽可能减少中国读者在阅读和理解上的困难，所选取的故事主题都是易于国人了解，或者说能引起国人共鸣的，并对这些故事进行了比较彻底的符合中国传统价值观的改写。比如，《哈姆雷特》在该译本中成为单纯的复仇剧、歌颂苦心救弟坚守贞操的传统女性美等。《澥外奇谭》在"序言"中没有关于版本的交代，也没有交代选择的标准等信息，一方面容易给读者造成误解，认为这些就是原著的全部故事，另一方面反映了译者选材的随意性，翻译活动在当时远不严谨。同时，译本没有标明译者姓名和身份，也是翻译活动稚嫩的表现。相较之下，《吟边燕语》对故事的选择更全面，"序言"中有关于版本的说明："莎诗纪事，传本至夥，互校颇有同异，且有去取。此本所收仅

① 郭沫若，《沫若文集》（第6卷），北京：人民文学出版社，1958年，第114页。

二十则，余一一制为新名，以标其目。”①

这段说明非常简短，但很有意义，它反映了译者已经开始有版本意识，这在小说翻译之初是难能可贵的。译者对不同版本进行对比校对，最后确定所选故事。除了《一报还一报》，书中收集了其余所有故事。

以上是从翻译活动外部看林纾超越前译本的优势，而让林纾译本大受欢迎的更关键因素在其译本本身。前文已讨论了林纾将自己的古文章法运用到译笔之中，人们对林译小说的欣赏正是源于林纾的文笔："所以林琴南先生，今世小说界之泰斗也，问何以崇拜之者众？则以遣词缀句，胎息史汉，其笔墨古朴顽艳，足占文学界一席而无愧色。"②

从1903年梁启超等发表《小说丛话》开始，评论家开始评价翻译小说。其中对译文的批评非常贫乏，更多的是对译者译笔也就是文笔的评价。此时评价家关注的是"译者的文字修养，而不是翻译能力"③。究其原因，大致有三：第一，时人多不通西文，没有能力将译文和原文进行对照，《小说丛话》中梁启超对西洋小说大加评论，可他本人"不通西文，未能读西文所著小说，仅据一二译出之本读之"④。这种对西洋小说的批评经过译者和评价者两层主观过滤，其可信度可想而知。而这种行为在当时非常普遍，论者本人及其他人也都不觉其不妥。

第二，主要跟当时的时代风尚有关。当时人们并不关注原著如何，有多少文学价值，中西文学层面的交流是被迫的，而不是主动的。晚清小说翻译缘起不是输入西方先进的文学理念和创作手法，尽管中国小说的发展的确在客观上受到了外国文学的影响。翻译的目的是开启民智，增加国民见识，只要能达到这个目的，至于原著是什么样，读者是不太关心的。因此，可读性就成为译本吸引读者的关键因素。

第三，当时翻译界还未建立起一套批评体系和批评话语。此阶段，

---

① [英]兰姆著，林纾、魏易译，《吟边燕语》，北京：商务印书馆，1981年，第2页。

② 觉我，《余之小说观》，《小说林》，1907年第10期，第9—10页。

③ 陈平原，《20世纪中国小说史》（第一卷），北京：北京大学出版社，1989年，第34页。

④ 梁启超，《小说丛话》，徐中玉主编，《中国近代文学大系》（第1集·第2卷·文学理论集二），上海：上海书店，1995年，第317页。

很多学者主要论证译书的必要性，并探讨需译的书籍类型。另有学者开始关注两种语言的差异。与译本有关的评论多出自译者所作的“序跋”中：译者或论及翻译的目的、翻译的困难、自己采用的翻译方法等，或有感于译文与原文的差异，但找不到恰合的词汇表达。以上分析可见，林纾译本以优美古雅的文笔取胜在情理之中。

林纾译本对原著的“不忠”，对其进行了各个层面的改写，已在第二节进行探讨。然而就译本所产生的社会效果而言，林纾译本却忠实地再现了原著精神。兰姆姐弟在“序言”中写道：“这些‘故事’是为年轻的读者写的，当作他们研究莎士比亚作品的一个初阶。”[①]可见，原文的预期读者对象是对莎士比亚作品并不了解的青少年。可以说，这本故事集可以作为莎士比亚戏剧作品的普及读本。编者“想把这些‘故事’写得叫年纪很小的孩子读起来也容易懂。我们时时刻刻想着尽量朝这个方向去做”[②]。为了照顾青少年读者，原文采用了散文形式，语言浅显易懂。而编者希望原文取得的效果是：“倘若年轻读者有幸从中尝到一些乐趣，我们希望起码也会使他们巴不得自己能再长大一些，以便原原本本地读到原剧。”[③]编者希望这些改编故事能够激发年轻读者对莎士比亚作品的兴趣，长大后阅读原著。

林纾译文也达到了类似的社会效果。郭沫若在《我的童年》中写道：

> Lamb的《Tales from Shakespeare》（兰姆的《莎士比亚故事集》），林琴南译为《英国诗人吟边燕语》，也使我感受着无上的兴趣。它无形之间给了我很大的影响。后来我虽然也读过‘Tempest’（《暴风雨》）、‘Hamlet’（《哈姆莱特》）、‘Romeo

① [英]莎士比亚著，[英]查尔斯·兰姆、玛丽·兰姆改写，萧乾译，《莎士比亚戏剧故事》，天津：天津人民出版社，2015年，原序第1页。

② [英]莎士比亚著，[英]查尔斯·兰姆、玛丽·兰姆改写，萧乾译，《莎士比亚戏剧故事》，天津：天津人民出版社，2015年，原序第2页。

③ [英]莎士比亚著，[英]查尔斯·兰姆、玛丽·兰姆改写，萧乾译，《莎士比亚戏剧故事》，天津：天津人民出版社，2015年，原序第2页。

and Juliet'（《罗密欧与朱丽叶》）等莎氏的原作，但总觉得没有小时所读的那种童话式的译述更来得亲切了。[①]

《吟边燕语》出版时，郭沫若年方十二，正是原文的理想读者。从这段叙述中可以看出，林纾译本使年轻读者产生了很大兴趣，对读者产生了深远影响，最重要的原因是他的译本读起来如童话故事一般亲切。

林纾采用对话形式和添加细节营造画面感，使得译本读起来生动形象、如身临其境。原文主要使用转述方式，只在最激烈的两处使用了对话：一处是哈姆雷特在验证自己的猜测后被王后宣进宫，与王后之间发生的激烈对话；另一处是在奥菲利娅葬礼上王后往坟上撒花时的独白。在林纾译本中，短短二百余字，有十八处对话。仅举一例，可见其差异。哈姆雷特指责母亲得罪了父亲，之后与母亲的对话：

The queen asked him if he had forgotten who it was he was speaking to? "Alas!" replied Hamlet, "I wish I could forget. You are the queen, your husband's brother's wife; and you are my mother: I wish you were not what you are." "Nay, then," said the queen, "if you show me so little respect, I will set those to you that can speak,"[②]

萧乾译文：

王后问他是不是忘记他在对谁讲话了。

"唉！"哈姆莱特回答说，"我但愿能够忘记。你是王后，你丈夫的弟弟的妻子，你又是我的母亲。我巴不得你不是。"

"不成，"王后说，"你对我既然这么无礼，我只好去找那些会讲话的人来对付你了。"[③]

林纾译文：

① 郭沫若，《沫若文集》（第6卷），北京：人民文学出版社，1958年，第114页。

② Charles and Mary Lamb, Tales from Shakesperare, Shanghai: Chung Hwa Book Company, 1929: 272.

③ ［英］莎士比亚著，［英］查尔斯·兰姆、玛丽·兰姆改写，萧乾译，《莎士比亚戏剧故事》，天津：天津人民出版社，2015年，第257页。

杰德鲁怒曰："尔所应对者，是何人临汝之上耶？"

太子叹曰："吾实莫知其谁，尔殆为王后，又为尔夫弟之妻，为分又吾母也。"

杰德鲁大怒曰："尔狂悖至此，吾将以能言者诘汝矣。"①

通过对比可以发现，原文中王后对哈姆雷特的出言不逊是非常愤怒的，但用叙述的方式表达出来就完全丧失了愤怒的情绪，变成了普通的问话。林纾改用反问句，王后的愤怒之情跃然纸上。萧乾译文第三句呈现的是一位温文尔雅、心如止水的王后，在被儿子讽刺之后仍然非常冷静，看不出情绪的波澜，译文读起来甚至有点滑稽，不像母亲在跟儿子对话，倒像是情侣之间的嗔怪，有悖常理。在林纾笔下，王后首先训斥太子竟然如此狂妄，继而再出对付之策，愤怒之情溢于言表。林纾还添加了表达情感的词：如怒、叹、大怒等，这些词有助于加强语气，增强气势。类似的添加还有"来梯司僵卧血中，呼曰：'是谋王授我者，然太子亦无幸，为时俄顷耳。'"②。林纾作文如摹画，用他的妙笔在读者面前展开了一幅栩栩如生的画卷，读他的小说就如同置身这些画卷之中，活在这些人物中间。唯有如此，才能让读者如郭沫若般倍感亲切，印象深刻，以至影响深远。

综上所述，20世纪初期的翻译活动是对政治运动的响应。小说翻译的目标在于启发民智，重点在故事情节，莎士比亚作品首次以故事的形式与中国读者见面。《澥外奇谭》的译者与林纾对莎士比亚了解甚少，他们都基于自己的传统知识对原文进行了一定程度的改写。《澥外奇谭》把原文改写成一部中国传统章回体小说，所选故事反映的是中国传统小说常见的主题。林纾将文章义法运用于译书之中，显示了精湛的古文功底。为了迎合读者口味，林纾对原文进行了大幅度删减，保留了主要故事情节，使故事情节紧凑、环环相扣、悬念迭出。林纾通过改动情节和增添的方式传达中国传统价值观，塑造了哈姆雷特的孝子形象。他还通

① [英]兰姆著，林纾、魏易译，《吟边燕语》，北京：商务印书馆，1981年，第52页。

② [英]兰姆著，林纾、魏易译，《吟边燕语》，北京：商务印书馆，1981年，第54页。

过改变叙述方式，使其译本受到了年轻读者的欢迎，取得了良好的社会效果。这两种译本虽然没有把莎士比亚原著风貌带给国人，但随着林译小说的畅销，哈姆雷特的故事为越来越多的国人所知，这也为后来《哈姆雷特》第一个真正戏剧译本的出现奠定了读者基础。

第三章 《哈姆雷特》汉译的发展期（1905—1930）

1905年至1930年出现了两种《哈姆雷特》译本：1922年的田汉译本《哈姆雷特》和1924年的邵挺译本《天仇记》。这一阶段的《哈姆雷特》汉译与前期译本形成了明显区别。两种译本大致呈现以下几个共同特征：

首先，与林纾时代一样，此阶段的《哈姆雷特》翻译与国内政治需求有着紧密联系，但政治需求的内涵与清朝末年有天壤之别，因此译本也呈现出迥然不同的面貌。晚清时期翻译目的是要启发民智、广博见闻，为了让不熟悉外域新小说的士大夫们接受阅读翻译小说，译者们根据自己的理解和能力，对原著大刀阔斧地删减改动，译者对原著的态度是轻率的，有的译者认为西方小说不如中国小说。但在五四时期，翻译外国文学的目的是要学习外国进步的文学方法，译者对原著的态度是虔诚的。

其次，两种译本都是全译本，只是以不同的面貌出现。田汉对作品进行了现实主义解读，把作品理解成原作者抒发悲愤忧郁之情、控诉社会黑暗的现实主义戏剧，田汉戏剧家的身份使其译本重在展现“戏剧性特征”；而邵挺译本则重视原著的写作手法和传递西方文化。两种译本在《哈姆雷特》汉译史上都具有里程碑式的意义：田汉译本是《哈姆雷特》在中国的第一个以戏剧形式出现的全译本，邵挺《天仇记》译本则是第一个注释译本。前者使国人第一次见到了《哈姆雷特》的真实面貌；后者类似中国古代点评式著作，有助于读者初识《哈姆雷特》。

再次，以1916年《欧美小说丛谈》和《莎氏乐府谈》为标志，国人对莎士比亚及其作品的认识逐步提高。而相较于20世纪初期两种译本的译者本身不懂英文，对莎士比亚知之甚少，对其作品更没有研究，此阶段出现的两种译本的译者都懂英文，对莎士比亚及其作品已有较深入了解。

最后，两种译本均由当时知名的出版社（中华书局和商务印书馆）出版，显示了学界对莎士比亚原著的重视，有利于原著在中国的推广。但如同《澥外奇谭》和《吟边燕语》的不同命运一样，此阶段两种译本也有不同的机遇。田汉译本读者较多，在1936年梁实秋的译本出现之前再版七次，极具戏剧艺术魅力。抗战时期，许多剧团演出仍然使用该译本。而邵挺译本出版之后没有引起很多关注，且得到的多为质疑之声，等到梁实秋译本出版之后，更鲜有人提及。但值得注意的是，田汉译本出现以后，对其译本评价并不多，其中的缘由将在下文分析。本文虽把两种译本归为同一时期，但两种译本产生的时代背景却稍有差异，为了便于讨论，本章将两种译本分开论述。

第一节　文学革命对全译本的呼唤

《哈姆雷特》在中国从故事改编本到第一个全译本出现经历了19年，这期间中国政坛、文坛发生了哪些变化，为《哈姆雷特》的全译本出现提供了哪些准备，将是本节探讨的重点。从清末起中国文学与政治就紧密地结合起来，并一直延续至现代，《哈姆雷特》的汉译亦如此。因此，要研究其汉译史，必然要先从政治说起。

一、“建设白话新文学”对《哈姆雷特》全译本的需求

1917年掀起的文学革命是《哈姆雷特》全译本出现的前提条件。20

世纪前20年是个动荡的年代，它见证了大清王朝的灭亡，也见证了政治、意识形态及文化等领域的启蒙运动。辛亥革命的胜利并没有解决中国的现实问题，软弱的资产阶级“无力领导一场强有力的反封建思想革命，以清除旧思想的影响，树立自己在思想理论上的主导地位”[①]，旧思想未除，新思想未立，社会处于混乱状态。在这片混乱中，伴随着袁世凯称帝、张勋复辟，一股尊孔复古的逆流出现。为保护革命成果，批判这股逆流，陈独秀于1915年创办《青年杂志》，发文斥责国内文坛的颓败文风。1917年，胡适在《新青年》上发表《文学改良刍议》，同年陈独秀发表《文学革命论》，以此为标志，以两人为代表的中国先进知识分子正式举起文学革命的大旗。1919年，巴黎和谈失败点燃了五四爱国运动，继而扩大到新文化运动，而文学革命成为新文化运动的重要组成部分。

内心充满着民族危机感的进步人士和爱国青年学生在这场运动中扮演了重要角色，他们倡导新文学，反对旧文学。胡适在《文学改良刍议》中提出“八不主义”：

> 一曰须言之有物，二曰不摹仿古人，三曰须讲求文法，四曰不作无病之呻吟，五曰务去烂调套语，六曰不用典，七曰不讲对仗，八不避俗字俗语。[②]

这八条中，第一、二、四、六条是关于文学的内容，其余四条跟语言有关，条条直指文言及文言作品。他进而提出：“文学者，随时代而变迁者也。一时代有一时代之文学……白话文学为中国文学之正宗。”[③]文章一出，激起了全国热烈响应和讨论，也引发了与林纾等保守派的激烈论战。在论战中，白话文学的地位得到确认，而如何建立白话文学成

① 叶易，《中国近代文艺思想论稿》，上海：复旦大学出版社，1985年，第156页。

② 胡适，《文学改良刍议》，《新青年》，1917年第2卷第5号，第27页。

③ 胡适，《文学改良刍议》，《新青年》，1917年第2卷第5号，第28页。

为中国进步知识分子关注的下一重点。胡适提出三步：工具、方法、创造。工具就是指白话。而怎样才能得到高明的文学方法呢？胡适首先批判和否定现有的中国文学，认为无论从文学方法还是材料上看，中国文学都“没有做模范的价值”[①]。而“西洋的文学方法，比我们的文学实在完备得多，高明得多，不可不取例”[②]。因此，研究文学的方法就只有一个“就是赶紧多多的翻译西洋的文学名著，做我们的模范”[③]。翻译作为建设新文学的重要工具走向了历史前台，迎来了第三次高潮，田汉和邵挺的译本就是这一大潮中的产物。

二、“以外国剧本为模范”与《哈姆雷特》汉译

五四时期废除旧戏、创造新剧的主张是《哈姆雷特》全译本出现的直接动因。文学革命的影响涉及各种文学类别：小说、散文、诗歌，当然也包括戏剧。“中国的话剧运动一开始就与政治运动结合着。”[④]从梁启超开始，从事新戏剧运动的不是文人，而是戏剧演员。他们用感时伤世的心怀创作新戏，映射时事讽刺当局，有进步意义。随着外国戏剧的影响，传统戏曲的形式也在改变，有的穿西装唱西皮。同时并存的还有日本的部分留学生组织的春柳社、上海的春阳社，他们用写实手法，废歌唱，只留对话，去除上下场，改用幕布和布景，对于愿意接受教育、接受新鲜事物的观众来说，这些大受欢迎。但到1917年前后，文明戏失败了；一来他们逐渐放弃剧本，有的只有幕表，表演时为迎合观众，任意动作，随意发言，淫词艳语，没有剧情，演出形同儿戏；二来演员缺少艺德、放纵自己，失去观众的尊重。至此，戏剧到了不得不改的地步。

---

① 胡适，《建设的文学革命论》，《新青年》，1918年第4卷第4号，第304页。

② 胡适，《建设的文学革命论》，《新青年》，1918年第4卷第4号，第304页。

③ 胡适，《建设的文学革命论》，《新青年》，1918年第4卷第4号，第303页。

④ 田汉、欧阳予倩、夏衍等，《中国话剧运动五十年史料集》（第一辑），北京：中国戏剧出版社，1958年，第1页。

钱玄同首先从形式上提出要废除中国旧戏，认为："如其要中国有真戏，这真戏自然是西洋派的戏，决不是那'脸谱'派的戏。要不把那扮不像人的人，说不像话的话全数扫除，尽情推翻？真戏怎样能推行呢？"[①]接着傅斯年发表长达一万余字的《戏剧改良各面观》，从艺术手法和文学价值上向旧戏（包括传统旧戏，改良旧戏和文明戏）发难，认为中国旧戏毫无美学价值，而戏文是"要客观，不是要主观，是要写实的，不是给文人卖弄笔墨的"[②]。周作人极为赞同钱玄同的观点，从内容上论证中国旧戏应废，认为中国旧戏是野蛮的。他把中国旧戏主题总结为四类：淫、杀、皇帝和鬼神，而这些因素有害于"世道人心"[③]，必须去除，旧戏必废。胡适从进化论的角度，认为中国人的守旧性很大，保存的"遗形物"最多，提出必须"扫除旧日的种种'遗形物'"[④]。这些文章都从现实主义角度出发，认为真正的戏剧反映社会人生，而不是娱乐大众。这是中国进步知识分子面对外敌欺凌、内政腐败的现实所做出的理性选择。可见，戏剧因其与民众的密切联系成为唤起最广大民众的觉醒、改造社会的工具。

胡适教人学习西洋戏剧的方法，写作白话剧，目的就是"想把戏剧做传播思想，组织社会，改善人生的工具"[⑤]。对于如何创造新剧，胡适提出必须"采用西洋最近百年来继续发达的新观念，新方法，新形式"[⑥]。戏剧界欧阳予倩积极响应他的观点，认为中国从来没有剧本文学，"其事宜多翻译外国剧本以为模范，然后试行仿制"[⑦]。宋春舫在

① 钱玄同，《随感录》，徐中玉主编，《中国近代文学大系》（第1集·第2卷·文学理论集二），上海：上海书店，1995年，第625页。

② 傅斯年，《戏剧改良各面观》，《新青年》，1918年第5卷第4号，第328页。

③ 周作人，《论中国旧戏的应废》，徐中玉主编，《中国近代文学大系》（第1集·第2卷·文学理论集二），上海：上海书店，1995年，第622页。

④ 胡适，《文学进化观念与戏剧改良》，《新青年》，1918年第5卷第4号，第315页。

⑤ 洪深，《导言》，洪深选编，《中国新文学大系·戏剧集》，上海：上海良友图书印刷公司，1935年，导言第20页。

⑥ 胡适，《文学进化观念与戏剧改良》，《新青年》，1918年第5卷第4号，第315页。

⑦ 欧阳予倩，《予之戏剧改良观》，徐中玉主编，《中国近代文学大系》（第1集·第2卷·文学理论集二），上海：上海书店，1995年，第614页。

《新青年》1918年第5卷第4号发表《近世名戏百种目》，选出一百种西方名剧，以供翻译。戏剧翻译在此阶段进入高潮。而国人对莎士比亚的了解加深也是其原著得以传译的重要因素。

三、对莎士比亚及其作品的认识深化

此阶段中国学界对莎士比亚及其作品的认识和了解较此前有较大的进步，为《哈姆雷特》全译本的出现提供了可能性。晚清时期《澥外奇谭》与《吟边燕语》的出现让中国读者得以了解《哈姆雷特》的故事梗概，激发了年轻读者对外国文学作品的阅读热情，但对莎士比亚生平事迹、其作品之文学价值等的了解却少之又少。此阶段出现了两位学者，他们对莎士比亚及《哈姆雷特》在中国的传播起到重要作用。

一位是晚清学者孙毓修，他从1908年起便致力于向国人介绍欧美小说，先是以丛谈形式发表文章，1916年，同名单行本《欧美小说丛谈》由商务印书馆出版发行，详细介绍、评价了包括寓言、童话、戏剧等在内的有代表性的欧美名家名作。孙毓修在《小说月报》1913年第4卷第8号上连发三篇文章《马罗之戏曲》《莎士比之戏曲》《彭琼生之笑剧》，详细介绍了被他称为“英国戏曲之祖”[①]的马洛、莎士比亚和本·琼生等三位戏曲家，包括作者生平事迹、作品分类及对作品的简要评价，认为“人事有变迁，时局有反复。独此三人之脚本犹存”[②]。三人之中，孙毓修对莎士比亚的评价最高，“三人之中，尤推莎士比其事至今如新，五百年如一日也”[③]，并分析了其中缘由：

① 孙毓修，《欧美小说丛谈》，上海：商务印书馆，1916年，第103页。

② 孙毓修，《欧美小说丛谈》，上海：商务印书馆，1916年，第103页。

③ 孙毓修，《欧美小说丛谈》，上海：商务印书馆，1916年，第103页。此处应为书中存在的常识性错误，从1616年莎士比亚逝世到本书出版的1916，不过三百年，文中的“五百年如一日也”显然不妥当。文中还有其他错误或“误读”之处，见杨克敏《图景·误读·范式——从孙毓修的〈欧美小说丛谈〉谈起》，《中国比较文学》，2014年第3期，第132—144页。

盖彼所赏者不在事迹，而在文学也。彼法德诸国剧场之中，亦各有其万年不弊之莎士比，日日发现于国民之目中，用能整齐民志，人人有爱国之心。返顾吾国则缺如也，古乐亡而京戏起，京戏厌而新剧兴。要皆无深入人心，足使人不厌百回看之精神存乎。此则爱国之士所当急为设法者也。吾祝中华之莎士比及时生产，以文学而保国也。①

从此段引文可以看出国人对莎士比亚的四点认识：第一是莎士比亚作品的文学价值，能历经三百年而不衰，在于英国人欣赏其文学价值。第二是莎士比亚作品在欧洲的影响力，不仅在英国，乃至周边法德诸国，莎士比亚也是长期备受国民欢迎。第三是莎士比亚作品的社会价值，孙毓修认为用其作品能鼓起国民的爱国之心，使百姓齐心协力。第四是莎士比亚作品之于中国的借鉴意义和价值，孙毓修认为中国戏剧界缺少的正是莎士比亚作品中所具有的精神，而这正是为了救亡图存、探索救国之路的国人所急需的。

孙毓修的评介打破了之前国人对莎士比亚狭隘、简陋甚至有些错误的认识，国人对莎士比亚的了解可以说已经到了相当全面准确的地步。其一，对莎士比亚有了详尽了解。孙毓修对莎士比亚生平事迹作了非常详尽的介绍，把活生生的莎士比亚推到了国人面前，使国人对他有了较为直观的认识，而不是一个空洞的名字，还原了莎士比亚作为戏剧家的真实身份和面貌。并且对莎士比亚作品有较为准确的分类认识：笑剧、历史剧和悲剧。孙毓修还介绍了莎士比亚创作的四个时期。其二，明确了莎士比亚及其作品在世界文坛的经典地位。

《欧美小说丛谈》被学者称为“中国人写的第一部世界文学史”②，在外国文学研究史上具有开创性意义。事实上，该书对莎士比亚在中国的译介是有首创意义的，这是对莎士比亚及其作品的第一次全面详尽介

① 孙毓修，《欧美小说丛谈》，上海：商务印书馆，1916年，第103—104页。

② 昌分，《中国人写的第一部世界文学史》，《社会科学报》，1990年3月22日第1版。

绍，同时，无论是连载的《小说月报》，还是单行本的发行单位商务印书馆，在当时的中国都具有非常大的影响力，拥有大量的读者群。因此，可以说该书对国人的外国文学启蒙有着功不可没的作用。它为《哈姆雷特》在中国的第一次真正意义上的翻译提供了知识储备和读者储备。

另一位是东润（即朱东润），他在五四前夕到国外留学，有机会学习，甚至研究莎士比亚，对其作品有相当的了解。他18岁赴英国勤工俭学，翻译了西方政治、新闻及文学作品等，其作品在国内出版。1917年回国后，应约撰写了《莎氏乐府谈》，连载于1917—1918年的《太平洋》杂志。这是“现在所能看到的篇幅最长、最早独立成章的完整的莎士比亚评论”[①]。同孙毓修一样，朱东润对莎士比亚的评价非常高，开篇即道“莎氏乐府为世所艳称久矣。非特英人崇视莎士比亚，恍如天神”[②]。接着，文中介绍了莎士比亚生平、莎士比亚时期的舞台等，难能可贵的是，文章从比较文学的角度探讨了莎士比亚与李白诗歌的特点。最后详细分析了《凯撒传》和《铸情记》（即《罗密欧与朱丽叶》）两部作品。从这篇论文可以看出，此阶段国人已经开始关注莎士比亚作品的艺术价值，只是讨论还很粗浅。

而此阶段文学革命运动的发起人之一胡适对《哈姆雷特》全译本的出现具有巨大的推动作用。他对莎士比亚也是高度赞扬的。他在文章中多次提到莎士比亚，他认为希腊戏曲在结构和描写上高出元曲何止十倍，而“近代的萧士比亚和莫逆尔更不用说了”[③]。言下之意萧士比亚比希腊戏曲更胜一筹。在另一篇文章中，胡适论证文学进化到一个地位，便停止不进步时，举例说英国戏剧在伊丽莎白女王时期极发达：

有蒋生（Ben Johnson）莎士比亚等的名著；后来英国人崇

① 李伟昉，《梁实秋莎评研究》，北京：商务印书馆，2011年，第65页。

② 东润，《莎氏乐府谈（一）》，《太平洋》，1917年第1卷第5号，第1页。

③ 胡适，《建设的文学革命论》，《新青年》，1918年第4卷第4号，第304页。

拜莎士比亚太甚了，被他笼罩一切，故十九世纪的英国诗与小说虽有进步，于戏剧一方面实在没有出色的著作。①

这从反面证明了莎士比亚在英国文学中的崇高地位。在胡适所拟的翻译西洋文学的几条办法中，第一条就是“只译名家著作，不译第二流以下的著作”②。显然，莎士比亚是属于必须翻译行列的。

综上所述，此阶段国人对莎士比亚及其作品的评介已经远超出晚清时期，开始关注莎士比亚作品的文学价值。但是这种认知还没有脱离政治的影响而独立存在，研究者们的介绍之意并不是单纯从文学角度向国人推介一位外国经典戏剧家，其介绍的落脚点在中国的现实需要。他们呼吁中国能早日出现这样的文豪来团结民众，鼓舞斗志，激发爱国热情。因此，国人对莎士比亚的认识仍然是从中国社会政治现实出发的，这是整个民国时期外国文学翻译和研究的基调，同时“学术与政治现实紧密纽结仍然是中国学界一个最为鲜明的特点”③。五四新人希望通过翻译，学习外国戏剧方法，创造中国新剧是他们翻译《哈姆雷特》的现实目的。这种现实需求深刻地反映在20世纪20年代初田汉对《哈姆雷特》的首次译介上。

第二节　田汉《哈孟雷特》——莎士比亚的首位中国知音

田汉是中国第一位用白话散文体将莎士比亚代表作《哈姆雷特》以戏剧形式完整地呈现在国人面前的译者，堪称莎翁在中国的首位知音。由于受到内外部诸多因素及译者个人特殊因素的影响，其译作《哈孟雷

① 胡适，《文学进化观念与戏剧改良》，《新青年》，1918年第5卷第4号，第315页。

② 胡适，《建设的文学革命论》，《新青年》，1918年第4卷第4号，第305页。

③ 杨克敏，《图景·误读·范式——从孙毓修的〈欧美小说丛谈〉谈起》，《中国比较文学》，2014年第3期，第140页。

特》呈现了独特的面貌，下文予以分析阐述。

一、田汉《哈孟雷特》翻译缘起

田汉翻译《哈姆雷特》既有时代的因素，也有自身的原因。“任何接受者在接受外来文化与文学时总是根据现实需要和自我需要而去挖掘那些被认为最有价值的东西为我所用。这是我们接受一切外来文化和文学的基本原则。”[①]

五四前后，中国乃至世界经历的空前未有的变化深深影响着远在日本求学的田汉。尤其是俄国十月革命照亮了田汉的心灵，启迪了他的激进民主主义思想。为了响应国内人民反帝反封建的正义斗争，田汉于1919年5月7日参加了日本留学生围攻北洋军阀政府驻日公使馆的行列。同年他加入了少年中国学会，想通过自己的文学谋求“个性之完成”和“社会之改造”两个目的，最终建设理想的“少年中国”[②]。可以看出，田汉的精神是和国内的五四运动紧密相连的。国内的文学革命热潮激荡着田汉的心灵，他积极加入了戏剧翻译的行列。

田汉在日本留学时如饥似渴地吸取外国的艺术营养，目的就是要“改革中国的旧剧，繁荣中国的文学创作”[③]。田汉在《哈孟雷特》译叙中引用了某莎翁学者对莎士比亚和易卜生笔下的人物的对比，他认为中国已经翻译了易卜生的很多戏剧作品，“再陈列一些油画（指莎士比亚作品——引者注）不更丰富些吗？”[④]这一细节反映了他对国内掀起的易卜生热的关注和了解，同时也可见他的翻译活动是与中国社会需求紧密相关的。而中华书局拟翻译出版的《少年中国学会文学研究会丛书》莎翁杰作集十种中，包含了莎翁全部的著名悲剧，虽然最终只有两部悲剧

① 李伟昉，《梁实秋莎评研究》，北京：商务印书馆，2011年，第100页。

② 周鹏飞，《田汉加入少年中国学会考》，《当代教育理论与实践》，2010年第1期，第169页。

③ 刘平，《戏剧魂——田汉评传》，北京：中央文献出版社，1998年，第75页。

④［英］莎士比亚著，田汉译，《哈孟雷特》，上海：中华书局，1922年，译叙第1页。

得以翻译出版，但由此不难看出，田汉对戏剧翻译剧本的选择源于自己对国家命运的关切。田汉的选材观也体现在他对日本作家谷崎润一郎的态度上，他虽然与谷崎润一郎感情深厚，却没有翻译日本作家谷崎润一郎的作品，因为“中国青年的全神经都向中国的社会变革集中，恶魔主义的、艺术至上主义的作品许有过时之感”①。

由此可见，田汉的翻译活动并不完全基于自己的好恶，他首要考虑的因素是符合社会需求。这种考虑还可以从两个不同的译叙中体现。译本在《少年中国》上连载时的译叙与第二年以单行本出版的译叙迥然不同。第一个译叙记录的是田汉在得知亲人被害后的悲愤之情；第二个译叙是在田汉冷静之后所做出的理性思考，由个人的悲欢升华到社会的境遇，即田汉所言：“描写个人的苦闷、个人的享乐，都是不对的。现代文学的描写是要求社会的、人类的永久解决。”②

那么在诸多悲剧中，为什么田汉首先选择翻译《哈姆雷特》？据田汉自己交代，“动机甚为纯粹，一则因爱好外国文学，一则动于先舅父被害之悲哀的情绪”③。在译叙中，田汉介绍了莎翁的生涯，并分析了其创作悲剧的缘由：

> 然曾几何时，前日之保护者皆沦于惨境。S.，E.两伯且坐谋叛一系伦敦塔，一登断头台。莎翁自身也颇受嫌疑，又兼慈父见背，益忧伤抑郁不能自聊，遂成第三期的各种悲剧，而《哈孟雷特》一剧尤沉痛悲怆为莎翁四大悲剧之冠。④

① 田汉，《〈神与人之间〉译者序》，《田汉全集》（第14卷·文论），石家庄：花山文艺出版社，2000年，第408页。

② 田汉，《近代戏剧文学及其社会背景》，《田汉全集》（第14卷·文论），石家庄：花山文艺出版社，2000年，第246页。

③ 田汉，《关于〈哈孟雷特〉与〈到民间去〉——致〈幻洲〉杂志记者》，《幻洲》，1927年第2卷第2期，第72—73页。

④ [英]莎士比亚著，田汉译，《哈孟雷特》，上海：中华书局，1922年，译叙第1页。

而此时的译者身上也发生了对他的人生及美学思想产生重大影响的悲剧。田汉自幼丧父，由母亲抚养长大，而他在思想上、生活上最可信赖的亲人和良师是他的舅父也是未来岳父易梅园先生。就在1920年12月，田汉人生中的这位贵人在家乡湖南被军阀赵恒惕杀害，田汉“闻变后哀愤填膺”[①]，陷入了极度的悲痛、感伤和颓唐之中。而相同的生活际遇使得田汉在莎士比亚身上找到了共鸣，他以最快的速度翻译了《哈姆雷特》，“以寄其情”[②]。由此可以发现，田汉对《哈姆雷特》进行了写实主义解读，这部作品是田汉借哈姆雷特抒发自己的悲愤忧郁，控诉社会的不平。

二、田汉虔诚的翻译态度

胡适提出创造中国新文学的三个步骤，认为应该先做好第一和第二步，“工具用得纯熟自然了，方法也懂了，方才可以创造中国的新文学”[③]。可见，翻译外国名著不是为了介绍和传播外国文学，而是通过翻译学习外国先进的文学方法，最终目的是要创造中国自己的文学，这成为中国20世纪20年代翻译活动的主要动机，直接影响了译者的翻译态度和翻译方法。

田汉对翻译的态度是虔诚的。首先是他对原著的虔诚。他在国内首次把莎士比亚原著以剧本的形式全译过来，使国人第一次见到《哈姆雷特》的真实面貌。其次，这种虔诚还体现在他对莎剧翻译事业的热情中：

① 田汉，《附：〈哈孟雷特〉译叙》，《田汉全集》（第19卷·译著），石家庄：花山文艺出版社，2000年，第171页。田汉译本在《少年中国》上连载时的译叙与1922年以单本形式出版的译本所附译叙不同。

② 田汉，《附：〈哈孟雷特〉译叙》，《田汉全集》（第19卷·译著），石家庄：花山文艺出版社，2000年，第171页。

③ 胡适，《建设的文学革命论》，《新青年》，1918年第4卷第4号，第306页。

我的译莎事业是一息尚存不会终止的。我的一切著译的价值都可使一切“Stranger”的否认，但我的热心与诚意，是无物可以否定我的。[①]

对于那些自诩莎翁学大家的人希望配译莎翁剧的真命天子出现，他是鄙视的，他认为“莎翁学的研究是和一切学问一样由粗而日进于精”[②]，不可能一夕之间出现配译莎翁剧的真命天子，“还不是要我们慢慢地努力使他由worse以进于better, best吗？”[③]这种脚踏实地的态度不仅指导着田汉的翻译活动，更是他人生的准则。

再次，这种虔诚还流露在田汉的翻译过程中。他“每译一脚本无论成绩如何，总经过相当的研究。总是参考许多同样的本子，看过多次的戏，才敢动手译的”[④]。他开始尝试翻译莎翁剧时“态度颇严肃而慎重。特原文晦涩处，虽有各大家之解释，恐仍有不达处，则当就正于诸先进者矣”[⑤]。由于是初次尝试，只能“暗中摸索”[⑥]，稿子寄出去之后还一改再改。由此可见，田汉在翻译时非常慎重，总是做好准备工作，首先对原著进行大量研究，参照各个大家的研究成果。其次翻译时通过移情、想象走进原作者心灵，站在他的立场去感悟。同时由于戏剧与别的文学形式不同，田汉还要观看原著在舞台上的演出效果，力求最大限度地把握原著精髓，再现原著风貌。田汉在帮友人宗白华翻译《歌德诗中

① 田汉，《论翻译答江绍原先生》，《田汉全集》（第18卷·文论），石家庄：花山文艺出版社，2000年，第513页。

② 田汉，《论翻译答江绍原先生》，《田汉全集》（第18卷·文论），石家庄：花山文艺出版社，2000年，第513页。

③ 田汉，《论翻译答江绍原先生》，《田汉全集》（第18卷·文论），石家庄：花山文艺出版社，2000年，第514页。

④ 田汉，《“自作聪明”的〈莎乐美〉评——答王宗璠的“翻译真难”》，《田汉全集》（第18卷·文论），石家庄：花山文艺出版社，2000年，第530页。

⑤ 田汉，《附：〈哈孟雷特〉译叙》，《田汉全集》（第19卷·译著），石家庄：花山文艺出版社，2000年，第171页。

⑥ 田汉，《论翻译答江绍原先生》，《田汉全集》（第18卷·文论），石家庄：花山文艺出版社，2000年，第510页。

所表现的思想》时，因为原著中“所引各诗，尽多金玉之句”[1]，他认为自己“笔拙学浅，不能译出”[2]，虽然宗白华不在意，但是田汉认为对“一般读者则殊不利”[3]，因此委托郭沫若译出。从这一细节可以看出，田汉是个纯真的译者，绝不糊弄读者，弄虚作假，敢于接受自己的弱点，在田汉看来，“‘诚可以救万恶’这句话，有绝对的真理”[4]。他最爱真挚的人，而真诚也是他的信仰。这种信仰渗透到他的翻译行为中。

最后，田汉的虔诚还表现在对翻译批评的态度。他非常虚心，对于有建设性的意见和建议他都欣然接受，然后加以修改，在《哈孟雷特》出版之后，“友人郭沫若兄说过一两条，我马上就改正了”[5]。不仅是改版时修改，为求真，田汉不惜重译，“但凡有错处应修正处，我是不惜挖版，改版，甚至毁版重译的”[6]。而原因是他多次强调的，不愿意“做莎翁的罪人”。可见莎士比亚作品在时人心中的地位是至高无上、不可侵犯的，与晚清时期出现的“豪杰译”等现象不可同日而语。

三、田汉《哈孟雷特》的翻译策略

田汉的翻译策略受到了内外多重因素的影响：从外部来看，五四时期新的翻译规范的确立为田汉的直译、白话散文体译莎提供了理论依

① 田汉，《〈歌德诗中所表现的思想〉译者敬告》，《田汉全集》（第14卷·文论），石家庄：花山文艺出版社，2000年，第393页。

② 田汉，《〈歌德诗中所表现的思想〉译者敬告》，《田汉全集》（第14卷·文论），石家庄：花山文艺出版社，2000年，第393页。

③ 田汉，《〈歌德诗中所表现的思想〉译者敬告》，《田汉全集》（第14卷·文论），石家庄：花山文艺出版社，2000年，第393页。

④ 田汉，《给郭沫若的信》，田寿昌、宗白华、郭沫若著，《三叶集》，上海：亚东图书馆，1920年，第30页。

⑤ 田汉，《论翻译答江绍原先生》，《田汉全集》（第18卷·文论），石家庄：花山文艺出版社，2000年，第510页。

⑥ 田汉，《论翻译答江绍原先生》，《田汉全集》（第18卷·文论），石家庄：花山文艺出版社，2000年，第510页。

据；从内部来看，田汉对传统资源的借鉴及自身戏剧家身份使得其译本独具特色，富有艺术魅力。

(一)五四时期新翻译规范与《哈孟雷特》全译本

五四时期翻译规范展现出与晚清时期截然不同的崭新面貌，为《哈姆雷特》第一个全译本的出现奠定了理论基础。晚清小说翻译高潮产生了大量翻译作品，这为翻译理论的发展提供了丰富的实践基础。文学界对翻译活动进行了很多有意义的反思，有些批评家本身就是译者。在对前期翻译实践成败经验的反思与批判中，新时期的翻译规范得以逐步确立。不夸张地说，新的翻译规范是建立在对林纾译作的批判之上的。林纾从“今世小说界之泰斗”[①]继而沦为五四文人批判的对象，生动地反映了翻译规范在20世纪初的流变过程。

首先是在翻译选材上，不同于晚清时期多选“通俗小说”，所选原著多为二三流作家作品，很少重视作品的文学价值。五四前夕，要求所选小说要改良社会，要可以借鉴的，类似于侦探小说可以不译。此外，小说要写出“人类的天性”，促进人类的相互了解，因为“现在我们所要了解的是世界现在的人类，不是已经死尽了的人类”[②]，因此，无论中古小说文笔多好，也要多译欧洲近世小说。译介的作品范围不限于英美，俄法也可以。

其次是翻译语言的选择：白话文。他们认为欧洲近世作品均为白话文，妙处尽在白话文；日本人译西洋小说也用东京白话。他们批判林纾译托尔斯泰作品时，“竟把俄国乡间穷得没有饭吃的农人夫妇，也架上古文腔调”[③]，是非常不合时宜的。

再次是对翻译质量的要求。要求译者“要仔细，万不可懒查字典。

---

① 觉我，《余之小说观》，《小说林》，1907年第10期，第9页。

② 罗家伦：《今日中国之小说界》，徐中玉主编，《中国近代文学大系》(第1集·第2卷·文学理论集二)，上海：上海书店，1995年，第475页。

③ 罗家伦：《今日中国之小说界》，徐中玉主编，《中国近代文学大系》(第1集·第2卷·文学理论集二)，上海：上海书店，1995年，第476页。

而且把译不出的地方，模糊过去”[①]。因为难译的地方往往是书的精华所在，随意删减是对原作者的不负责任。

最后是对晚清“意译”风尚的批判，“不可更改原来的意思或者加入中国的意思”[②]，译者应该“按照原意各求其真便了！”[③]反对林纾把西洋的一切风俗习惯、人名地名、饮食起居等一律换成中国式的。此外还有关于译作署名的讨论：

> 余谓不得已，只能改良书面、改良告白之一法耳。譬如一西译书，而于其面，书明原著者谁氏，原名为何，出版何处，皆印出原文，今名为何，译者何人。[④]

这是对译界当时一册数译，蒙欺购者的现象做出的反思，同时也反映出译者身份意识的增强。

这些关于翻译诸方面的思考是有深刻意义的，纠正了清末民初时期翻译界出现的“豪杰译”“错译”“乱译”“随意添加、随意删减”等现象，使翻译成为一项严肃认真的工作。同时，对翻译选材的认识也反映出此阶段国人开始关注作品的文学价值和艺术价值，使得国外真正优秀的作品译介到中国成为可能。

五四前后，翻译开始有规模、有计划地开展。文学革命运动呼吁要赶紧大量翻译外国文学做模范，以便将来创造中国自己的白话文学。胡适认为当时已有的西洋文学书“大概都不得其法”[⑤]，因此对国人用处不大。他提出两个翻译外国文学的办法，第一个就是只译名家著作，不

---

① 罗家伦:《今日中国之小说界》,徐中玉主编,《中国近代文学大系》(第1集·第2卷·文学理论集二),上海:上海书店,1995年,第476页。

② 罗家伦:《今日中国之小说界》,徐中玉主编,《中国近代文学大系》(第1集·第2卷·文学理论集二),上海:上海书店,1995年,第477页。

③ 罗家伦:《今日中国之小说界》,徐中玉主编,《中国近代文学大系》(第1集·第2卷·文学理论集二),上海:上海书店,1995年,第477页。

④ 觉我,《余之小说观》,《小说林》,1907年第9期,第6页。

⑤ 胡适,《建设的文学革命论》,《新青年》,1918年第4卷第4号,第305页。

译第二流以下著作。至于要译哪些名著？胡适提出了非常具体的操作办法：

> 我以为国内真懂得西洋文学的学者应该开一个会议，公共选定若干种不可不译的第一流文学名著：约数如一百种长篇小说，五百种短篇小说，三百种戏剧，五十家散文，为第一部《西洋文学丛书》，期五年译完，再选第二部。译成之稿，由这几位学者审查，并一一为作长序及著者略传，然后付印；其第二流以下，如哈葛得之流，一概不选。诗歌这一类，不易翻译，只可从缓。①

应该说，这是一份非常专业的计划：既有宏观安排，又有微观计划；专家开会公选，可以有效避免由个人爱好产生的偏差；既有翻译的文学类型，又有具体的量的规划；同时还有对译作的出版发行规划。宋春舫积极响应，很快发表《近世名戏百种目》，使翻译选材细化到具体书目。这些计划反映了五四时期国人对翻译活动的重视，翻译规范得以逐步建立。

值得注意的是，人们赋予翻译的目的仍然没有改变，就是要改良社会，即翻译都要负载政治功能，只是需要改良的“社会”与晚清时期不同而已。因此，在晚清盛行一时的“侦探小说”此时列入“不可译”行列。这些对过去不良翻译现象的反拨为莎士比亚名著《哈姆雷特》第一个剧本形式的全译本提供了空气和土壤。

(二)田汉《哈孟雷特》白话散文体探源

田汉《哈孟雷特》译本采用的是白话散文体形式。对田汉译本的现有研究中，不少学者从语言角度进行批评。周兆祥在1981年出版的《汉译〈哈姆雷特〉研究》一书中对比了田汉、梁实秋、朱生豪、卞之

① 胡适，《建设的文学革命论》，《新青年》，1918年第4卷第4号，第305页。

琳等6位译者的《哈姆雷特》译本，并用了一小节的篇幅，通过具体译例对田汉译本进行了批评。他在结论中提出田译本较之其他大部分译本“粗疏——传达文意不很准确，修辞也不够严谨精炼”[①]，他认为田译本因为有“不少意象生硬直译，跟上下文格格不入，加上时常有冗长晦涩的语句”[②]，因此会大大影响演出的效果。这一评断成为田汉译本批评的基调，后来的研究者均采用此类说法，如李伟民认为田汉译本多“沙砾”，语言不够精练优美。

关于田汉译本语言的问题，不能用当代的标准去衡量和评价，要把田汉译本放回到译本产生的时代，方能找到正确的解释。田汉译本使用白话散文体翻译《哈姆雷特》是由当时的时代风尚决定的。胡适在《建设的文学革命论》一文中明确提出“全用白话韵文之戏曲，也都译为白话散文”[③]。欧阳予倩在《予之戏剧改良观》中也提出翻译外国剧本时：

> 不必故为艰深；贵能以浅显之文字，发挥优美之思想。无论其为歌曲，为科白，均以用白话，省去骈俪之句为宜。盖求人之易于领解，为效速也。惟格式作法，必须认定。[④]

可见，当时文学界对翻译的要求是：不管原著是何种语言，一律译为白话散文，但要保留原著形式。田汉保留了《哈姆雷特》的剧本形式，采用的是白话散文体形式。

那么，田汉白话散文的水平如何呢？首先要探讨田汉翻译《哈姆雷特》时中国社会所使用的语言及其发展水平。虽然早在1898年，裘廷梁就已经提出“崇白话而废文言”的口号，但白话文真正成为文学语言还是直到1917年文学革命运动以后。清朝末年，一批有远见卓识之人，

---

① 周兆祥，《汉译〈哈姆雷特〉研究》，香港：香港中文大学出版社，1981年，第365页。

② 周兆祥，《汉译〈哈姆雷特〉研究》，香港：香港中文大学出版社，1981年，第365页。

③ 胡适，《建设的文学革命论》，《新青年》，1918年第4卷第4号，第305页。

④ 欧阳予倩，《予之戏剧改良观》，《新青年》，徐中玉主编，《中国近代文学大系》(第1集·第2卷·文学理论集二)，上海：上海书店，1995年，第614页。

认识到拯救国家危亡必须依靠最广大的民众，要用民众能学会的语言，于是掀起了国语运动。随着国语运动成熟，白话文学就变成了“国语文学”。1917年文学革命大旗扛起以后，先是“破”，要消灭“死的文字”，即文言，然后就是“立”。文学革命有两个目标：“一个是我们要建立一种‘活的文学’，一个是我们要建立一种‘人的文学’。”[①]前者是文字工具的革新，即白话文的倡导；后者则是文学内容的革新。

针对第一点建立“活的文学”，古文打倒以后，用什么语言创作呢？胡适在1918年4月提出三点：

> 我们可尽量采用《水浒》，《西游记》，《儒林外史》，《红楼梦》的白话，又不合今日的用的，便不用他；有不够用的，便用今日的白话来补助；有不得不用文言的，便用文言来补助。[②]

他以自己为例，说自己写的白话“差不多全是从看小说得来的”[③]。他认为白话小说（指上文提到的《水浒》《红楼梦》等）是“我们的白话老师，是我们的国语模范文，是我们的国语‘无师自通’速成学校”[④]。同年底，傅斯年在《怎样做白话文》一文里讨论当时国内白话文章存在的问题，进而提出两条最重要的修正案：一是“留心自己的说话，留心听别人的说话”[⑤]；二是使白话欧化。因为中国的白话太简单了，词汇贫乏，无法表达精密深邃的思想，所以要以外国为榜样：

---

① 胡适，《导言》，胡适编选，《中国新文学大系·建设理论集》，上海：上海良友图书印刷公司，1935年，导言第18页。

② 胡适，《建设的文学革命论》，《新青年》，1918年第4卷第4号，第294页。

③ 胡适，《导言》，胡适编选，《中国新文学大系·建设理论集》，上海：上海良友图书印刷公司，1935年，导言第23页。

④ 胡适，《导言》，胡适编选，《中国新文学大系·建设理论集》，上海：上海良友图书印刷公司，1935年，导言第23—24页。

⑤ 傅斯年，《怎样做白话文》，胡适编选，《中国新文学大系·建设理论集》，上海：上海良友图书印刷公司，1935年，第219页。

直用西洋文的款式，文法，词法，句法，章法，词枝（Figure of Speech）……一切修词学上的方法，造成一种超于现在的国语，欧化的国语，因而成就一种欧化国语的文学。[①]

必须指出，傅斯年的欧化国语方案不能简单粗暴地理解成崇洋媚外，欧化只是一种过渡，最终是要“融化西文词调作为我用”[②]。胡适非常赞同傅斯年的看法，他说：“初期的白话作家，有些是受过西洋语言文字的训练的，他们的作风早已带有不少的‘欧化’成分。”[③]傅斯年还高度赞扬了周作人译的小说是极好的。“那宗直译的笔法，不特是译书的正道，并且是我们自己做文的榜样。”[④]可见五四时期的翻译风尚一改晚清时盛行的意译，甚至乱译，开始支持直译，推崇“洋气”的译本。这其中的原因之一就是出于改进白话文的需要。

田汉译本产生于1921年冬，正是白话文学从萌芽到逐步发展的阶段。田汉1916年赴日本留学，读英文科。他虽人在东京，但心时刻牵挂祖国，非常关注国内发生的事。如果不能断定他是直接受到当时的文学革命思潮影响，但反过来看他的“生硬直译”的译本正好验证了胡适的说法，而这在当时是被鼓励和赞扬的。同时就算不是有意“生硬直译”，在用白话文写作的初期，使用不够纯熟自然也是必然的，同时期写作的其他白话文章都有类似的特征。如果研究者用当代的标准，发现田汉译本中出现近代白话小说中的词汇，从而认为其“虽然我们今天看

① 傅斯年，《怎样做白话文》，胡适编选，《中国新文学大系·建设理论集》，上海：上海良友图书印刷公司，1935年，第223页。

② 傅斯年，《怎样做白话文》，胡适编选，《中国新文学大系·建设理论集》，上海：上海良友图书印刷公司，1935年，第227页。

③ 胡适，《导言》，胡适编选，《中国新文学大系·建设理论集》，上海：上海良友图书印刷公司，1935年，导言第24页。

④ 傅斯年，《怎样做白话文》，胡适编选，《中国新文学大系·建设理论集》，上海：上海良友图书印刷公司，1935年，第227页。

来，在白话剧里加插这些词语，倒有点不伦不类”[①]，就不免有点为难前人了。

田汉使用的是20世纪20年代初比较流行的口语，还有对读者的考虑。那么田汉的预期读者是谁呢？田汉译本最初是以连载的方式发表在《少年中国》上的。而《少年中国》是少年中国学会主办的期刊，是宣传学会思想、主张的阵地。少年中国学会成立于1918年6月30日，当时的发起人有李大钊等。学会发起之初的宗旨是：“振作少年精神，研究真实学术，发展社会事业，转移末世风气。”[②]田汉于1919年加入少年中国学会，是其东京会员。从少年中国学会发起的宗旨可见，学会的目的是振作少年中国的精神，作为其文字阵地的《少年中国》的读者对象就是牵挂国家民族命运的广大青少年。《少年中国》上发表的会员间来往的通讯函件，尤为当时一般青年所争诵。而田汉在《哈孟雷特》的“译序”中也写道：“现代多‘哈孟雷特’型的青年，读此将作何感想？”[③]田汉心目中的读者是有相当阅读能力的青年，而“哈孟雷特”型青年则指的是有爱国之心、有忧国忧民之心的知识分子，包括青年学生。可见，田汉的预期读者就是国家的青少年，这些青少年接受进步思想，接受过新式教育。田汉在翻译时，有意或无意中都会把这些读者记在心中，所以他采用的是浅显易懂、抒情流畅的白话文，而不是当时还没有消亡的古文。

(三)田汉译文中的“离骚”情结

田汉将莎士比亚比作中国的屈原，认为：“读Hamlet的独白，to be or not to be, that is a question，不啻读屈子离骚。”[④]可以说，田汉当时已经具有朦胧的比较文学意识。这种意识与晚清文人以传统知识器物附会

① 周兆祥，《汉译〈哈姆雷特〉研究》，香港：香港中文大学出版社，1981年，第365页。

② 王光祈，《本会发起之旨趣及其经过情形》，张允侯、殷叙彝、洪清样等编，《五四时期的社团·3》，北京：生活·读书·新知三联书店，1979年，第71页。

③ [英]莎士比亚著，田汉译，《哈孟雷特》，上海：中华书局，1922年，译叙第2页。

④ [英]莎士比亚著，田汉译，《哈孟雷特》，上海：中华书局，1922年，译叙第2页。

解释西方知识器物大不相同，田汉对原著的态度是非常尊重的。但解读都是有主观性的。从读者期待理论角度来看，文本意义的实现取决于读者的解读，这种解读受到读者的期待视域，也就是"阅读一部作品时读者的文学阅读经验构成的思维定向或先在结构"[①]的影响。译者首先是读者，是源语文本的接收者和阐释者，他的翻译行为必然受到译者个人期待视域的影响，主要体现在翻译选材和对源语文本主题的理解上，当然这种理解必然会影响译者的翻译过程，渗透在文本之中。

田汉在翻译《哈姆雷特》的过程中，利用自己的传统资源，以屈原离骚体做类比，通过想象、移情、神思、感悟等多种心理活动的交融、撞击，激活已有经历并产生新的经历，最后又使经历内化为自我的感悟[②]，从而与莎士比亚达到共鸣。他的这种重构和体验过程是自然发生的，而非刻意为之。上一节分析到田汉和哈姆雷特有类似的人生经历，可以说这种重构和体验的过程在翻译之前就已经客观存在。从某种意义上说，田汉是借译本来抒发自己的悲情，这种翻译产生在特定的条件下，是译者个人遭际的血泪控诉，是特殊情感的自然流露，是发自内心的呼喊，因此，它体现了不同于其他译本的特点。下文将对田汉译本中蕴藏的"离骚"情结从主题思想、语言等层面进行详尽分析，以深化对田汉翻译过程的了解，从而更准确把握其译本。

从主题思想上看，屈原与哈姆雷特的人生都具有深刻的悲剧性，虽然经历不尽相同，但两者精神上有着高度的相似性。屈原出身王室贵族，学富五车，拥有参与国政的显赫地位，深得楚王信任，他踌躇满志，然而因奸佞小人的诬陷被楚王发配边疆，流离失所，这对于忠心耿耿的屈原来说无疑是一个致命的打击。而哈姆雷特，学识渊博、武艺出众，深受子民爱戴的未来王位继承者却突遭父亲被害、王位被夺、母亲

① [联邦德国]H.R.姚斯.[美]R.C.霍拉勃著，周宁、金元浦译，《接受美学与接受理论》，沈阳：辽宁人民出版社，1987年，译者前言第6页。

② 张德让，《重构·体验·融合——文学翻译的诠释学视界》，《解放军外国语学院学报》，2005年，第2期，第67—70页，第100页。

被辱的三重打击，这种打击无异于晴空霹雳，天崩地裂。

相同的悲剧英雄人格注定了他们的悲剧命运，屈原不会妥协随俗，随遇而安，而哈姆雷特也不会接受失败，承欢于仇人膝下，等待继承王位。因此两人都经历了内心的变化，在屈原看来，“兰芷变而不芳兮，荃蕙化而为茅”，他质问：“何昔日之芳草兮，今直为此萧艾也？”[①]而在哈姆雷特的眼中，“这世界就像一个蔓草不除的花园，那些蔓草长的连实都结了；污秽的下贱的东西，蓬蓬勃勃地满目皆是”[②]。

最让他们无法忍受的是那份孤苦无助的孤独感。屈原在流放之所如同孤儿，政治上的无助更让他不堪忍受，身边无亲近的得力助手，他寄予厚望的楚王也不愿再接受他。哈姆雷特虽生活在王宫中，周围满是人，然而他更觉孤独，因为周围的人或是新王派来试探他的，或者趋炎附势的“墙头草”，都不值得信任，他满腔的愤怒、悲哀却无处可诉。

最后，他们都要在理想与现实、进与退、去与留、生与死等一系列无法解脱的矛盾中做内心的抉择：屈原“欲从灵氛之吉占兮，心犹豫而狐疑”；而哈姆雷特最著名的独白则是其内心矛盾的集中体现。以上分析可以看出，屈原是田汉理解哈姆雷特的重要参照人物，而《哈孟雷特》与《离骚》在语言层面上的相似性可以反映出田汉对《离骚》的借鉴。为了便于凸显《哈孟雷特》译本特点，本文将与梁实秋译本进行对比分析[③]。

首先是离骚体的借鉴。在《哈孟雷特》中，只有一句是直接采用离骚体的形式的：

For if the sun breed maggots in a dead dog, being a god kissing carrion.[④]

田汉译文：

---

① 周殿福，《楚辞魂——屈原辞译注图录》，长春：吉林人民出版社，2003年，第221页。

② [英]莎士比亚著，田汉译，《哈孟雷特》，上海：中华书局，1922年，第14页。

③ 梁实秋译本也采用白话散文体，其译本忠实于原著的句式结构和内容，与其译本进行对比，更有助于突显田汉译本的独特之处。

④ [英]莎士比亚著，梁实秋译，《莎士比亚全集·32·哈姆雷特》，北京：中国广播电视出版社，2001年，第102页。

盖日光既好吻腐肉兮亦生蛆于死犬。[①]

梁实秋译文：

假如太阳能令死狗身上生蛆，因为他是一块可吻的臭肉。[②]

因为哈姆雷特认为波乐纽斯为了巴结新王，强迫女儿抛弃自己，因此见到波乐纽斯时，他对波乐纽斯进行了讽刺挖苦，首先他把波乐纽斯说成拉皮条的人，并且希望波乐纽斯能像皮条客一样正直，其实是暗讽波乐纽斯连皮条客都不如，是人渣中的渣子。波乐纽斯并不知情，以为哈姆雷特夸他正直，对哈姆雷特表示赞同“不错不错”。进而哈姆雷特说了这句波乐纽斯认为很疯狂的话，此句话暗指因为给予万物生命的太阳也同时制造出所有令人作呕的事物，就难怪世上会有波乐纽斯这么虚伪无耻的人了。田汉译文意思上是递进关系，指太阳既能使肉腐烂，也能使烂肉生蛆，因此无怪乎会造出波乐纽斯之流，表达含义准确，译文简洁流畅。

《哈姆雷特》中更多的是语气词“啊”“呀”的使用，例如：

O God! O God!

...

Heaven and earth!

...

Frailty, thy name is woman!

...

O! most wicked speed,[③]

田汉译文：

上帝呀！上帝呀！

……

① [英]莎士比亚著，田汉译，《哈孟雷特》，上海：中华书局，1922年，第51页。

② [英]莎士比亚著，梁实秋译，《莎士比亚全集·32·哈姆雷特》，北京：中国广播电视出版社，2001年，第103页。

③ [英]莎士比亚著，梁实秋译，《莎士比亚全集·32·哈姆雷特》，北京：中国广播电视出版社，2001年，第38页。

天地呀！

……

弱者啊，你的名字就是女人！

……

好邪慝的速力呀！①

梁实秋译文：

啊，上帝呀，上帝呀！

……

天呀地呀！

……

脆弱，你的名字就叫做女人！

……

啊，好奸狠的速度，②

“兮”字的运用，在《楚辞》中最为普遍与独特，“兮”关乎作品的节奏、意境、气势和感情的表达。“兮”在现代汉语中相当于“啊”，田汉在译本中对“啊”或“呀”的使用频率很高，尤其在抒发强烈情感的时候。当然，《哈孟雷特》虽为诗剧，并不同于抒情诗，因此语气词的使用是无法与《离骚》同日而语的，但从中可以窥见《离骚》对田汉的影响。

田汉对《离骚》的模仿主要体现在反问句和称谓句的使用上。《离骚》是一首抒情长诗，屈原借用诗歌的形式抒发自己强烈的哀愁和怨恨，中间有很多反问句，比起陈述句更能突显强烈的情感，如：何昔日之芳草兮，今直为此萧艾？固时俗之流从兮，又孰能无变化？国无人莫我知兮，又何怀乎故都？田汉在翻译《哈姆雷特》时，经常会改陈述句为反问句，例如：

① [英]莎士比亚著，田汉译，《哈孟雷特》，上海：中华书局，1922年，第14页。

② [英]莎士比亚著，梁实秋译，《莎士比亚全集·32·哈姆雷特》，北京：中国广播电视出版社，2001年，第39页。

Man delights not me; no, nor woman neither, though, by your smiling, you seem to say so. ①

田汉译文：

一切的人都不能使我欢喜；不，女人也是一样的，看你打着笑脸，你以为我会欢喜女人吗？②

梁实秋译文：

人不能使我欢喜，不能，女人也不能，虽然你笑容可掬的似乎是以为能。③

哈姆雷特因为知道了父亲死亡的真相，备受打击的他对一切失去了兴致，原本他认为"人是何等巧妙的一件天工！理性何等高贵！"。然而现在在他看来，一切都没有意义，没有人能让他开心起来，包括女人。对于哈姆雷特来说，即使有爱情的慰藉，也无法完全平复亡父的悲伤。而新王派来的两位充当间谍的儿时朋友认为哈姆雷特的悲伤可能源于情场的失意，因此女人或可引起哈姆雷特的兴致，哈姆雷特对他们的想法给予了坚决的确切的否决，反问句的使用有助于加强这种否定的语气。

Bloody, bawdy villain!

Remorseless, treacherous, lecherous, kindles villain!④

田汉译文：

啊，你这残忍，邪淫的恶汉！你这残酷，阴险，好色，乱伦的恶汉！⑤

梁实秋译文：

①［英］莎士比亚著，梁实秋译，《莎士比亚全集·32·哈姆雷特》，北京：中国广播电视出版社，2001年，第110页。

②［英］莎士比亚著，田汉译，《哈孟雷特》，上海：中华书局，1922年，第57页。

③［英］莎士比亚著，梁实秋译，《莎士比亚全集·32·哈姆雷特》，北京：中国广播电视出版社，2001年，第111页。

④［英］莎士比亚著，梁实秋译，《莎士比亚全集·32·哈姆雷特》，北京：中国广播电视出版社，2001年，第128页。

⑤［英］莎士比亚著，田汉译，《哈孟雷特》，上海：中华书局，1922年，第68页。

那凶恶污秽的奸贼！残忍，阴险，淫邪，乱伦的奸贼！[①]

这是哈姆雷特在舞台上的独白中的一部分，前文中哈姆雷特以第一人称痛斥自己的软弱、卑怯，没有承担起为父报仇的大任。紧接着出现本文中引用的此段，从上下文语境来看，此处的“villain”指的是弑兄娶嫂的新王，从下文的“cursing”可知，这是对仇人的咒骂。田汉用“啊”引出感叹的语气，后面用第二人称，直指新王，读者仿佛可以看到哈姆雷特站在新王面前，当面斥责他的恶行，其内心的悲愤之情溢于言表。而从梁实秋译的“那”则可以看出，他在讲述一个罪恶的奸贼的故事，语气显然要弱得多。

田汉翻译《哈姆雷特》时，利用既往的阅读经验，以屈原为重要参照人物，通过相似性联想，以《离骚》为“摹体”对象，对原著进行了独特解读，其译本也呈现出独特风貌。而田汉《哈孟雷特》作为第一个以剧本形式呈现的全译本，与其戏剧家的身份则有着密切的联系。

四、田汉《哈孟雷特》的戏剧性特征

与《哈姆雷特》其他所有译者不同，田汉是唯一一位具有戏剧家身份的译者，他对戏剧艺术的深刻理解使其译本在戏剧性特征的再现上优于其他译本。田汉对戏剧的热爱贯穿他的一生。他生于传统湘戏发源地湖南，从小就热爱戏剧，因为他的“性情特别和它相近些”[②]。他不仅喜欢看戏，也喜欢唱戏。他说：“我是如此地热爱戏剧，从幼小就感到离不开它。”[③]在长沙师范读书时，就在《长沙日报》上发表剧本《新教子》。1916年，田汉随舅父赴日留学，就读东京高等师范英文科预科。田汉获得了广泛阅读外国优秀作品尤其是戏剧作品的机会，不论是莎士

① [英]莎士比亚著，梁实秋译，《莎士比亚全集·32·哈姆雷特》，北京：中国广播电视出版社，2001年，第129页。

② 田汉，《创作经验谈》，《田汉全集》（第16卷·文论），石家庄：花山文艺出版社，2000年，第345页。

③ 田汉，《田汉文集》（第1卷），北京：中国戏剧出版社，1983年，第466页。

比亚、歌德等的旧浪漫主义，还是现代主义各个流派——当时统称新浪漫主义，都使他如痴如醉。同时他还广范接触日本著名剧作家，去剧场观看演出。他在1919年加入少年中国学会时，所填《少年中国学会会员终身志业调查表》中“终生欲从事之事业”一栏写了三个职业：“编剧、写诗、绘画”①，他立志要做“中国未来的易卜生”②。

出国留学的教育背景给田汉提供了翻译的前提和可能性，而文学兴趣则会直接决定田汉对译本的选择和理解。田汉对戏剧艺术有着深刻的理解，他认为戏剧与文学是一体的。莎士比亚、易卜生的戏剧之所以大受欢迎，是因为他们的作品能唱也能演；中国新剧之所以失败，是因为他们只懂得演剧的技巧，但其“戏剧的结构台词都失了文学性”③。这种认识是深刻的，对当时的中国剧坛大有裨益。因此，田汉认为：“有文学性而无舞台性，或有舞台性而无文学性，同样地不是稳固的、有含蓄的戏剧。”④

由此可见，田汉认为戏剧除了具有文学性——所有文学形式都必须具备的特性——之外还必须有舞台性，这是戏剧的区别性特征。同时田汉认为：“文学上最重要的是真实性（Sincerity），只有真正感到某种社会的痛苦和要求的，并且是自己有体验的，那才有产生社会的文学的可能。”⑤

由此可见，田汉强调文学的社会价值，文学应该反映社会，同时文学必须是作家自己的真实体验，这样才能写出真情实感，才是真正的文学。田汉对戏剧文学的理解在其翻译中得到了淋漓尽致的体现，他的译

① 田汉，《田汉全集》（第15卷·文论），北京：石家庄：花山文艺出版社，2000年，第1页。

② 田汉，《给郭沫若的信》，田寿昌、宗白华、郭沫若著，《三叶集》，上海：亚东图书馆，1920年，第81页。

③ 田汉，《近代戏剧文学及其社会背景》，《田汉全集》（第14卷·文论），石家庄：花山文艺出版社，2000年，第244页。

④ 田汉，《近代戏剧文学及其社会背景》，《田汉全集》（第14卷·文论），石家庄：花山文艺出版社，2000年，第244页。

⑤ 田汉，《近代戏剧文学及其社会背景》，《田汉全集》（第14卷·文论），石家庄：花山文艺出版社，2000年，第246页。

本突出体现了戏剧性特征，情感真挚充沛。

戏剧翻译的目的是创造出文学性、舞台性兼备的译本。戏剧区别于其他文学体裁的主要特征是其蕴含的戏剧性。而这种戏剧性是通过戏剧语言体现的。戏剧语言的作用大致分以下几种：叙述说明，过场连接，推动剧情发展，揭示人物性格，表达人物的思想感情，揭示剧本主题，等等①。同时，因为不能停顿，戏剧语言必须非常明确，干净利落，且通俗、浅近，易于观众接受。因此，在戏剧语言的诸多特征中，口语化、动作化和个性化是最能体现戏剧性的三个特征。田汉译本突出再现了《哈姆雷特》原著的戏剧性特征，口语化、动作化和个性化特征鲜明，极具戏剧艺术魅力。下文结合梁实秋译本，阐述田汉是如何在口语化、动作化和个性化等三方面再现原著精神，展现戏剧冲突，制造戏剧张力。

(一)田汉《哈孟雷特》的口语化特征

戏剧是一种“说”的艺术，其语言特点是以口语为主，而其他的文学样式则可兼有书面语和口语。可读性和可理解性成为戏剧翻译的标准。戏剧语言应该要求台词具有一定的声律节奏，保证上口顺耳。同时，戏剧语言应该简练、干脆，言简意赅，语精意邃，以最少的语言，表达深刻的耐人寻味的内容，揭示生活的某些本质。

戏剧翻译中，译者应该使译本语言尽可能地接近生活实际，有生活实感，仿佛身边的人在讲话，既要通俗易懂，又要流畅上口。因此，译者要选择自己所处时代的语言，这样才能为当时的观众理解和接受。同时译者要把自己置入戏剧情境中，体验特定情境中人物的对话，并用观众能理解的话流畅地表达出来，让观众不产生隔阂感，这样才能带给译文观众近似于原语观众的感受。

田汉熟谙中国戏剧传统，又受到外国艺术营养熏陶，他深知戏剧语言的精髓。在翻译中，他使用的是自己所处的20世纪20年代中国的白

① 顾仲彝，《编剧理论与技巧》，北京：中国戏剧出版社，1981年，第361—373页。

话文。这正是中国由文言文向白话文过渡的时期，白话文的发展并不成熟。田汉的译文中经常出现文言词汇，其对白话文的驾驭也不够成熟老练，用当代的视角看，他的语言难免粗俗，不够流畅优美。然而这正是中国语言发展的真实写照，为当时的观众和读者所接受。如第一幕第一场开头的对话：

Bernardo: Who's there?

Francisco: Nay, answer me; stand and unfold yourself.

Bernardo: Long live the king!

Francisco: Bernardo?

Bernardo: He.

Francisco: You come most carefully upon your hour.①

田汉译文：

伯纳尔多：那里是谁？

佛朗西斯科：嚇！你倒来问我；站住，口号！

伯纳尔多：万岁！

佛朗西斯科：伯纳尔多？

伯纳尔多：正是。

佛朗西斯科：你来得正合时候。②

梁实秋译文：

百那都：那是谁呀？

佛兰西斯科：呔，回答我吧；站住，报上名来。

百那都：吾王万岁！

佛兰西斯科：百那都？

百那都：是他。

---

①［英］莎士比亚著，梁实秋译，《莎士比亚全集·32·哈姆雷特》，北京：中国广播电视出版社，2001年，第16页。

②［英］莎士比亚著，田汉译，《哈孟雷特》，上海：中华书局，1922年，第1页。

佛兰西斯科：你来的时候很准。[1]

这是《哈姆雷特》第一幕开幕时的场景，地点在宫城前的高台上，时间是半夜十二点，伯纳尔多前来与佛朗西斯科换班。从下文中丹麦国民夜夜伺守提防、天天铸造铜炮、从外国购办军火等细节可以看出当时的丹麦国处于备战状态，戒备森严。而先王鬼魂的出现又为丹麦国增加了更多恐怖气氛。田汉译文用质问的口吻询问对方身份，非常符合站岗卫兵的身份，同时营造出一种紧张气氛，为下文先王亡灵的出现做好铺垫，而梁实秋译文的语气词“呀”很明显与半夜岗亭这样的情景是不符的。

原文中伯纳尔多到高台找佛朗西斯科换班，到了以后他先发话问：“那里是谁?”佛朗西斯科的正常反应应该是：我在站岗，应该是我问你是谁，怎么你却先问起我来了！所以他紧接着说：“站住，口号!”因此田汉的译文显然更能再现译文中的情境，非常生动逼真。对于“unfold yourself”，两位译者的理解是不同的，“unfold”意为“reveal”，即要求对方亮出身份，但并非要求对方回答姓名，从回答“Long live the king!”可以推断出佛朗西斯科要与来者对暗号以确定对方身份，因此，田汉的译文“口号”更贴近原文的含义。当佛朗西斯科根据口号判断来者可能是伯纳尔多而因此发问时，伯纳尔多回答“He”，田汉译文“正是”，非常简洁明了，而梁实秋译文“是他”容易产生歧义，因为来者正是他本人，因此译成“是我”较妥当。

因为已经接近十二点换班时间，所以佛朗西斯科说他很准时，田汉译文“你来得正合时候”非常符合中国人的说话习惯，读起来顺口，梁实秋译“你来的时候很准”不符合汉语语法习惯，“时候”一般不与“准”搭配，可以改为“你来得很准时”。

通过对比可以看出，田汉译文非常准确地表达了原文的含义，言简意赅，真实生动，符合汉语口语特点，为读者成功地营造出一种紧张恐

① [英]莎士比亚著，梁实秋译，《莎士比亚全集·32·哈姆雷特》，北京：中国广播电视出版社，2001年，第17页。

怖的气氛，与全文的悲剧色彩吻合。

Enter Ghost.

Bernardo: In the same figure, like the king that's dead.

Marcellus: Thou art a scholar; speak to it, Horatio.

Bernardo: Looks it not like the king? Mark it, Horatio.

Horatio: Most like: it harrows me with fear and wonder.①

田汉译文：

阴魂登场。

伯纳尔多：和先王陛下一个样子。

马岁拉斯：你是一个学者；你和他说说话，何勒淑。

伯纳尔多：你看他不像先王陛下吗？意注他，何勒淑。

何勒淑：像极了；这真是吓煞人，怪煞人。②

梁实秋译文：

鬼上。

百那都：那样子，和死去的国王一般。

马赛勒斯：你是读书人；你和他说话，何瑞修。

百那都：他不是很像国王么？你看看，何瑞修。

何瑞修：像极啦；使得我又害怕又惊奇。③

原文中先王的鬼魂出现了，伯纳尔多、马岁拉斯和何勒淑在岗台上看到后心中充满了两种情感：第一种是害怕，前文讲到，在当时的西方社会，鬼魂是不吉利的象征，人们惧怕它；第二种则是怪异，因为这个鬼魂跟先王的长相一模一样，因此他们想上前问清楚。田汉译文“吓”和“怪”两个字准确地传达了以上两种情感。何勒淑虽为读书人，但与卫兵这些普通百姓在一起不可能咬文嚼字，说出文绉绉的话来，田汉译

① [英]莎士比亚著，梁实秋译，《莎士比亚全集·32·哈姆雷特》，北京：中国广播电视出版社，2001年，第20页。

② [英]莎士比亚著，田汉译，《哈孟雷特》，上海：中华书局，1922年，第3页。

③ [英]莎士比亚著，梁实秋译，《莎士比亚全集·32·哈姆雷特》，北京：中国广播电视出版社，2001年，第21页。

文中的“煞”字表达了害怕的程度，语言精练，意义表达准确。此外，田汉把原文中的“it”和“me”动宾结构改译成主谓结构“这真是”，变成对上文中出现的现象的描述和评价，非常符合汉语的行文习惯。梁实秋译文中“啦”字弱化了原文中传达的紧张恐怖气氛；而“使得我又害怕又惊奇”从意义上看“惊奇”很显然没有“怪”字更能准确表达当事者三人的心情；从语法上看比较生硬刻板，太过正式，使何勒淑充满了书卷气，与剧中情景不符。

Re-enter Gh ost.

Horatio: I'll cross it, though it blast me.[①]

田汉译文：

阴魂又登场。

何勒淑：那怕着什么邪，我也要去拦住他。[②]

梁实秋译文：

鬼又上。

何瑞修：我要照直的走过去，不怕他魔住我。[③]

原文中“it”指代的是半夜出现的酷似先王的鬼魂。在西方，按当时的迷信说法，从鬼面前走过或者让鬼过你的面前都是极危险的。何勒淑是哈姆雷特的好友，为了弄清半夜出现的幻影是否是先王亡灵，他不怕危险，走上前去与鬼魂答话，田汉译文中“着什么邪”浅显易懂，在古代中国，尤其是农村，若某人表现不正常，常被认为是鬼魂缠身，中了邪，因此田汉译文很容易被理解，演员读起来“上口”，观众听起来“入耳”。相反的，梁实秋译文“魔住我”则隐僻、晦涩，汉语中没有这样的搭配，观众（读者）很难理解其含义。同时原文是由“though”引导的表示转折的状语从句，放在主句的后面，田汉译文“那怕”准确地

① [英]莎士比亚著，梁实秋译，《莎士比亚全集·32·哈姆雷特》，北京：中国广播电视出版社，2001年，第26页。

② [英]莎士比亚著，田汉译，《哈孟雷特》，上海：中华书局，1922年，第6页。

③ [英]莎士比亚著，梁实秋译，《莎士比亚全集·32·哈姆雷特》，北京：中国广播电视出版社，2001年，第27页。

译出原文的意思，生动形象，译文中的状语从句放在主句前面，符合汉语语法特点，读起来朗朗上口，地道自然，少翻译腔。相比之下，梁实秋的译文与原文可以做到字字对译，但是表意上却难免差强人意，且不符合口语化的特点。

戏剧的翻译应该尽量使观众能像阅读或聆听原著那样，得到同样的印象。译者应该尽量运用归化翻译的方法，即语言的表达形式尽量符合目的语的规范。田汉译本中使用的是中国20世纪20年代初的白话文，是“活的语言”，符合中国读者的思维习惯和文化习俗，因此读起来倍感亲切，很容易被当时的读者所接受，在读者心中产生共鸣。当然，富有生活气息的语言并不足以构成一部好的戏剧作品，戏剧语言还要富有动作性，对话能够形成戏剧冲突，在交锋中推动情节发展，揭示人物性格，表达丰富情感。

(二)田汉《哈孟雷特》的动作化特征

戏剧的表演艺术，从本质上说，也就是行动的艺术。为表演艺术服务的戏剧语言，也就必须具有行动性，或称动作性。富于动作性的戏剧语言一方面既能表达人物的心理活动，有能引起强烈反应的外部形体动作；另一方面它又能刺激对方，促使对方产生相应的语言和动作。这样，对话的双方就能产生相互作用，从而推动剧情的发展。

动作性包含两层含义：一是剧中人物外部的形体动作，同时也能够表现人物内心思想和感受，并对对方有一定的“冲击力”和“影响力”，表现为人物之间的“冲突”；二是对话双方并不是相互对立的矛盾关系，他们的对话并不表现为“冲突”，而是人物在特定情境中各自倾诉自己的思想、感情、苦闷、希望，并能互相产生影响，从而推动人物关系和剧情发展，这样的对话或独白，也是一种“言语动作”。

哈姆雷特学识渊博、武艺出众，深受子民爱戴的未来王位继承者却突遭父亲被害、王位被夺、母亲被辱的三重打击，这种打击无异于晴空霹雳，天崩地裂。田汉采用了多种手段来表达这种强烈的悲愤之情。

首先，田汉善用排比句式来加强语气，抒发情感，译文气势磅礴，极富感染力。

Hamlet: O God! O God!

How weary, stale, flat, and unprofitable

Seem to me all the uses of this world.①

田汉译文：

哈孟雷特：上帝呀！上帝呀！我觉得这世间一切的事业不知道怎样的厌倦，怎样的凡庸，怎样的平板，怎样的无益！②

梁实秋译文：

哈姆雷特：啊，上帝呀，上帝呀！这世界上的事情，由我看来何以如此的厌倦，陈旧，淡薄，无益！③

这段独白发生在哈姆雷特回国参加父王葬礼紧接着又参加叔叔和自己母亲的婚礼后，看着不及自己父王万分之一的叔叔霸占王位，霸占自己的母亲，此时他仍然不知道父王的真正死因。他内心充满了对母亲的仇恨，因为她如此急迫地投入小叔子的怀抱。同时他又觉得很愤懑、绝望，因为父王生前对母亲如此疼爱，而母亲却那样急于背叛他。在他眼里，世间的一切都没有意义。整个世界就像一个杂草丛生的花园。原文是由“how”引导感叹句，梁实秋译为“如此的”，后面直译了四个形容词，虽译出了表面含义，但是没有体现哈姆雷特此刻波涛汹涌的内心世界。田汉添加了“不知道”三个字表现出了他的已经用语言无法表达的痛苦和仇恨。而田汉增加了三个“怎样的”，形成了排比句式，这种句式突显了主人公内心有火无处发、有冤无处诉、痛苦绝望的心情，展示了哈姆雷特内心世界的矛盾性和复杂性，形成了激烈的戏剧冲突，观众（读者）仿佛看到了哈姆雷特内心进行着的思想斗争，他的苦闷与彷徨，

① [英]莎士比亚著，梁实秋译，《莎士比亚全集·32·哈姆雷特》，北京：中国广播电视出版社，2001年，第38页。

② [英]莎士比亚著，田汉译，《哈孟雷特》，上海：中华书局，1922年，第13页。

③ [英]莎士比亚著，梁实秋译，《莎士比亚全集·32·哈姆雷特》，北京：中国广播电视出版社，2001年，第39页。

容易与之产生共鸣。

此外，田汉还变换称谓，来加强谴责的语气，推动剧情发展。

Hamlet: Bloody, bawdy villain!

Remorseless, treacherous, lecherous, kindles villain![①]

田汉译文：

哈孟雷特：啊，你这残忍，邪淫的恶汉！你这残酷，阴险，好色，乱伦的恶汉！[②]

梁实秋译文：

哈姆雷特：那凶恶污秽的奸贼！残忍，阴险，淫邪，乱伦的奸贼！[③]

这是哈姆雷特的第二段独白。此时他已从酷似父王的鬼魂口中得知父王的真正死因。在看到鬼魂后，哈姆雷特一直犹豫不决没有采取行动，因为他一直沉浸在悲痛中，为父王的去世，也为自己的不幸。然而当他观看戏子的表演，看到戏子对一个他扮演的角色，跟他没一点血缘关系的角色施以同情，甚至为他哭泣的时候，哈姆雷特感到震惊和羞愧。他以第一人称痛斥自己的软弱、卑怯，没有承担起为父报仇的大任。他重新审视了叔叔对父王所做的一切，用了上例中的六个词来形容他的叔叔。此处哈姆雷特对叔叔的感情已经发生了明显变化：从第一个独白中的愤懑、绝望发展到第二个独白中的诅咒、谴责、仇恨。哈姆雷特此时在对自己和观众说话，梁实秋翻译时增加了“那”，从意思上说是正确的，但是看起来他似乎在给观众讲述一个罪恶的奸贼的故事，仿佛这个奸贼与自己无关，因此语气显然要弱得多。从下文得知，哈姆雷特不再一味后悔自己的软弱，他采取了行动：设计试探叔叔，以证实鬼魂的话。由此自然推动了故事情节的发展。

---

① [英]莎士比亚著，梁实秋译，《莎士比亚全集·32·哈姆雷特》，北京：中国广播电视出版社，2001年，第128页。

② [英]莎士比亚著，田汉译，《哈孟雷特》，上海：中华书局，1922年，第68页。

③ [英]莎士比亚著，梁实秋译，《莎士比亚全集·32·哈姆雷特》，北京：中国广播电视出版社，2001年，第129页。

田汉不仅在独白中改变称谓，在对话中也经常变换称谓，揭示人物的内心情感，影响着对方的心情，从而使双方的关系有所变化，有所发展。

Hamlet: A murderer, and a villain;
A slave that is not twentieth part the tithe
Of your precedent lord; a vice of kings;
A cut-purse of the empire and the rule,
That from a shelf the precious diadem stole,
And put it in his pocket! ①

田汉译文:

哈孟雷特：那个谋杀者，恶徒；比起您的前夫来曾不及百分之一的奴才；那个国王中间顶下作的东西；那个从架上偷了宝贵的王冠藏在他的袋里的窃国之贼！②

梁实秋译文:

哈姆雷特：是凶手，也是恶徒；不及你前夫二百分之一的蠢奴；国王中的小丑；窃国的贼人，偷取架上的王冠，放在自己的袋里！③

这是哈姆雷特得知父王死因后第一次单独与母亲面对面交谈。开始，他表达对母亲背叛父王的憎恨，强调了父王和新王的天壤之别。接着他狠狠地羞辱了母亲，把母亲无视死去的丈夫，另找新欢的行为归因于她强烈的性欲。很显然这样的谴责是不符合儿子的身份的，因此母亲不能忍受，喝止了他。但是到此刻为止，母亲只知道哈姆雷特痛恨自己和新王的原因是他们结婚太快，对于新王的罪行，她一无所知。就在此时，哈姆雷特用上面的话来谴责新王。他用五个词或短语揭露了新王的丑恶嘴脸，分别用三个分号隔开。梁实秋的翻译容易产生误导，认为

① [英]莎士比亚著，梁实秋译，《莎士比亚全集·32·哈姆雷特》，北京：中国广播电视出版社，2001年，第186页。

② [英]莎士比亚著，田汉译，《哈孟雷特》，上海：中华书局，1922年，第105页。

③ [英]莎士比亚著，梁实秋译，《莎士比亚全集·32·哈姆雷特》，北京：中国广播电视出版社，2001年，第187页。

"凶手""恶徒"是对母亲的谴责，那么"不及你前夫二百分之一的蠢奴"就会显得很突兀，观众（读者）短时间内反应不过来。而且，"是""也是"是对新王的冷静评价，最后一个分句"窃国的贼人，偷取架上的王冠，放在自己的袋里"中，梁实秋只是用陈述句的语序叙述了新王的所作所为，表达情感显然不够强烈。反观田汉译文，首先采用的仍是称谓式，称呼由"你"改成了"那个"，这是因为他在与母亲对话，话题自然从"你"转换到"新王"，这样观众（读者）很容易理解。而且"那个"是对新王的直接谴责和批判，较之"是""也是"更生动有力。田汉用四个平行的偏正名词短语，控诉了国王的恶行，既使得场面变得非常生动形象，又充分传达了哈姆雷特愤怒的心情。至此，剧情达到了高潮，母亲已无法忍受，鬼魂再次出现。

通过对比可以发现，田汉的译文感情更加真挚、更加充沛。他用了排比、直称和反问等手段来加强语气，其译文迸发出烈火一般的感情和力量。哈姆雷特所背负的国仇与中国当时特殊的社会历史环境相契合，每一位热血青年读此译文都如身临其境、感同身受，正如田汉在"译序"中所写"现代多'哈孟雷特'型的青年，读此将作何感想？"[①]因此其译本大受欢迎，成为激励人的精神武器。田汉的译文语言不仅蕴含动作性，同时也极具个性化特征，寥寥数语即可刻画一个性格鲜明的角色。

（三）田汉《哈孟雷特》的个性化特征

戏剧语言不同于小说、散文语言，在小说和散文中，作家通过叙述、评论、对话和心理描写等手段来展开情节、塑造人物。而剧作家塑造人物、刻画人物性格的手段只有一种，即台词，所以戏剧语言具有性格化特征。一方面人物的语言要符合人物的身份、年龄、性别、职业、经历等特点，另一方面要能反映人物的思想感情和个性特征。剧作家必

① [英]莎士比亚著，田汉译，《哈孟雷特》，上海：中华书局，1922年，译叙第2页。

须在人物头一次开口，便显出他的性格来[①]。译戏如演戏，首先要进入角色。译者要进入剧中所有角色，千人千面，千面千腔[②]。

田汉能够精确把握每个角色的个性特征，并通过其使用的语言，再现人物的身份、性格、修养和情趣，揭示出人物的性格特征和内心世界。现以主人公哈姆雷特和御前大臣波乐纽斯为例，探讨田汉是如何通过富有个性化的语言塑造人物性格特征。

哈姆雷特是剧中主人公，是最优秀的青年，未来的国王：英俊、博学、富有口才，深受丹麦人民的尊敬和爱戴。父亲的早逝、母亲与杀人凶手的仓促婚礼几乎把这个年轻人逼上绝路。他的内心对母亲和叔叔充满了愤怒和仇恨。然而，他对自己的言语和行为却有着很好的控制力，体现了他良好的修养。虽然他痛恨母亲，但从没有僭越儿子的身份，这点从他对母亲的称谓中可见一斑。

Hamlet: Madam, how like you this play?[③]

田汉译文：

哈孟雷特：妈，您觉得这戏何如？[④]

梁实秋译文：

哈姆雷特：母亲，你以为这戏如何？[⑤]

Hamlet: How is it with you, lady?[⑥]

田汉译文：

哈孟雷特：您怎么了，妈妈？[⑦]

① 王行之，《老舍论剧》，北京：中国戏剧出版社，1981年，第5页。

② 翁显良，《意态由来画不成？——文学翻译丛谈》，北京：中国对外翻译出版公司，1983年，第113页。

③ [英]莎士比亚著，梁实秋译，《莎士比亚全集·32·哈姆雷特》，北京：中国广播电视出版社，2001年，第160页。

④ [英]莎士比亚著，田汉译，《哈孟雷特》，上海：中华书局，1922年，第88页。

⑤ [英]莎士比亚著，梁实秋译，《莎士比亚全集·32·哈姆雷特》，北京：中国广播电视出版社，2001年，第161页。

⑥ [英]莎士比亚著，梁实秋译，《莎士比亚全集·32·哈姆雷特》，北京：中国广播电视出版社，2001年，第188页。

⑦ [英]莎士比亚著，田汉译，《哈孟雷特》，上海：中华书局，1922年，第106页。

梁实秋译文：

哈姆雷特：你怎么了，太太？①

原文中，哈姆雷特称呼母亲为“madam”“mother”“lady”，其中“madam”最为常用。英文中“madam”可以指未婚女子、已婚女士或者有着较高社会地位的男士之妻。如果将其翻译成“夫人”“太太”，很显然中国的观众会很难接受。因为在中国，百事孝为先，对父母长辈的孝顺是一种良好品质，即使父母犯了错误，也要尊重、顺从父母。可想而知，在20世纪20年代的中国，子女称呼母亲“太太”是违背中国伦理的，而哈姆雷特如果称呼母亲“夫人”“太太”，观众开始对他施予的同情就会变成对其忤逆母亲的责备。此外，田汉将原文中所有的指代母亲的“you”均翻译成“您”，尤其是在当他知道父亲死亡真相，对母亲充满怨恨的时候，他对母亲仍然是尊敬的。

通过以上分析可以看出，田汉的译文尽量符合目的语的规范，尽量消除因文化差异而影响观众理解人物语言、思想的障碍，使其所译的戏剧在中国观众（读者）中能产生与源语背景下相似的效果。而对御前大臣波乐纽斯语言的精确把握则透出田汉在人物刻画上的深厚功底，以及对生活细致入微的观察。

Polonius: This business is well ended.
My liege, and madam, to expostulate
What majesty should be, what duty is,
Why day is day, night is night, and time is time,
Were nothing but to waste night, day, and time.
Therefore, since brevity is the soul of wit.
And tediousness the limbs and outward flourishes,
I will be brief. Your noble son is mad:
Mad call I it; for, to define true madness,

① [英]莎士比亚著，梁实秋译，《莎士比亚全集·32·哈姆雷特》，北京：中国广播电视出版社，2001年，第189页。

What is't but to be nothing else but mad?

But let that go.[①]

田汉译文：

波乐纽斯：这件事算办好了，——国王国母两位陛下，现在要来议论什么是君王的威严，什么是臣子的职分，乃至何以日是日，夜是夜，时间是时间，这徒然是浪费日，夜，和时间的事。从来简洁是智慧的灵魂，冗漫是智慧的四肢和外饰，所以我说话总力求简洁。陛下的世子发了狂：我说他发了狂；因为我们要下一个什么叫做真发狂的定义，那个人自己不也等于发狂吗？这且不要管他。[②]

梁实秋译文：

普娄尼阿斯：这事结束得很顺利。——王后在上，如今我们若是讨论君权应该如何，臣职应该如何，何以昼是昼，夜是夜，光阴是光阴，这简直就是浪费昼夜光阴。简练是智慧的灵魂，繁冗便成了骈枝外饰，所以我要力求简约。太子是疯了：我说是疯；因为，除疯以外别无他情，这不就是真疯的定义吗？这可不必多说。[③]

波乐纽斯是一个有多重面孔的人。在国王面前，他努力装扮成一个既忠心耿耿、尽职尽责又有点愚钝的大臣，总是想方设法为国王排忧解难。本例中他发现了哈姆雷特变疯的原因是自己女儿拒绝了他的求爱。他非常高兴，急于向国王和王后邀功。但是在声称"简洁是智慧的灵魂"，自诩"说话总力求简洁"之后，他是如此啰唆絮叨，以至于王后无法忍受直接打断了他。即便如此，他还是继续他滑稽的修辞，最后才说到点子上。田汉译文成功地刻画了一个啰唆、谄媚、喜欢自我标榜的老人形象，然而在子女面前，他却是狡猾奸诈、老谋深算的人。为了使国王相信他关于哈姆雷特变疯的原因是真实的，他甚至把女儿的私人信

① [英]莎士比亚著，梁实秋译，《莎士比亚全集·32·哈姆雷特》，北京：中国广播电视出版社，2001年，第96页。

② [英]莎士比亚著，田汉译，《哈孟雷特》，上海：中华书局，1922年，第47页。

③ [英]莎士比亚著，梁实秋译，《莎士比亚全集·32·哈姆雷特》，北京：中国广播电视出版社，2001年，第95、97页。

件读给国王听。

Polonius: Madam, I swear I use no art at all.
That be is mad, 'tis true; 'tis true 'tis pity;
And pity 'tis 'tis true; a foolish figure;
But farewell it, for I will use no art.
Mad let us grant him, then; and now remains
That we find out the cause of this effect,
Or rather say, the cause of this defect,
For this effect defective comes by cause;
Thus it remains, and the remainder thus.
Perpend.
I have a daughter, have while she is mine;
Who, in her duty and obedience, mark,
Hath given me this: now, gather, and surmise.
To the celestial, and my soul's idol, the most beautified
Ophelia.—That's an ill phrase, a vile phrase; 'beautified' is a vile phrase; but you shall bear. Thus:
In her excellent white bosom, these, &c.—①

田汉译文：

波乐纽斯：国母陛下，我敢发誓，我决没有说什么虚文。殿下发了狂，这是的的确确的。这真是可怜得很，可怜得很，也是真的：哎呀这话文饰得不好；好，少陪了他罢，我决不用虚文了。那么，就算他是发了狂；现在我们要研究的就是这结果的原因，或者不如说是缺陷的原因，因为这个缺陷的结果一定有什么原因：而大家都不明白这个原因。这个不明白的原因便是这样的。两陛下想想。我有一个女——现在还在我家的时候，总算我的女——他很孝顺我，您看，她把这样一封信给我

①［英］莎士比亚著，梁实秋译，《莎士比亚全集·32·哈姆雷特》，北京：中国广播电视出版社，2001年，第96页。

了；现在读起来请两陛下明断。

[读信]“天女似的我的灵魂的偶像，艳美绝伦的婀翡丽亚女士青览，”——这文章劣拙得很，‘艳美的’是很劣拙的话：但是请听下面的话。是这样的：

“愿将这些句子题在您那白玉似的酥胸里。……”①

梁实秋译文：

普娄尼阿斯：陛下，我赌咒我一点也没有卖弄。他是疯了，这是真的；这真是可怜；可怜这是真；这话又有点无聊，好，别说了，我决不卖弄。那么我们就算他是疯了；现在成为问题的便是我们如何找出这现象的原因，或是说，这病象的原因，因为这病象一定是有原因的。于是这便成为问题，而问题便是如此。请想想看。我有一个女儿，——现在她还是我的，——她激于孝心和服从之义，请注意，把这个交给我了。请陛下来揣测一下。[读。]

“谨呈我的灵魂的偶像，天仙般顶美艳的奥菲里阿。”

这字样不好，是个粗俗的字样；“美艳”是个粗俗的字样；但是你们请听下去。下文是这样的：

“敬以下列芜词投送到她的莹白的酥胸里，”云云。②

这部分非常完美地刻画了波乐纽斯的形象：他在国王和王后面前谄媚卑微，以舞文弄墨为荣，无视女儿的感受，对子女生活横加干涉，专横无礼。田汉译文非常符合波乐纽斯的社会地位和他的性格特征。原文中，尽管王后打断了他的话，让他少些虚文，他仍然继续自己啰唆的风格，否定王后的评价“我敢发誓，我决没有说什么虚文”。然而，紧接着他却又重复着“可怜得很，可怜得很”和“哎呀这话文饰得不好；好，少陪了他罢，我决不用虚文了”，让人忍无可忍。更糟糕的是，他关于“结果”和“原因”的绕口令般的话不但没有把问题叙述清楚，反

① [英]莎士比亚著，田汉译，《哈孟雷特》，上海：中华书局，1922年，第48页。

② [英]莎士比亚著，梁实秋译，《莎士比亚全集·32·哈姆雷特》，北京：中国广播电视出版社，2001年，第97页。

而更让人摸不着头脑。而事实上他真正想说的很简单：他知道哈姆雷特变疯的原因。田汉译文非常鲜活生动，观众（读者）在脑海中似乎可以看到这样一位咬文嚼字、卖弄学问、故弄玄虚，以至有点滑稽的哗众取宠的老臣。

波乐纽斯虽然愚蠢，但是他对自己的身份是非常清楚的，在国王面前的遣词造句非常谨慎。因此，田汉译文“两陛下想想”显然更符合他作为御前大臣的身份，既能体现他对国王和王后的尊重，同时也显示他们之间较亲密的关系。相比之下，“请想想看”一般用于同一级别的平辈之间，不太符合此时的场景。同理，田汉译文“您看”比梁实秋译文“请注意”更符合人物身份和其性格特点，因此更恰当。田汉译本中的“明断”是大臣对帝王的用语，显示波乐纽斯对国王的奉承之意，而梁实秋译文“揣测”则较普通，体现不出对话双方在身份地位上的区别。“青览”一词是20世纪20年代的中国文人常用词，意为“请阅读”，显示对收信人的尊重，它体现了哈姆雷特对婀斐丽亚真诚的、怀有敬意的爱慕和他的礼貌举止。梁实秋译文的暗喻“以下列芜词投送到她的莹白的酥胸里”是一个新意象，比喻很奇怪，观众（读者）很难在短时间内理解。而“将这些句子题在您那白玉似的酥胸里”则为中国观众所熟悉，因为古人，尤其是诗人，热衷于题字或词表达爱慕之意。同时“白玉似的”也被中国文人频繁使用，指代皮肤白皙的女子。

为了显示对国王的忠诚及自己处理问题的能力，波乐纽斯把女儿的信当众读出来，其中包含“你的酥胸里”这样的字眼。在中国文化中，女子的胸部，尤其是社会地位较高的家庭出身的未婚女子的胸部是被无比珍视，忌讳谈及的，更不用说当众宣读了。这些细节生动传神地刻画了波乐纽斯对女儿自尊的无视和践踏，女儿对他的顺从也反射出他在家中的独裁地位。无须直言，田汉用生动形象的语言，入木三分地为观众（读者）呈现了一幅两面三刀、固执己见、自以为是的人物素描。

以上分析可以看出，田汉在准确把握人物性格，刻画人物形象上具有深厚的功力，其译本中的人物个性鲜明、令人记忆深刻。他的译文充分考虑了中国观众（读者）的审美习惯和道德规范，因此易于被人们所理解和接受。这些都源于译者一颗多愁敏感的心及其对生活细致入微的观察和体验。

在戏剧翻译中，当需要对原文获得最佳相似时，异化是理想的翻译方法。使用这种翻译方法，选作翻译的原著得到了充分尊重。然而，由于各民族文化的差异，异化的应用是有限的。译者必须对原著稍微改译，才能被目的语读者接受。田汉成功地在源语和译语之间找到平衡，他的译文获得了很大成功。他的译本在形式和内容上都能忠实于原著，显示了对原著的尊重。

田汉是第一位以戏剧形式完整译介莎翁作品的中国人，为后世提供了很好的榜样。就内容而言，田汉保留了原文中的文化意象。为了学习西方戏剧，创作中国自己的话剧，田汉为中国读者提供了一次欣赏莎士比亚作品真正艺术价值的机会。而为了使译文更好地被中国读者接受，田汉采用了20世纪20年代流行的白话文，他的译文符合当时中国的语言规范。田汉作为剧作家，能体会到语言的节奏感和韵律，能够品味出内涵丰富、富有潜台词、意味无穷的戏剧语言，能够感受到戏剧语言中包含的诗一般的浓烈的感情。他准确把握了莎剧作品的戏剧性特征，体会到戏剧语言的独特意味，而他本人与主人公相似的情感经历更赋予他的译文浓烈真挚的情感。所有这些都表明，田汉译本是兼具可读性和可演性为一体的译本。诚然，用当代的眼光来评价，他的作品语言略显生涩，文辞不够优美，然而对于当时20年代初，中国语言从文言文向白话文的过渡期来说，田汉译本已是难能可贵。

第三节　邵挺《天仇记》——《哈姆雷特》的点评式译本

邵挺译本与田汉译本都是在五四运动时期掀起的外国文学翻译浪潮中产生的，具有较相似的时代背景。但两种译本的翻译目的不同，因此译本显现的面貌截然不同，两种译本的命运也有很大差异。文学界及戏剧界翻译的目的就是要以西洋戏剧为模范，学习其创作手法等，这一目的在邵挺译本中的体现是其对创作手法的重视。前文提到，五四运动前后国人对莎士比亚其人有了较详细的了解，包括其生平事迹等，但对莎士比亚作品的了解仍属于知识介绍型，专业的学术研究更没有。虽然国内已有许多知识青年赴欧、美、日等地留学，对莎士比亚原著有了相当了解，但对国内大部分读者来说，对原著的了解还是停留在故事情节阶段。尤其对于熟悉中国传统戏曲模式的观众来说，戏剧是新生物，他们对剧本形式等还很陌生。莎士比亚作品中渗透着西方文化，宗教色彩浓厚，莎士比亚又擅长用典故、民间传说等富含文化内涵的内容。田汉译本采用直译方式，虽然可以让读者一览原著原貌，但这种认识还是停留在表面。为了使读者对译本有更深入详细的了解，减少阅读中的障碍，译者通过注释的方式添加了大量信息，使得该译本独具特色。

邵挺译本《天仇记》是《哈姆雷特》汉译本中的第一个注释本，译者采用加注的方式作为文化补偿手段，体现了译者试图为读者架起一座中西交流的桥梁，帮助读者跨越文化障碍，最大可能地接近原著的苦心。

《天仇记》共153页，译者注释多达301条。大致可以分为三种：指示性、解释性和评价性注释。第一种注释是指示性的，主要包括两类：一是介绍出场人物。与中国古代戏曲不同，西方戏剧中出场人物较多，且人名复杂，对中国读者来说较为陌生。为避免读者造成困惑，帮助读者快速进入剧情，译者对出场人物会加注以说明其身份来历。二是方向性指示。因为不是在舞台演出，许多指示性动作可以由演员的表演直接体现，为避免造成误解，译者会适当加注明示。比如出场人物超过两个人，而角色同时跟其他两个以上对话时，译者会添加如“以上对百雅度，以下问来者”[1]这样的指示语。

第二种注释是解释性的，主要包括两类：一是对人物行为举止、动

① [英]莎士比亚著，邵挺译，《天仇记》，上海：商务印书馆，1930年，第2页。

作表情等的解释。舞台说明是戏剧语言的重要组成部分，对戏剧人物刻画、推动情节发展等起到重要作用，同时影响着演员演戏或者读者阅读。原著中人物动作或表情、情绪等舞台说明非常少，演员靠自己揣摩，而读者阅读时就会失去很多色彩。如第一幕中先王灵魂出现时，何礼初问："若何物也。阑更擅出。武装堂皇。类我前王。徘徊周行。维兹皇天。我命汝言。"[①]这句话如果没有舞台说明，发问的方式可以有很多种，译者加注："何君既惊奇，鼓勇发问，语气故喘促。"[②]这个注释既表现出何礼初见到先王既吃惊害怕，又充满好奇，因而语速加快，提不上气。读者阅读时如同身临其境、代入感强。二是对剧本文本的解释。包括对剧本文字层面和文化层面的解释。前者如第一幕第一场开幕时换岗，黑暗之中，法籣思古看不清前方来人，便问道："否。君语我来。止。语我君为谁。"[③]邵挺加注"守卫森严若细柳营"[④]，为了再现原著中森严紧张的氛围，邵挺引用中国《史记·绛侯周勃世家》中的细柳营典故，汉文帝时，匈奴入侵边境，周亚夫奉命驻守细柳营，治军严谨，纪律严明，守卫森严。熟悉此典故的中国读者会立刻引起共鸣、领悟戏剧中要传达的氛围。而文化层面的注释根据具体情况，译者采用两种处理方式：与中国文化有相似之处的，邵挺用中国文化作类比；与中国文化不同或者西方文化特有的地方，邵挺就解释说明。第一类对于中国文化与西方文化共通之处，邵挺利用中国传统文化的典故等类比西方文化，帮助读者理解剧情，如邵挺将丹王杀兄娶妻之事类比唐太宗：

丹王可比唐太宗，盖太宗杀元吉而娶其妃，灭理乱伦，正相伯仲，特六月四日事，容有不得已者，且人人知之，太宗亦不自讳，而丹王则以暗杀取皇位，又汙其嫂，罪尤加等矣。[⑤]

① [英]莎士比亚著，邵挺译，《天仇记》，上海：商务印书馆，1930年，第4页。
② [英]莎士比亚著，邵挺译，《天仇记》，上海：商务印书馆，1930年，第4页。
③ [英]莎士比亚著，邵挺译，《天仇记》，上海：商务印书馆，1930年，第1页。
④ [英]莎士比亚著，邵挺译，《天仇记》，上海：商务印书馆，1930年，第1页。
⑤ [英]莎士比亚著，邵挺译，《天仇记》，上海：商务印书馆，1930年，第9页。

邵挺借中国古代故事作譬喻，使读者读来颇有亲切感，可以拉近读者与原著的距离。当然，这种方式存在的问题是，中、西方文化的相同之处有时仅是表层的，内涵不尽相同。这样的类比容易造成文化误读。第二类注释如西方语言中常见的双关语。由于英汉语言的差异，汉语中不可能找到对等的表达方式，邵挺就加注解释说明，原文中“son”与“sun”的双关语，邵挺就解释为：“英文太阳与子同音，意本双关，兹谨能译其一，不能译其二，读者谅之。”①诸如此类语言游戏，中国读者在当时是无法理解的，译者也无能为力，只能做出解释，以帮助读者了解原著。此外还有有关宗教、习俗等与中国文化相异之处，译者均加注解释说明。

第三种注释为评价性的，主要包括三类：对原著中戏剧创作手法的评价、对剧本戏文的评价和对译者翻译手法的评价。第一类评价在注释中很多，对于仍处于白话文创作萌芽期的中国学界来说大有助益，体现了邵挺的拳拳之心。比如戏剧中的“自语”，也就是观众能听到、台上其他演员听不到的独白，中国戏曲中不多见，邵挺加注：“演戏时，人之意思，非自语无以达，此只为观者道，非为演者言。”②第二类是邵挺对原著戏文的评价，如第一幕第一场何礼初讨论先王灵魂出现是什么征兆时说：“纤尘隙目。扰及脑精”③，邵挺加注“设譬不甚切，言凡物皆有朕兆耳”④，认为原文此处譬喻用得不贴切。此外还有对人物、剧情等的评价。如第一幕第二场中新王初登场，对全场说话：“朕爱兄黑蒙勒龙驭上宾。……吾人悲感之中。须自珍重。斯为上智。”⑤邵挺加注“明明无哀痛之情，而善为说辞如此”⑥，读者读至此处对新王的品质有了初步印象，而紧接着邵挺加注直接评价：“先将娶嫂事，掩饰一番，

① [英]莎士比亚著，邵挺译，《天仇记》，上海：商务印书馆，1930年，第10页。
② [英]莎士比亚著，邵挺译，《天仇记》，上海：商务印书馆，1930年，第10页。
③ [英]莎士比亚著，邵挺译，《天仇记》，上海：商务印书馆，1930年，第6页。
④ [英]莎士比亚著，邵挺译，《天仇记》，上海：商务印书馆，1930年，第6页。
⑤ [英]莎士比亚著，邵挺译，《天仇记》，上海：商务印书馆，1930年，第8—9页。
⑥ [英]莎士比亚著，邵挺译，《天仇记》，上海：商务印书馆，1930年，第9页。

大奸似信，可恨可怕。”[①]这是邵挺自己对戏剧人物的评价，有助于读者了解剧情，但缺点也很明显，翻译已经是经过两层阐释的文学活动，邵挺如果再加以自己的评价，经过三次过滤的作品显然离原著距离更远，读者难以欣赏到莎士比亚作品的真实面貌。第三类评价是邵挺对自己采用的翻译手法所作的评价，如第一幕第一场中先王灵魂出现，何礼初等人在讨论是何征兆，何礼初道：“纤尘隙目。……御海月球之陷缺如末日也。亦灾祲之兆。夫复何疑。”[②]邵挺加注：“原文无此两句，意昧，论者谓有脱漏，姑擅补之，以完其义，未知当否。”[③]这里可推断出，邵挺对原著是有研究的，也阅读过相关的莎士比亚评论（以下简称“莎评”）研究成果，但未说明出处，做法不够严谨。

总体而言，邵挺译本的注释与后来的注释译本不同，总体特点是主观性强、随意性大。几乎所有解释性和评价性注释都未交代考证出处，都是建立在译者对原著和源语文化的主观了解和感觉基础之上。用中国传统文化作类比是晚清时期文人常用的手段，是对文化负载项的简单化处理，但对于对外国文化了解本来就不多的读者来说，简单化也是最高效的。对于初识莎士比亚原著的中国读者来说，过多过细过于学术化的注释显然会影响读者的阅读兴趣。但必须要说明的是，虽然邵挺与晚清文人惯用的以中国传统文化附会阐释西方文化的手段有些类似，其内涵已经大不相同。对晚清文人而言，西方知识的输入刺激启发了他们新的观念，他们的落脚点还在中国文化。而邵挺译本已具有跨文化意识，起到了文化传播的作用。当然这种对西方文化的了解是经过译者过滤的，有时候会偏离真相，甚至会造成误解。这也是文化交流的必经过程。

邵挺译本用文言散文体形式翻译，多用四字短语，兼有对偶和排比句，从语体上来说，能较好地再现莎士比亚语言的古朴感和节奏感，文字简洁。对于原著中的歌谣和戏中戏，用中国古体诗的五言绝句和七言

① [英]莎士比亚著，邵挺译，《天仇记》，上海：商务印书馆，1930年，第9页。
② [英]莎士比亚著，邵挺译，《天仇记》，上海：商务印书馆，1930年，第6页。
③ [英]莎士比亚著，邵挺译，《天仇记》，上海：商务印书馆，1930年，第6页。

绝句来译。邵挺试图从中国传统文学形式中寻找与原著相似的文体，力图再现原著的语言美，这种尝试和努力值得肯定。

综上所述，邵挺对原著语言的处理及大量注释显示了他对莎剧的文学艺术的关注，与田汉译本相较是有进步意义的。由于时代所限，邵挺对原著和源语文化的了解还不够深入，处理方式过于简单。但这种努力值得肯定，对于时人了解莎剧是有肯定意义的。

第四节　两种译本的不同接受效果

田汉译本出版后，得到的评论不多，据田汉自己说“出版之后满拟可以得一些有益的指正，无奈当世的英文学家都不肯见教”[①]。可见，译本当时所引起的评论不多。1925年，江绍原在《现代评论》第1卷第24期上发表书评《难译≠必译不好》，对田汉译本进行评价。他认为田汉译本语言是“疙里疙瘩的白话”[②]。江绍原认为“原来极有情趣的文，在田译里而往往只是苦稻草，甘蔗渣，碎蜡烛”[③]。他甚至认为田汉译本语言不如梨花大鼓的鼓词自然、精炼。

可以看出，江绍原的评价主要是从语言层面展开，认为田汉的白话文不够流畅自然。这是当时大部分翻译评论者的出发点：通过与原文对比，找出语言上的错误之处，加以评判。事实上，江绍原自己也知道这个阶段的白话文学仍是草创期，远未成熟，“虽则近来，一行写到底和一行不写到底的白话，多过真正的白话文和白话诗”[④]。因此江绍原“根本怀疑莎翁的作品是可以用田君那种疙里疙瘩的白话来译的”[⑤]。这

① 田汉，《论翻译答江绍原先生》，《田汉全集》(第18卷·文论)，石家庄：花山文艺出版社，2000年，第510页。

② 江绍原，《难译≠必译不好》，《现代评论》，1925年第1卷第24期，第14页。

③ 江绍原，《难译≠必译不好》，《现代评论》，1925年第1卷第24期，第14页。

④ 江绍原，《难译≠必译不好》，《现代评论》，1925年第1卷第24期，第14页。

⑤ 江绍原，《难译≠必译不好》，《现代评论》，1925年第1卷第24期，第14页。

种评论指出的语言问题是时代共有的，因此评论者也提供不出更好的译法，同时他否定了译者的翻译努力，未认识到翻译和语言发展的规律，因此他对田汉译本的评价是有失公允的。

对田汉译本的评论不多的原因有两层。一方面，莎士比亚原著很难，这是在当时达成共识的，"莎士比亚的脚本诚然难译"①，对其进行过研究的人不多，没有评论的能力，即便上文提到的江绍原也只是从语言层面出发，指摘了几处小错误。而了解、欣赏莎士比亚原著的人鉴于自己的能力又不敢翻译它，当然这里也可以看出他们对原著的虔诚态度。但是这种态度所产生的结果却是不利于国内文学建设的。

另一方面，五四运动之后，莎士比亚被列为与但丁同等位置的古典主义作家，与国内现实需要不符，而《哈姆雷特》则被完全否定。文学革命运动前期经过社会各界激烈论辩后，取得决定性胜利。学界的中心转移到如何建设白话新文学上，对于翻译外国名著这一方法达成共识，紧接着就引发关于现阶段到底要译介什么样的名著的激烈讨论。傅斯年认为："好不好本没一定，只是看它有用没有用；有用便好，没有用便不好。……应当翻译最有用的，——对于中国人最有用的。"②对于什么是"对中国人有用的"书，郑振铎、沈雁冰、周作人等都纷纷发文参与讨论。1922年，沈雁冰说："一个人翻译一篇外国文学作品，于主观的爱好心而外，再加上一个'足救时弊'的观念，亦未始竟是不可能，不合理的事。"③

他认为翻译家"若果深恶自身所居的社会的腐败，人心的死寂，而想借外国文学作品来抗议，来刺激将死的人心，也是极应该而有益的事"④。最后，他明确提出"我极力主张译现代的写实主义作品"⑤。

① 江绍原，《难译≠必译不好》，《现代评论》，1925年第1卷第24期，第14页。

② 傅斯年，《译书感言》，朱志瑜、张旭、黄立波编，《中国传统译论文献汇编》（卷一），北京：商务印书馆，2020年，第633页。

③ 沈雁冰，《介绍外国文学作品的目的》，《文学周报》，1921年第45期，第2页。

④ 沈雁冰，《介绍外国文学作品的目的》，《文学周报》，1921年第45期，第2页。

⑤ 沈雁冰，《介绍外国文学作品的目的》，《文学周报》，1921年第45期，第3页。

可见，此阶段翻译的选材偏向写实的、揭露社会问题的近代作品。因此，“表现个性解放、人性解放、女性解放、思想自由、社会批判的外国文学作品引起普遍共鸣，翻译的数量最大”①。胡适对近代戏剧也倍加推崇，他认为：“最近六十年来，欧洲的散文剧本，千变万化，远胜古代，体裁也更发达了，更重要的，如“问题戏”专研究社会的种种重要问题……”②

可见，此阶段近代戏剧作品因其对社会生活的反映而大受欢迎。国内继而掀起易卜生热，因为其戏剧重视人的解放，揭露社会问题。

而莎士比亚在此阶段被学界列入古典主义作家行列，其作品“重写性格”③。但周作人认为“古典东西可以缓译”④，“倘若先生放下了现在所做最适当的事业，去译《神曲》或《失乐园》，那实在是中国文学界的大损失了”⑤。他认为世界文学可分为“不可不读的”和“供研究的”，不可不读的指近代作品，供研究的应该“酌量了：如……莎士比亚剧的一二种，……似乎也在可译之列。”⑥但他继而强调“但比那些东西，现代的作品似乎还稍重要一点”⑦。

可见在国人心中，莎士比亚的地位仍然是崇高的，其价值从来没有被否定过，只是不合时代需求了。因此，其作品的译介在这股翻译洪流中被暂时搁置。而《哈姆雷特》这部作品在此阶段却几乎被否定。知非在《近代文学上戏剧之位置》一文中总结了近代文学与之前文学的区别，他认为近代文学是社会生活的写实文学，否定古代文学：

从前所有文学，无论什么宗派所描写的人物事实，都是奇

① 秦弓，《二十世纪中国翻译文学史·五四时期卷》，天津：百花文艺出版社，2009年，第23页。

② 胡适，《建设的文学革命论》，《新青年》，1918年第4卷第4号，第304页。

③ 田汉，《近代戏剧文学及其社会背景》，《田汉全集》（第14卷·文论），石家庄：花山文艺出版社，2000年，第247页。

④ 周作人，《翻译文学书的讨论》，《小说月报》，1921年第12卷第2号，第1页。

⑤ 周作人，《翻译文学书的讨论》，《小说月报》，1921年第12卷第2号，第1页。

⑥ 周作人，《翻译文学书的讨论》，《小说月报》，1921年第12卷第2号，第1页。

⑦ 周作人，《翻译文学书的讨论》，《小说月报》，1921年第12卷第2号，第1页。

异万状，世上决难遇着的。不是神怪荒诞，就是英雄美人侠客义士……譬如《索士比亚》的戏剧，像《哈姆莱脱》这种人这样的事迹，世上的人有遇着过的吗？[1]

这种认识的狭隘之处在今人看来显而易见，但在当时却很有代表性。胡适则认为："那举世钦仰的*Hamlet*（《哈姆雷特》），我实在看不出什么好处来！Hamlet（哈姆雷特）真是一个大傻子！"[2]这种认识主宰了当时整个文学界和翻译界。整个五四运动期间，《哈姆雷特》都没有再出现新的译本，直到20世纪30年代以后，《哈姆雷特》才得以正名。

而在戏剧界，田汉译本也难以得到推广。与胡适提倡多多翻译西洋戏剧不同，傅斯年从演出和中国的观众接受的角度，对直译的西洋戏剧持排斥态度，他认为："西洋剧本是用西洋社会做材料，中国社会，却和西洋社会隔膜的紧。在中国剧台上排演直译的西洋戏剧，看的人不知所云，岂不糟了。"[3]对于外国戏剧，傅斯年并不完全否定，他认为戏剧还是要自己编制，但是，"不妨用西洋剧本做材料，采取他的精神，弄来和中国人情合拍了，就可应用了。换一句话说来，直译的剧本，不能适用，变化形式，存留精神的改造本，却是大好"[4]。

事实上，戏剧界很多人持类似的观点。郑振铎在《戏剧》1卷2号《现在的戏剧翻译界》里回顾了1918年以来翻译的三十三部戏剧，认为原料是好的，但翻译的方法实在太不讲究了。汪仲贤在《戏剧》1卷3号《随便谈》第二则里，从语言的角度也认为，那时的新文学家，极力主张中国语体的欧化，把剧本上很平常的几句话，弄得格格不吐的样子。瞿世英积极响应他，在《戏剧》1卷6号《演完泰戈尔的齐德拉之后》中指出，西洋剧本除自有其文学上的价值外，只能作我们编剧的模

① 知非，《近代文学上戏剧之位置》，《新青年》，1919年第6卷第1期，第22页。

② 胡适，《胡适全集》（第29卷），合肥：安徽教育出版社，2003年，第283页。

③ 傅斯年，《戏剧改良各面观》，《新青年》，1918年第5卷第4号，第338页。

④ 傅斯年，《戏剧改良各面观》，《新青年》，1918年第5卷第4号，第338页。

范，而不宜乎排演。可见，出于不同的目的，当时戏剧界与文学界对戏剧翻译的认识是有差异的，戏剧界肯定戏剧翻译作为文学模仿的价值，但否定其演出的价值。这就可解释为什么戏剧界当时无法接受田汉的直译本，而这是后期大量改编外国剧出现的原因。

1930年，学界开始重新关注莎士比亚，之后出现关于田汉译本的评价。一是梁实秋在《图书评论》第1卷第2期上发表的译评《莎翁名著哈姆雷特的两种译本》，这属于学术探讨领域的评价。梁实秋对田汉译本是持肯定态度的。他首先称赞田汉是“当代很有才气的作家，对于戏剧富有研究，所以他译的《哈孟雷特》，大致上是很可读的”①。他认为田汉译本的销路不算太好，因此作此文“广为介绍”②。梁实秋认为田汉对原作者及原著的介绍太少，也没有做版本的考证等，而这些正是梁实秋在翻译莎士比亚戏剧所做的。也可见20世纪30年代与五四时期翻译规范的变迁。梁实秋接着列举了数例他认为翻译不妥之处，态度极其诚恳。梁实秋的莎评比起江绍原来不可同日而语，不再是空泛之谈，批评有理有据，且有节制，态度诚恳。

另一种评价则偏政治层面，鲁迅在讽刺陈西滢、徐志摩等以精通英国文学、研究过莎士比亚而自我炫耀时说，“连绍介最大的‘已经闻名’的莎士比亚的几篇剧本的，也有待于并不专攻英文的田汉”③。鲁迅此言虽然意在讽刺徐志摩等，但在客观上却是对田汉翻译莎士比亚戏剧的支持和赞赏。鲁迅早在1907年写成的《科学史教篇》《摩罗诗力说》《文化偏执论》中都谈到莎士比亚，称赞莎士比亚、但丁等为“诗人中的英雄”，可以团结民心，使国家统一。鲁迅自然支持田汉的翻译活动。鲁迅虽然在论著以及与杜衡的论战中引用过莎士比亚，但对其并没有专门的研究，因此对田汉的译本内容也没有做过评价。

---

① 梁实秋:《莎翁名著哈姆雷特的两种译本》,《图书评论》,1932年第1卷第2期,第61页。

② 梁实秋:《莎翁名著哈姆雷特的两种译本》,《图书评论》,1932年第1卷第2期,第61页。

③ 鲁迅,《“题未定”草(一至三)》,《鲁迅全集》(第6卷),北京:人民文学出版社,1981年,第357页。

虽然评价不多，但田汉译本被中华书局再版七次，可见他的译本当时还是有销量的，他的译本形式是被学界主流认可的。1932年是第七次再版也是最后一次再版。1936年梁实秋译本出现，到20世纪40年代朱生豪的译本问世后，田汉译本基本上已经没有大众读者了，只在莎士比亚研究者、田汉研究者和后来的译者的学术圈内流传，成为研究和翻译参照的对象。这也可以理解，田汉译本出现在白话文创作的初期，语言还远未成熟，同时田汉直译的译法也使得现当代人读起来觉得隔阂，不具备作为大众读物的条件了。但田汉译本的价值不应该被遗忘。

而相较之下，邵挺译本就命运多舛了。1924年出版后，没有引起多少关注，目前没有发现当时对其作品的评价文字，有待后来者继续挖掘。直到1930年被商务印书馆收入王云五主编的《万有文库》（第一集），总第855种出版，列为汉译世界名著系列。从梁实秋的一段话中也可知一二："邵译本不知是何时最初出版，收入在《万有文库》以后我才看见。"[①]连一直活跃在五四文坛的梁实秋也没见过其初版，这至少说明在1930年之前邵挺译本很少被阅读。而之所以被收入《万有文库》，应该跟版权有关，田汉译本直到1932年还被中华书局再版，其译本版权在中华书局。而在1931年之后，商务印书馆即夺得了莎士比亚汉译本出版的主动权，1931年出版了顾仲彝翻译的《威尼斯商人》，接着是梁实秋的汉译本。邵挺译本的评价直到1932年才出现，即上文提到的梁实秋译评。梁实秋批评邵挺："对莎士比亚的原文十二分的不能了解，所以译文是疵谬百出，不胜列举。原文艰晦处固每译必错，即文法简单的地方也往往弄出意想不到的错误。这译本是整个的要不得！"[②]

这个译评侧重的是译本内容层面，较之20世纪20年代的空泛之论要进步很多。

除了上述莎士比亚在五四运动之后受到冷落的原因之外，还有一个至关重要的原因是邵挺译本形式不符合当时的主流风尚。胡适曾明确提

① 梁实秋：《莎翁名著哈姆雷特的两种译本》，《图书评论》，1932年第1卷第2期，第61页。

② 梁实秋：《莎翁名著哈姆雷特的两种译本》，《图书评论》，1932年第1卷第2期，第61页。

出："用古文译书，必失原文的好处。"[①]他还点名批评林纾，认为他把莎士比亚的戏曲，译成了记叙体的古文，"这真是Shakespear的大罪人！"[②]显然在全国倡导白话文的时代，邵挺的文言文译本肯定会被冷落。这也证明主流意识形态和翻译时尚对译者翻译活动的制约作用。而到了20世纪80年代，翻译风气发生改变，过去被人诟病的缺点却变成了优点：

> 《天仇记》是值得推荐的较好的本子。……它像中国旧有小说和戏曲同样典雅，很像一本古典作品了。其中文字，译者尽量用古文、旧诗、曲词形式翻译，不少地方是有韵、有音节的。……试以卞之琳译本或朱生豪译本相比，他们没有《天仇记》的简洁和凝重，因而产生不出韵味。[③]

可见，此时莎士比亚已经变成了古典主义作家，而译本因为再现了这种古典特色而被评论者称赞。当然这是来自学术圈的评价，与田汉译本相同，邵挺译本只是那一时代的产物，对后世的影响不大。真正让莎士比亚作品在中国得到普及，有待于下一阶段朱生豪的《莎士比亚全集》了。

综上所述，此阶段的《哈姆雷特》汉译与前期译本形成了鲜明差别。五四时期，翻译外国文学的目的是要学习外国进步的文学方法。译者对原著的态度是虔诚的，促生了首个全译本。此阶段国内对莎士比亚的了解更加深入，已经开始关注其作品的文学价值。译者对原著都有较深入的了解，翻译之前做了充分准备。但由于此时的翻译目的是学习外国文学方法、用西方语言来丰富补充处于萌芽期的白话文，最终创造了

① 胡适，《建设的文学革命论》，《新青年》，1918年第4卷第4号，第306页。

② 胡适，《建设的文学革命论》，《新青年》，1918年第4卷第4号，第305页。

③ 陈汝衡，《莎氏悲剧〈哈姆莱特〉及其中译本〈天仇记〉》，中国莎士比亚研究会编，《莎士比亚研究》（第4期），杭州：浙江文艺出版社，1994年，第265页。

中国自己的白话文学，因此学界更注重对原著形式和写作手法的传译。出于丰富白话文的需求，学界明确提倡使用白话散文体翻译外国名剧，大胆采用欧化国语。但直译绝不是字字对应的“死译”，而是要将外国语言的词法、句法等融入国语之中，创造出浅显流畅、表意清晰的白话文。此阶段的两种译本都是全译本，只是以不同的面貌出现：田汉戏剧家的身份使其译本重在展现“戏剧性特征”，同时田汉对莎士比亚及其作品进行了政治解读，认为《哈姆雷特》映射了莎士比亚的政治前途和家庭悲剧。相似的机遇让田汉在作品中找到共鸣，他借译本抒发悲愤之情，因此其译本重在表达情感，充满了谴责、讥讽、嘲弄，戏剧张力大。邵挺译本重在原著的写作手法、传达外国文化，用大量注释作为文化补偿手段。两种译本在《哈姆雷特》汉译史上都具有里程碑式的意义。田汉译本应时代需求而生，反复再版。邵挺译本则反应平平，后人关注极少。

第四章 《哈姆雷特》汉译的兴盛期(1931—1948)

1931年至1948年出版了四个《哈姆雷特》译本：1936年梁实秋译本、1938年周平译本、1944年曹未风译本和1947年朱生豪译本。其中成就最大的是梁实秋《莎士比亚全集》和朱生豪《莎士比亚戏剧集》的问世。这一时期莎剧翻译大体上呈现出以下几个特征：第一，莎士比亚翻译成为一种政治行为，政治因素成为推动莎士比亚翻译的直接动力。第二，莎士比亚研究的复苏成为《哈姆雷特》汉译背后的强力支撑，尤其是大量外国莎剧研究成果被译介到中国，其中部分成果被译者运用到翻译中。四位译者对莎士比亚均有较深入的研究，莎士比亚作品的文学价值得到重视，同时译者们均开始关注原著的版本问题，比前一阶段更趋专业化。第三，与五四时期莎剧翻译的选材是由译者根据社会和个人需求自行决定的情形不同，此阶段《哈姆雷特》汉译的一个显著特征就是具有系统性、计划性和组织性，并且分为两种模式运行：一是政府基金组织赞助，二是由大型出版社赞助的市场运作模式。两种不同的运行模式推出的译本呈现出不同的面貌。第四，两种全集均取得经典地位，但由于历史的原因，梁实秋译本在台湾得到推崇，1995年在大陆出版发行，在学术圈中流传至今，而朱生豪译本除了供学术研究使用外，还通过其他方式传播，取得的市场效果最为持久，迄今为止在中国普通读者中产生的影响力超过了前后出现的各种译本。周平译本几乎没有引起学界反应，曹未风译本尝试使用诗体翻译《哈姆雷特》，是散文译莎到诗体译莎的过渡期代表作，获得关注较多。

第一节 《哈姆雷特》汉译兴盛的政治因素

如同前面两个阶段一样，此阶段的《哈姆雷特》翻译也与政治因素有着千丝万缕的联系。政治因素成为推动《哈姆雷特》汉译的直接动力。

一、《哈姆雷特》汉译成为抗日战争的文化战场

20世纪30年代的中国社会和文坛有两种力量同时并存着：一方面是以左翼作家联盟为代表的无产阶级阵营及其倡导的无产阶级革命文学，另一方面是国民党领导的资产阶级阵营及其倡导的资产阶级文学。这两种意识形态和诗学观念完全对立的阵营对莎士比亚戏剧，包括《哈姆雷特》的翻译却表现出了同样的热情；这两者的契合点在于，《哈姆雷特》的汉译行为呼应了时代的需求，成为抗日战争中的文化战场。

这一切源于一个重要契机和两个重要人物：余上沅和胡适。1928年7月，日本早稻田大学名誉教授坪内逍遥博士花了43年时间译完了莎士比亚的全集。这件事对国内政坛和文坛的震动很大，这成为莎士比亚全集译本在中国出现的最直接动因。余上沅写了一篇长文《翻译莎士比亚》专门讨论此事。在文中，他首先讨论了莎士比亚对各国文学的影响。他认为："有了莎士比亚才有哥德，……莎士比亚是戏剧家最高的荣誉。"[①]如何产生中国的莎士比亚，他认为不仅要"直接的用原本研究莎士比亚，而最重要的还是翻译事莎士比亚的作品，排演译成的剧本"[②]。他总结了匈牙利翻译莎士比亚的成功经验。

余上沅从文字和文学艺术两个层面论述了莎剧翻译的必要性。他认

① 余上沅，《翻译莎士比亚》，《新月》，1932年第3卷第5—6期，第6页。

② 余上沅，《翻译莎士比亚》，《新月》，1932年第3卷第5—6期，第6页。

为中国目前的"新文字新技术的应用，不但未到纯熟，并且还时常感觉不够。工具不练到精纯充足的地步，再好的思想，再好的意境，也是不能圆满的表现"①。除了文字使用得不纯熟外，余上沅认为中国文坛目前最缺的是"灵魂上的粮食"，尤其对于不能直接读外国文学的人以及一般民众来说。"要救济这些困苦，我们须要一致主张翻译名著，尤其，翻译莎士比亚。"②

余上沅继而探讨了中国莎剧翻译的可能性。他认为中国已经具备翻译莎剧的物质基础"垫款和主持的机关也不难得到，（如胡适之先生所主持的编译委员会），研究英国文学而同时又在创立之中国新文学的人又很多"③。并且提出具体的翻译计划。余上沅认为即使不成功，"也是一件很值得的事情"④。

余上沅对莎剧翻译的极力提倡对于第一种莎士比亚全集，包括《哈姆雷特》汉译本的问世至关重要。他的重要作用通过莎剧汉译史中的另一位重要人物胡适得以体现。胡适是第一种莎士比亚全集译本的推动者，但他自己不熟悉文学，"对于莎士比亚并无深入的研究"⑤。余上沅的莎剧翻译观对其产生了重大影响。首先，余上沅与胡适、徐志摩、闻一多、梁实秋等人私交深厚，尤其与胡适一家来往甚密。1927年，胡适回国后，他们几人集股创办新月书店。

此外，余上沅与胡适在工作上有交集：胡适于1927年6月被选为中华教育文化基金董事会董事，兼任秘书，而1928年冬余上沅受聘由庚子赔款建立的北平中华教育文化基金会秘书之职。1930年7月2日，胡适在南京召开的中华教育文化基金董事会第六次董事年会上被选为编译委员会委员长，开始主持编译事业。胡适是历史学的专家，他提出先译

① 余上沅，《翻译莎士比亚》，《新月》，1932年第3卷第5—6期，第11页。

② 余上沅，《翻译莎士比亚》，《新月》，1932年第3卷第5—6期，第11页。

③ 余上沅，《翻译莎士比亚》，《新月》，1932年第3卷第5—6期，第12页。

④ 余上沅，《翻译莎士比亚》，《新月》，1932年第3卷第5—6期，第12页

⑤ 梁实秋，《关于莎士比亚的翻译》，梁实秋主编：《莎士比亚诞辰四百周年纪念集》，台北：台北"国立"编译馆，1966年，第562页。

历史类书和世界名著，并自拟了历史著作清单和四十多本名著清单，但关于世界名著的具体书目未达成一致，直到1930年12月底才确定翻译莎士比亚的事宜。据梁实秋本人回忆说："幸而胡适之先生提议翻译莎氏全集，使我有了翻译的方向。"①可见，翻译莎士比亚的决定是胡适最终确定的。余上沅也是胡适主持的编译委员会委员之一，他对选译名著的事是知情的。而余上沅于1923年留美，在胡适就读的哥伦比亚大学专攻西洋戏剧文学及剧场艺术，因此胡适对他的文学修养是非常确信的。以上事实可见，无论从生活、工作还是学术上都可以合理推测，余上沅对翻译莎士比亚的态度不可能不影响胡适的决定，从而促成了第一种莎士比亚全集译本的出现。

综上所述，此阶段的莎剧翻译不仅仅是一种文学活动，从语言和文学艺术层面对中国文坛都有裨益，它更是对社会现实的呼应，是中国知识分子为反抗日本侵略而发起的与日本之间的文化之战。可见，莎剧翻译已经被提升到了国家民族荣誉的象征层面，成为一种政治活动。

政治的考量成为此阶段四位《哈姆雷特》译者翻译活动的重要因素，但其表现形式却并不相同。梁实秋的莎剧翻译是被动、无意识的，其他三位译者的翻译活动具有主动意识，带有强烈的爱国主义色彩。

二、梁实秋对莎剧翻译的被动选择

现有的梁实秋莎剧翻译②研究对于梁实秋翻译莎士比亚全集的缘由一般都提到胡适主持的中华教育文化基金会邀请梁实秋参与莎剧翻译，但对于胡适为何要提出翻译莎士比亚全集，又为何要找梁实秋翻译，梁实秋为何答应等这些问题并未给出答案，而这些问题对于考察《哈姆雷

① 梁实秋，《"岂有文章惊海内"——答丘彦明女士问》，《梁实秋文集》(第5卷)，厦门：鹭江出版社，2002年，第537页。

② 由于梁实秋、朱生豪和曹未风是莎士比亚全集的译者，所以他们有关翻译的观点等都以莎士比亚翻译的名义提出。《哈姆雷特》是莎士比亚最著名的代表作，三位译者的莎剧翻译主张均适用于《哈姆雷特》的翻译，下文不再做具体区分。

特》在中国的接受方式有很大关系。上一小节回答了胡适提出莎剧翻译的缘由，本小节探讨梁实秋的翻译缘起。

梁实秋对莎剧翻译的选择是被动的。他是被胡适选中参与莎剧翻译的五人之一。梁实秋坦言："若没有胡先生的热心倡导，我根本不会走上翻译莎翁的路。"[①]这与前后阶段田汉、卞之琳、孙大雨等的《哈姆雷特》翻译选择截然不同。1930年12月23日，胡适写给梁实秋的信中说道："实秋兄：……公超的单子已大致拟就，因须补注版本，故尚未交来。……拟请一多与你，与通伯、志摩、公超五人商酌翻译Shakespeare全集的事，期以五年十年，要成一部莎氏集定本。"[②]

胡适拟请梁实秋试译散文体，是基于他对梁实秋的熟悉和了解。梁实秋出身于书香门第，12岁考入清华大学，20岁赴美留学，师从哈佛大学比较文学大师白璧德，1930年之前已出版评论集四部、杂文集一部。胡适非常了解梁实秋的语言能力、所擅长的语体。同时，梁实秋于1928年和1929年在《新月》杂志上先后发表了两篇译文《莎士比亚时代之英国与伦敦》《莎士比亚传略》，因此他对莎士比亚已有初步了解。

虽然梁实秋被选择参与莎剧翻译，但作为一名爱国人士，在面对外敌侵略，他接受莎剧翻译本身就是对莎剧翻译被赋予的爱国因素的认同。1937年，梁实秋第一批译作问世后，有评论说："希望梁氏忍劳耐苦有始有终完成一个《梁译莎翁全集》，不要总让日本坪内逍遥永远独任'莎士比亚远东全权代表'。"[③]显然，在国人眼中莎剧翻译是与日本争夺文化话语权的战争，梁实秋明知莎剧翻译的困难，却独立一人担起全集的翻译任务，这种勇气和担当是对抗日战争最好的声援。

梁实秋接受莎剧翻译任务还源于他对莎士比亚作品艺术价值的深刻领悟。在与左联领导人鲁迅的论战中，梁实秋提出文学批评的唯一标准

① 梁实秋，《关于莎士比亚的翻译》，梁实秋主编：《莎士比亚诞辰四百周年纪念集》，台北：台北"国立"编译馆，1966年，第562页。

② 胡适，《胡适全集》（第24卷），合肥：安徽教育出版社，2003年，第63页。

③ 顾良，《莎士比亚研究》，《大众知识》，1937年第1卷第9期，第13页。

是人性，文学应该反映普遍人性。梁实秋认为：

> 人性的质素是普遍的，文学的品味是固定的。所以伟大的文学作品能禁得起时代和地域的试验。依里亚德在今天尚有人读，莎士比亚的戏剧，到现在还有人演，因为普遍的人性是一切伟大的作品之基础，所以文学作品的伟大，无论其属于什么时代或什么国土，完全可以在一个固定的标准之下衡量起来。①

可见，梁实秋认为文学与时代没有必然关系，文学应该要反映人类共有的人性，这是不依时间和地点而转移的。

梁实秋的这段观点发表于1926年，当时的莎士比亚及其作品在中国的接受处于低谷期。梁实秋基于普遍人性论，对莎士比亚作品价值的认识可以说是超前的，虽然这与20世纪30年代以后莎士比亚在中国的认知方式不相符，但这却可以很好地解释几年后当胡适找到梁实秋等五人拟翻译莎士比亚全集时，只有他一个人答应的原因。

与梁实秋被动接受莎剧翻译的行为不同，《哈姆雷特》的其他三位译者对原著的选择是积极主动的，其翻译活动有明确的政治意识。

三、三位《哈姆雷特》汉译者的政治意识

朱生豪的莎剧翻译活动是中国内外战乱交困的直接产物。1934年正值文化战线上“围剿”与“反围剿”斗争十分激烈之时，上海实行书报检查制度，禁止发行进步书刊。左翼作家联盟领导人鲁迅采取以退为进对策，倡导翻译。他写了关于翻译的多篇杂文，从而迎来了1935年的“翻译年”。鲁迅连续写了三篇关于莎士比亚的文章，他说“在我们所深

① 梁实秋，《浪漫的与古典的》，上海：新月书店，1927年，第171页。

恶痛疾的日本，……沙士比亚，歌德，……都有全集”[①]，渴望有人能够全部译出这套世界名著，认为这是“于中国有益”，能“在中国留存”的工作。在这种背景下，上海大书局如商务印书馆、中华书局、世界书局等纷纷组织翻译各种世界名著。在《英汉四用辞典》主编，也是原母校英文教员詹文浒的建议下，朱生豪接受了莎剧全集翻译的工作。

而日本坪内逍遥《莎士比亚全集》的出版促使余上沅呼吁中国翻译莎士比亚，进而促成梁实秋莎剧翻译的事业，也刺激了革命阵线的文化旗手鲁迅，而坪内逍遥其人还激发出朱生豪翻译莎剧的热情。朱生豪听弟弟朱文振说坪内逍遥曾经鄙夷地说中国是无文化的国家，连老莎的译本都没有。朱生豪的爱国热情被激发，他在给宋清如的信中说：“你崇拜不崇拜民族英雄？舍弟说我就将成为一个民族英雄，如果把Shakespeare译成功以后，……我这两天大起劲。”[②]

可见，译莎对朱生豪来说不仅仅是一份工作，他把译莎跟民族的荣誉联系起来，要做个民族英雄。朱文振说：“他决定译莎，除了个人兴趣等其它原因之外，在日本帝国主义肆意欺凌中国的压力下，为中华民族争一口气是重要的动力。”[③]

关于周平《哈梦雷特》汉译本的研究资料很少，他的译本于1938年由上海启明书局出版，也是这股世界名著翻译热潮中的产物。他在《哈梦雷特》的“序”中介绍该剧时说：

> 《哈梦雷特》在舞台上是一出很能使人感动的戏。许多人对于这剧的批判，是很不一致的。依我们看来，这剧的中心意识，在于指出政治之正义化与家庭之纯洁化。在我们现在这个恶魔横行，正义不彰的时代，这剧是很有其存在价值的。[④]

---

① 鲁迅，《读几本书》，《鲁迅全集》（第5卷），北京：人民文学出版社，1981年，第471页。

② 宋清如，《寄在信封里的灵魂——朱生豪书信集》，北京：东方出版社，1995年，第346页。

③ 吴洁敏、朱宏达，《朱生豪传》，上海：上海外语教育出版社，1990年，第108页。

④ ［英］莎士比亚著，周平译，《哈梦雷特》，上海：启明书局，1938年，序第2页。

这段话对于了解周平的翻译动机有重要价值。周平认为《哈梦雷特》剧作反映的是“政治之正义化与家庭之纯洁化”，这种对主题的解读本身就具有强烈的政治色彩。事实上，莎剧的主题远远超出阶级和家庭的层面，是对人类生存境遇的思考。囿于时代和自身立场的限制，周平对此剧进行了政治解读。而最后一句则是译者翻译目的的直接体现，《哈梦雷特》的存在价值在于它对中国的现实社会有揭示和启发意义。换句话说，译者希望通过《哈梦雷特》来揭露社会现实的罪恶，彰显正义。“恶魔横行”即指帝国主义在中国领土上的恣意践踏，译者通过手中的笔对日本的侵略行径进行口诛笔伐。

曹未风是中国第一个计划翻译出版莎士比亚戏剧全集的译者。他于1929年考入北京师范大学英文系，后转读生物。从1931年春，年仅20岁的曹未风开始莎剧翻译活动。关于他如何从生物科转攻莎剧翻译，可供参考的资料少之又少，现有曹未风的研究中均为提及。但1931年这个年份绝非巧合，余上沅的文章《翻译莎士比亚》于该年1月发表。曹未风于该年立下翻译莎剧全集的目标，因此有理由推测，他是有感于中国没有莎剧全集的缺憾，把翻译莎剧当成一项爱国主义事业来从事的。在抗日战争时期，在敌人的炮火之下，曹未风坚持翻译，更是其爱国行为的明证。

以上分析可见，20世纪30年代莎剧全集翻译的直接诱因是日本坪内逍遥莎士比亚全集的问世，这让正遭受着日本帝国主义侵略的中国人感到文化上的屈辱。莎剧翻译成为一种政治活动，一种为国争光的民族大义。政治需求为莎剧，尤其是《哈姆雷特》的汉译提供了必要性，而左翼文学运动则为莎剧研究及其翻译引进了现实主义视角，掀起了莎士比亚作品研究的高潮，进而促成了《哈姆雷特》汉译的兴盛。

第二节　莎士比亚研究与《哈姆雷特》汉译的互动关系

莎剧翻译的政治因素是外在动力，而20世纪三四十年代莎士比亚研究的复苏成为莎剧翻译的内在动力，大量外国莎剧研究成果被译介到中国，四位译者对莎剧有较深入的了解，他们积极吸收国内外莎剧研究成果，并将部分成果运用到翻译中。梁实秋从1928年开始关注并译介国外莎士比亚研究，而朱生豪爱好诗歌，更关注莎士比亚戏剧的诗意，曹未风曾赴英国留学搜集莎剧资料，周平对国外莎剧研究也有详细了解。较之五四时期，莎士比亚作品的文学价值在此阶段得到重视和体现。显然，莎剧研究及其翻译在此阶段存在着复杂的互动关系，前人研究忽略了莎剧研究对莎剧翻译活动的影响，未能揭示两者之间的互动关系。本节从莎士比亚地位提升、莎剧研究的繁荣和译者对研究成果在译本中的运用来论述这一互动关系，有助于更好地把握《哈姆雷特》在中国的接受过程，对当下中国经典走出去有借鉴意义。

一、莎士比亚地位的提升与《哈姆雷特》汉译的复苏

20世纪三四十年代莎士比亚在中国地位的提高为《哈姆雷特》汉译的兴盛提供了前提条件。五四后期，莎士比亚被划分为古典主义作家，备受冷落，而《哈姆雷特》竟遭诋毁，哈姆雷特被认为是个疯子。这使莎士比亚作品，包括《哈姆雷特》的汉译受到严重影响。虽然五四时期有170多部外国戏剧作品被译介到国内，然而据田本相统计，在《天仇记》之后，仅有三部莎剧（《罗马大将该撒》《如愿》《恋爱神圣》（今译《温莎的风流娘儿们》）和两个片段（《若邈久袅新弹词》（今译《罗密欧与朱丽叶》的一场、《乌塞罗》片段）被译介到国内[①]。而《哈

① 田本相，《中国现代比较戏剧史》，北京：文化艺术出版社，1993年，第443页。

姆雷特》的译介活动在五四后期终止了。

在1930年兴起的左翼文学运动的影响下，莎士比亚及《哈姆雷特》作品在中国的形象发生逆转，这为《哈姆雷特》汉译在中国的复苏提供了政治保障和诗学依据，奠定了此阶段中国接受《哈姆雷特》的基调。左翼作家联盟主要受到苏联、日本左翼文学运动的影响，提出，必须研究马克思列宁主义，研究一切伟大的文学与遗产，研究苏联及其他国家的无产阶级的文学作品及理论和批评。苏联的马克思主义文艺观被全盘接受，苏联在1934年确定社会主义现实主义作为苏联文学和文学批评的基本方法，直接影响了中国左翼文学界。中国全面继承了苏联莎学成果，莎士比亚在苏联的现实主义伟大作家形象被直接移植到了中国土壤。

国人开始重新认识莎士比亚及《哈姆雷特》的社会价值和艺术价值，其中国形象主要通过以下三种方式塑造：第一种方式是此阶段出版的三部外国文学史，其中包括一部莎士比亚专著，对莎士比亚及其作品的介绍。第二种方式是大量外国莎评的译介，尤其是苏联莎评的译介。第三种方式是中国文学家撰写的莎评。本小节重点讨论第一种塑造方式。

第一部外国文学史是1927年出版的郑振铎的《文学大纲》。郑振铎在第二十章《欧洲文艺复兴时代的文学》中高度赞扬莎士比亚，认为他是“所有伊丽莎白时代作家中的最伟大者，也是文艺复兴期的三大作家之一”[①]。他把莎士比亚与中国伟大诗人杜甫作比较，认为莎士比亚在英国文学史上的地位比杜甫在中国的地位更高，影响更大。郑振铎跟五四后期的认识不同的地方还在于，他不仅承认莎士比亚在某个时代某个民族闻名，还肯定了莎士比亚在世界文学史上的地位，认为“他所遗留

① 郑振铎，《文学大纲》(二)，《郑振铎全集》(第11卷)，石家庄：花山文艺出版社，1998年，第208页。

于世界文库里的宝藏是任何作家所不能企及的”[①]。当然郑振铎与前人最大的不同在于，他对莎士比亚戏剧创作艺术的肯定，包括人物塑造和主题内容。他说：

> 他的剧本里的人物极为复杂，有的是日常遇到的人，有的是历史上的人物，有的是人间的英雄，有的是超人间的神仙。而他写来都各栩栩欲活，各个时代的生活，各种社会的里面，也都极真切的表现于读者之前。很少作家写作的范围有他这样广漠而且复杂。[②]

这段话正可以作为本·琼生对莎士比亚的评价“他不属于一个时代，他属于所有的世纪”的最好注脚。郑振铎认识到莎士比亚对人物性格的刻画，对普遍人性的描写，这与五四后期重“个性”、轻“性格”的审美有了很大变化。而《哈姆雷特》也得到平反，恢复了名著的地位，被认为是“世界最伟大的悲剧之一。感动了无量数读者的心，使之凄然欲泣”[③]。

第二部外国文学史是1929年商务印书馆出版的周越然的《莎士比亚》，这是“中国第一部比较全面系统地介绍莎士比亚”[④]的专著。全书共分七章，包括对莎士比亚的生平、剧本、诗篇、文法及诗的韵律的详细介绍，并引用了本·琼生对莎士比亚的评价“他非一时之学者，乃万世之文龙”[⑤]。在第六章，作者全文译录了小泉八云在日本帝国大学的一个讲演。小泉八云称赞莎士比亚大概是“七千年历史的纪录里一个理

---

① 郑振铎，《文学大纲》(二)，《郑振铎全集》(第11卷)，石家庄：花山文艺出版社，1998年，第208页。

② 郑振铎，《文学大纲》(二)，《郑振铎全集》(第11卷)，石家庄：花山文艺出版社，1998年，第209页。

③ 郑振铎，《文学大纲》(二)，《郑振铎全集》(第11卷)，石家庄：花山文艺出版社，1998年，第212页。

④ 李伟昉，《梁实秋莎评研究》，北京：商务印书馆，2011年，第70页。

⑤ 周越然，《莎士比亚》，上海：商务印书馆，1929年，第8页。

性最高的人物”[①]，认为莎剧与其他戏曲不同的地方在于莎剧中的人物“生机勃勃”[②]，他们是真人，是“血和肉做成的”[③]，同时莎剧中的人物个性鲜明，所有剧作中没有重复人物。小泉八云认为，让莎士比亚万世不朽的不是他的戏剧体裁，也不是他诗词的力量，“只是那些代表人生的事实和言语里面的心理的启示”[④]。因此，只有学识丰富的老人才能领会剧本中的种种人性。周越然对莎士比亚入木三分的人物性格刻画和对人性的书写的关注，与郑振铎的莎剧评价是一致的，较之以前认识有质的飞跃。而第七章所列西方莎士比亚研究的书籍目录则显示此阶段学界已经开始关注国外莎评研究的进展情况。这些为《哈姆雷特》汉译的崛起提供了学术保障。

第三部外国文学史是由1930年上海世界书局出版的茅盾的《西洋文学通论》。与前两部著作的观点一样，茅盾认为莎士比亚不能被纳入“古典主义”的范围内，而是“下一代的‘浪漫主义’文学的先锋”[⑤]，是一位“超时代的”“伟大的天才”。茅盾认为虽然莎士比亚悲剧的主人公都是历史人物，但作者给这些历史人物“都安上一颗现代的心”[⑥]，因此《哈姆雷特》到现在还是充满生气的。茅盾认为“哈姆雷特是人性的一种典型的描写”[⑦]。茅盾高调承认莎士比亚在世界文坛的崇高地位，并开始关注莎士比亚对人性的刻画描写，可见，此时的莎剧研究已经从过去空泛的知识性的介绍，发展到对莎士比亚戏剧艺术的关注。茅盾作为左翼作家联盟的领导人之一，在中国文坛有很大的影响力。他对《哈姆雷特》的认可对于《哈姆雷特》的汉译无疑起到积极的推动作用。

通过以上三部著作，莎士比亚从五四时期一位不被待见的古典主义

① 周越然，《莎士比亚》，上海：商务印书馆，1929年，第58页。

② 周越然，《莎士比亚》，上海：商务印书馆，1929年，第61页。

③ 周越然，《莎士比亚》，上海：商务印书馆，1929年，第61页。

④ 周越然，《莎士比亚》，上海：商务印书馆，1929年，第66页。

⑤ 茅盾，《西洋文学通论》，南京：江苏文艺出版社，2010年，第64页。

⑥ 茅盾，《西洋文学通论》，南京：江苏文艺出版社，2010年，第64页。

⑦ 茅盾，《西洋文学通论》，南京：江苏文艺出版社，2010年，第64页。

著名戏剧家逆转成伟大的现实主义戏剧家，并重新攀上中国文坛的制高点，而《哈姆雷特》作品也改头换面，重登中国舞台。此阶段对莎士比亚的认识更加深入，国人已经开始欣赏莎士比亚戏剧的艺术价值和真正魅力。这些为《哈姆雷特》汉译的兴盛提供了前提条件，而真正让莎士比亚成为20世纪三四十年代炙手可热的翻译和研究对象的则是中国对苏联莎评的全面继承，它奠定了中国莎学研究的基调，也为《哈姆雷特》的汉译提供了学理基础。

二、莎士比亚研究的繁荣与《哈姆雷特》汉译的兴盛

20世纪30年代左翼作家联盟对苏联文艺理论的推崇，掀起了苏联莎评译介的高潮，同时中国学者开始借鉴国外文学理论，展开中国的莎剧研究。这些与外国文学史的介绍一起，合力塑造了此阶段莎士比亚及《哈姆雷特》作品的形象，也为《哈姆雷特》汉译的蓬勃发展及汉译质量的提高创造了条件。

从1929年开始，介绍、研究、评论莎士比亚的专著和文章激增，据不完全统计，这个时期发表的莎评文章有140余篇，梁实秋一人就发表26篇。此阶段莎学研究的重要特点是对国外莎评的译介，尤其是苏联莎评，被大量翻译到国内，“通过苏联莎评的译介为中国莎士比亚研究提供了马克思主义的美学范畴”[①]。到20世纪40年代，我国莎学界又译介了几部苏联莎学专著。如，1943年桂林文汇书局出版《莎士比亚新论》，包含宗玮译的狄纳摩夫的《莎士比亚新论》和克夫译的斯米尔诺夫的《论莎士比亚及其遗产》[②]。1949年，上海光明书店出版的《苏联文学与戏剧》，收录了适夷译的狄纳摩夫的《学习莎士比亚》。

“重视莎士比亚、推崇莎士比亚是俄苏文学的传统。”[③]19世纪，随

① 孟宪强，《中国莎学简史》，长春：东北师范大学出版社，1994年，第18页。
② 孟宪强，《中国莎学简史》，长春：东北师范大学出版社，1994年，第29页。
③ 孟宪强，《中国莎学简史》，长春：东北师范大学出版社，1994年，第18页。

着俄国现实主义文学繁荣，以普希金、别林斯基等为主要代表的俄国莎评也呈现了现实主义特点，肯定莎士比亚创作中的现实主义性。到了20世纪二三十年代，马克思主义莎评兴起，苏联开创了马克思主义莎评的先河，用马克思主义观点，把作品同历史、现实生活和人性联系起来分析莎剧。以斯米尔诺夫、狄纳摩夫等为代表的苏联莎评家用唯物主义世界观，“把莎剧放到历史发展和阶级斗争中考察；强调莎剧的历史进步意义，避免同中世纪意识形态相混淆；强调莎士比亚的人民性、乐观主义和现实主义精神”①。

20世纪30年代，译介苏联莎评的重要人物是茅盾和鲁迅。他们是左翼作家联盟的杰出领导人和最高成就代表者，在译介苏联莎剧上做出了重要贡献。最先把狄纳摩夫莎学观点引进国内的是茅盾。1934年，茅盾以“未茗”为笔名发表《莎士比亚与现实主义》，节译了狄纳摩夫1933年在莫斯科出版的《文艺新闻》上发表的论文《再多些莎士比亚主义》。文中，狄纳摩夫说“马克司和恩格尔以为莎士比亚是伟大的现实主义者”②。马克思和恩格斯认为莎士比亚的作品不是“精神”的单纯的反映，而是“周围的世界，是现实的世界而不是空想出来的世界”③。茅盾首次向国人译介了“莎士比亚化”的观点，而“莎士比亚化”的问题在四十五年之后的新时期得到了历史回应，引发了国内莎学界的热烈讨论。狄纳摩夫认为：

> 所谓苏维埃作家的“莎士比亚化”，就是要能够找出活的真实的意象，以表现那正在进行中的发展和运动。……所谓“莎士比亚化”者，就是做自己阶级的勇烈的战士，以艺术为武器。所谓“莎士比亚化”者，就是站在人生的头阵，战斗著

① 贾志浩、朱海萍、郑永凤等，《西方莎士比亚批评史》，北京：社会科学文献出版社，2014年，第153页。

② 茅盾，《莎士比亚与现实主义》，《文史》，1934年第1卷第3期，第81页。

③ 茅盾，《莎士比亚与现实主义》，《文史》，1934年第1卷第3期，第81页。

（应为“着”——引者注），创造著（应为“着”——引者注），工作者（原文如此，应为“着”——引者注），挣扎著（应为“着”——引者注）。①

显然，茅盾完全接受了苏联莎评的观点，莎士比亚在此阶段变成了一个富有战斗精神的现实主义作家，而“莎士比亚化”就是要求每一位作家要向莎士比亚一样做一个斗士，以文学为工具，与资产阶级做斗争。对莎士比亚的这种解读方式非常符合当时国内现实斗争的需要，而茅盾作为左翼作家联盟的重要领导人，他的观点在当时具有很大影响力，奠定了当时直至1978年之前莎士比亚在中国接受和研究的基调。

另一位苏联莎评译介的功臣是鲁迅，由鲁迅编辑的《译文》杂志在1935年至1936年间共发表四篇莎评译文：狄纳摩夫的《学习莎士比亚》、麦耀尔斯基的《莎士比亚的故乡》、涅兹基纳的《在〈资本论〉里的莎士比亚》和柴米尔诺夫的《论莎士比亚及其遗产》（2万余字）。《学习莎士比亚》是狄纳摩夫的一篇演讲，他认为莎士比亚之所以重要，是因为：“他能够将那时代底斗争的熔炉的全部，资本主义跟封建主义的重大的全世界底历史底斗争的灼热的内容，装进一个形象、一个人物（Character）中去。……他描写了两个世界、两个阶级的斗争。”②

狄纳摩夫认为，我们应该学习莎士比亚三点：一是“把历史植根在人里面，把人装进历史里去的这种能力，采取典型、抓住特征并且通过这一点来表现全世界的这种天才底能力”③；二是学习莎士比亚的“这种猛烈的、不折不挠的、像拿破仑底攻击似的那种积极性”④；三是要学习莎士比亚的现实的世界的言语。在狄纳摩夫看来，莎士比亚是一个充满战斗积极性的剧作家，他用现实世界的真实言语生动地描绘了充满

① 茅盾，《莎士比亚与现实主义》，《文史》，1934年第1卷第3期，第82—83页。
② [苏]S. 狄纳莫夫著，魏猛克译，《学习莎士比亚》，《译文》，1935年第2卷第5期，第699页。
③ [苏]S. 狄纳莫夫著，魏猛克译，《学习莎士比亚》，《译文》，1935年第2卷第5期，第700页。
④ [苏]S. 狄纳莫夫著，魏猛克译，《学习莎士比亚》，《译文》，1935年第2卷第5期，第700页。

激烈冲突的资本主义和封建主义两大阵营的斗争。

这种以阶级斗争为视角的文艺批评方式被完全移植到中国，在20世纪三四十年代遭受帝国主义欺凌、饱受战乱之苦的中国是起到积极作用的，但在“文革”中被发挥到极致，造成了不可挽回的损失。

值得注意的是，在茅盾的文章《莎士比亚与现实主义》发表之前，东声发表名为“托尔斯泰论莎士比亚”的文章，但很快就被淹没在国内战争的滚滚洪流中，中国文艺界最终选择了作为伟大的现实主义作家的莎士比亚。

除了苏联莎评，一些留学英、美、日等国的学者还把西方各种莎评译介到中国。同时，中国学界也纷纷发表有关莎士比亚的介绍和评论文章。这些文章多角度、全方位地对莎士比亚及其作品展开研究，包括莎士比亚创作的时代背景、剧场和演出情况、观众、莎士比亚身份之谜，还有学者从变态心理学角度研究莎士比亚。剧作的研究包括剧本的写作艺术、剧中的人物、剧作中的宗教意识、剧作的价值等，还有具有比较文学性质的莎士比亚与汤显祖的比较研究。第一个《莎士比亚年谱》也在此阶段出现。

相较上一时期，此阶段莎士比亚研究有了大的突破，从过去纯知识性或浅层学理型介绍走向纵深，国内学者开始尝试用西方的文学理论来研究莎士比亚及其剧作，其系统性和专业性都有质的提高。这些研究者中发文最多、研究时间最长的就是梁实秋。梁实秋此阶段共翻译和撰写了包括译序在内的20余篇莎评，内容涉及莎士比亚生平、戏剧艺术、莎士比亚的时代、莎士比亚的研究现状，还有对剧作内容的讨论，涉及9部剧作，讨论最多的是《马克白》《哈姆雷特》和《威尼斯商人》；还有1篇发表最早的译本评价，即他在1932年《图书评论》第1卷第2期上发表的译文评价《莎翁名著〈哈姆雷特〉的两种译本》，而“Hamlet”在今天通用的译名“哈姆雷特”就来源于此文。

此阶段莎士比亚及其作品研究所取得的巨大成就使得《哈姆雷特》汉译不仅在量上，同时在质上有了大幅度提高。《哈姆雷特》汉译者或亲身参与莎剧研究的行列，如梁实秋、曹未风不仅翻译莎剧，同时撰写莎评文章；或积极吸收莎剧研究成果，提高对《哈姆雷特》原著的理解水平，如四位译者都大量参阅西方莎评专著及论文，并对照莎剧各种版本，参考名家注释本；梁实秋和周平更是将国内外莎剧研究的成果直接运用到《哈姆雷特》的翻译之中。

三、译者对莎学研究成果的运用

此阶段四位译者对《哈姆雷特》的翻译是严肃认真的。他们在翻译的理解和表达上都表现出了专业态度和水准，在翻译之前和翻译过程中都大量参考西方莎剧研究资料，力求准确。而梁实秋和周平直接接受国内外莎学研究成果，并在翻译中加以运用，来说明《哈姆雷特》作品的作者、写作背景以及版本等，而这些是五四时期译者所无法做到的。

梁实秋是典型的研究型译者。在翻译莎剧之前，他对莎剧了解不多，据他自述：

> 我对于莎士比亚所知不多，从前在学校里只读过《威尼斯商人》、《哈姆雷特》、《朱利阿斯西撒》、《马克白》、《亨利四世》等几出戏，认识很浅，在外国也只看过Walter Hampden演的《哈姆雷特》和Warfield演的《威尼斯商人》几出戏。①

在接受了翻译莎剧全集的任务之后，梁实秋做了大量的准备工作。首先他对现有的《哈姆雷特》译本进行详细的比较分析，即田汉和邵挺两种译本，找出其优缺点，对照加以改正。同时他大量阅读西方莎学成果，包括最新成果，对西方莎评有了全面的把握，然后选择部分译介到国内，充实国内莎学研究。

通过大量阅读，梁实秋逐步形成了自己的莎学观念，成为莎学研究

① 柯飞整理，《梁实秋谈翻译莎士比亚》，《外语教学与研究》，1988年第1期，第47页。

专家，他对莎士比亚的认识是深刻的，而这些研究成果被他运用在翻译中。在他翻译的37部剧作中，每一译本中的“序言”都是一篇莎剧研究的文章。大体来说，“序言”包括以下内容：著作年代、版本历史、故事来源、舞台历史和剧本的意义。对于西方莎学界研究的热门话题，比如哈姆雷特的问题，译者专门撰写长文介绍哈姆雷特问题提出的由来、不同的批评学说。对于这些不同观点，译者认为都是合理的，因为这些解释都是“有事实根据的，不是主观的悬想的”①。梁实秋在对西方近三十年莎士比亚研究情况做梳理时，认为莎士比亚研究都“趋于科学的，常识的，写实的”②。学者们努力“寻求事实，整理事实，认识事实。事实是学者的对象。……批评家必须要充分利用学者的探讨的结论，不能再凭空编排什么理论”③。事实也是梁实秋研究的基础。

这些“序言”最大的特点是言之有据、言之有理。他充分采纳西方学者的研究成果，就莎剧中的具体问题向读者提供各家之言，而对于有争议的地方，“酌采一家之说”④，必要时加以注释。除每部剧作的“序言”外，注释也是梁实秋译本的重要特点，比起邵挺主观判断为主的点评式注释，梁实秋译本的注释是其注重考据、注重事实的另一个明证。以上分析可见，梁实秋的翻译行为受到西方莎学研究的直接影响，他是第一位把莎学研究用于《哈姆雷特》翻译的译者，也是第一位全面关注《哈姆雷特》版本问题的学者。

周平在译本“序”之前有两页关于莎士比亚的介绍文字，直接节录自郑振铎的《文学大纲》，体现了他对郑振铎研究成果的充分信任。他介绍了莎士比亚在英国文学史及世界文学史上的重要地位，莎士比亚的简要生平、作品分期及其创作特色等内容。这既反映了此阶段译者对翻译活动的严肃态度，也体现出译者对原著艺术价值的重视。

---

① 梁实秋，《〈哈姆雷特〉问题》，《文艺月刊》，1934年第5卷第1期，第70页。

② 梁实秋，《莎士比亚研究之现阶段》，《东方杂志》，1936年第33卷第7号，第127页。

③ 梁实秋，《莎士比亚研究之现阶段》，《东方杂志》，1936年第33卷第7号，第127页。

④ 梁实秋，《丹麦王子哈姆雷特之悲剧》，上海：商务印书馆，1936年，例言第2页。

此外，在译本“序”中，周平首先介绍西方关于《哈姆雷特》创作时间的考证结果及莎士比亚的不同版本。周平也在“序言”中探讨了《哈姆雷特》的情节缺陷和哈姆雷特的延拓问题，他援引了科律和柏拉德教授对此问题的不同研究结论。他接受柏拉德教授的观点，并对科律的观点进行反驳，但其反驳基于常识，认为“人们对于复仇这件事，总不该那样踌躇顾虑的呢”[①]，因此学术性不强。周平最后简要交代了其所参考的日本译本和世界语译本，这是莎剧研究成果对他翻译过程的直接帮助。

与梁实秋不同，周平只是受国内外莎学影响的普通知识分子，他对莎剧成果的利用方式是简单接受，并没有形成自己的见解。此外，他对莎剧研究成果都是直接引用，在“序言”中简单介绍，且引用方式不够严谨，没有交代出处等。

综上所述，此阶段莎士比亚研究的繁荣对《哈姆雷特》的汉译起了重要的影响作用，译者将莎剧研究成果在翻译中加以运用；同时译者在翻译的过程中加深对原著的了解，形成新的研究成果，推动中国莎学的发展，由此莎剧研究与翻译之间达到了良性的互动关系。

第三节　赞助人对《哈姆雷特》汉译的影响

与五四时期莎剧翻译的选材是由译者根据社会和个人需求自行决定的情形不同，此阶段《哈姆雷特》汉译呈现系统性、计划性和组织性，体现在：对译者的审慎选择、对翻译过程的谋划和译本的出版发行。此阶段莎剧翻译有两种赞助模式：一种是由政府基金组织赞助，一种是由大型出版社赞助的市场运作模式。两种不同赞助模式推出的译本呈现不同的面貌。为迎合预期读者，梁实秋和朱生豪两位译者采用各种手段来帮助读者跨越阅读障碍，这些手段受到历史语境和译者身份等多重因素

① [英]莎士比亚著，周平译，《哈梦雷特》，上海：启明书局，1938年，序第2页。

的影响。两位译者扬长避短、充分发挥自身优势，在赞助机构与自身兴趣、特点之间努力寻找最佳契合点，最终成就了译本的成功。本节通过对梁实秋和朱生豪翻译行为的考察，探讨赞助人因素在此阶段《哈姆雷特》汉译中的影响。

一、中华教育文化基金会与梁实秋的学术型译本

梁实秋翻译《哈姆雷特》的整个过程都是由政府基金组织赞助的，其系统性、计划性和组织性体现在译前、译中及译后等各个环节的安排上。面对赞助人的要求和译者自身特点，梁实秋在妥协与抗争中找到平衡，为读者呈现了一部经典译作。

（一）赞助人对《哈姆雷特》汉译的全程组织

本小节从译前、译中和译后三个环节详细描述和分析赞助人对《哈姆雷特》汉译的影响。具体而言，译前环节包括：翻译的发起、译者人选的确定、试译，译中环节主要是对翻译方法（包括文体、注释、译名统一等）规定，译后则包括校勘、译者报酬、出版办法和时间要求等。

首先，《哈姆雷特》翻译是由庚子赔款建立的中华教育文化基金会赞助发起的，这是一个半政府半民间的组织。中华教育文化基金会成立于1924年9月，目的是促进中国教育及文化事业。董事会15人，中国籍10人，美国籍5人。而基金的使用要教育部部长与清华大学校长共同签署，且需提出相当计划，董事会方可拨款。可见这是一个组织性、纪律性较严密的组织，但并不隶属于中国政府，因为此活动受到政府层面的影响较小，这与中华人民共和国成立后莎剧翻译的背景有较大差异。中华教育文化基金会对《哈姆雷特》汉译活动的影响主要是通过董事会编译委员会委员长胡适施加的。

在翻译选材上，编译委员会非常慎重。经过半年的协商讨论，胡适写信给梁实秋，确定翻译莎剧的计划。虽然胡适自己对莎士比亚并无深

入研究，“但是他知道翻译莎翁之重要，并且他肯负责地细心地考虑这一问题”[①]。在确定翻译选材之后，胡适开始着手考虑合适的译者人选。他作为赞助组织的负责人，对译者的选择更显示他的细心和见地。胡适拟请闻一多、徐志摩试译韵文体，由梁实秋和陈通伯试译散文体，这一选择是基于他对所选译者的熟悉和了解。鉴于闻一多和徐志摩在新诗领域的实践及取得的成就，胡适安排两位用韵文体试译莎剧。梁实秋擅长写杂文和文学批评文章，胡适请其用散文体试译莎剧。

胡适同时对试译环节提出了要求。他在三次重要书信和日记中都提到试译问题，第一次没有提出具体试译办法；第二次胡适便提出要几人试译几百首英诗；第三次翻译办法附记中指出具体的试译书目，“现为进行便利计，先每人认定一种，立即试译。现假定每人认译一种如下：徐志摩 *Romeo and Juliet* 叶公超 *Merchant of Venice* 陈通伯 *As You Like It* 闻一多 *Hamlet* 梁实秋 *Macbeth*”[②]。这些细节体现出赞助人为确保翻译质量所做出的努力，较之20世纪20年代莎剧译者个人自主的翻译行为有质的变化。

胡适对译中环节的安排主要体现在对翻译方法（包括文体、注释、译名统一等）所做的规定。胡适对翻译方法的选择非常慎重，其中他认为最重要的是“决定用何种文体翻译莎翁”[③]。最初，在1930年12月23日的信中提到，拟分别用散文体和韵文体试译，然后再决定全用散文或是两种文体都用。到1931年1月26日，胡适在日记中写道：“与一多、实秋谈翻译Shakespeare（莎士比亚）的事，他们都很热心。大致是决定用散文。”[④]到了1931年2月15日给梁实秋的回信中所附的十条“拟翻译莎翁全集办法”中，第五条确定“关于翻译之文体，不便详加规定，但大体宜采用有节奏之散文”[⑤]。

① 柯飞整理，《梁实秋谈翻译莎士比亚》，《外语教学与研究》，1988年第1期，第47页。

② 胡适，《胡适全集》（第24卷），合肥：安徽教育出版社，2003年，第79页。

③ 胡适，《胡适全集》（第24卷），合肥：安徽教育出版社，2003年，第63页。

④ 胡适，《胡适全集》（第32卷），合肥：安徽教育出版社，2003年，第37页。

⑤ 胡适，《胡适全集》（第24卷），合肥：安徽教育出版社，2003年，第78页。

其实以胡适的本意，还是希望能用韵文体翻译莎剧，从三次谈到文体的书信日记记载中可以看到胡适的妥协。第一次谈到文体时，胡适提议分别用散文体和韵文体试译，然后做决定。一个月后，胡适与梁实秋和闻一多商量后大致决定用散文，但胡适亦提议“但不妨用韵文试译几种，如 *Tempest*（《暴风雨》）之类”。同时，他提议“邀几个人试译几百首英国诗，他们也赞成”[①]。可以想象，在商谈中，肯定谈及用韵文体翻译莎剧的困难，胡适虽口头上做出妥协，但试译几百首英诗的提议表明胡适显然是不想放弃韵文体的。时隔不到一个月，第三次在梁实秋草拟、胡适修改的十条办法中可以看出胡适最后的妥协，要求大体采用“有节奏的散文”[②]。这中间陈通伯因为“不敢任翻译”[③]而放弃，只能任校对的决定也充分证明莎剧翻译的难度，这对胡适的妥协无疑是有影响的。

此外，胡适还对译名的统一问题提出要求：“为统一译名计，每人译书时，宜将书中地名人名之译音，依原文字母分抄译名表，以便汇交一人负责整理统一。”[④]这在当时是很有远见的做法，事实上，翻译界直到中华人民共和国成立初期才开始正式讨论译名统一问题。

胡适对译后环节的安排则包括校勘、译者报酬、出版办法和时间要求等。为保证翻译质量，胡适要求每个人的译稿必须经过翻译小组其他成员详细校阅、纠正错误、润色文字等。胡适还详细讨论了译者报酬问题，“报酬的事当用最高报酬。此项书销路当不坏，也许还可以将来的版权保留”[⑤]。这就解决了译者的后顾之忧，让其可以完全投身到翻译之中，而这也表明莎剧翻译这种大规模的翻译活动没有足够的支撑和赞助是无法完成的。当然，胡适提出了比较合理的时间要求。这一切都显示出此阶段莎剧翻译是组织周密、计划详实可行的系统行为，这为梁实

---

① 胡适，《胡适全集》（第32卷），合肥：安徽教育出版社，2003年，第37页。

② 胡适，《胡适全集》（第24卷），合肥：安徽教育出版社，2003年，第78页。

③ 胡适，《胡适全集》（第24卷），合肥：安徽教育出版社，2003年，第78页。

④ 胡适，《胡适全集》（第24卷），合肥：安徽教育出版社，2003年，第79页。

⑤ 胡适，《胡适全集》（第24卷），合肥：安徽教育出版社，2003年，第63页。

秋译莎剧全集成为经典译作奠定了物质基础。

(二)妥协与抗争:梁实秋《哈姆雷特》翻译方法选择

对于胡适关于莎剧,包括《哈姆雷特》的汉译所做的要求,梁实秋是有异议的。他在翻译过程中不断调整自我,在抗争中妥协,充分发挥自身优势,力求忠实传达原著意义。

首先用韵文体翻译莎剧是梁实秋不主张的,他认为用中文写十四行诗永远不像。而对于诗剧节奏的要求,梁实秋认为:"无韵诗的那种节奏仍不易完全移植到另一种文字里。我的译文完全是散文。老实讲,我无法顾到原文的节奏。"①

可见,计划中关于翻译文体的主张是与梁实秋的意见不相符的。面对这种矛盾,梁实秋在翻译中经过巧妙处理,尽可能做到兼顾。梁实秋认为"要把中国的白话散文译得声调铿锵,也许可以略象莎士比亚的无韵诗"②。在实际的翻译过程中,梁实秋通过仔细研究,认为莎士比亚通过使用自成体系的标点符号,指点演员们如何产生抑扬顿挫的效果,因为他决定"在译文中尽可能地保存莎士比亚原文的标点符号"③。他的译文以句为单位,希望通过这种方式"保留一些原文的节奏"④。事实上,原著中无韵诗所产生的节奏感以及韵文所描绘出的贵族世界、阶级地位、气氛环境等是标点符号所无法体现的,而韵文(尤其是无韵诗)"令观众联想起正经常道、高贵尊严、庄重体面、有教养、有规模组织、浑厚的悲喜情感,诗意等"⑤,更是标点符号的表达能力望尘莫及的。

梁实秋做出妥协让步的不仅在翻译文体上,还有赞助方对注释的要求上。拟定的莎剧翻译十条办法中,第五条规定:"文中难译之处,须

① 柯飞整理,《梁实秋谈翻译莎士比亚》,《外语教学与研究》,1988年第1期,第48页。

② 柯飞整理,《梁实秋谈翻译莎士比亚》,《外语教学与研究》,1988年第1期,第48页。

③ 柯飞整理,《梁实秋谈翻译莎士比亚》,《外语教学与研究》,1988年第1期,第48页。

④ 柯飞整理,《梁实秋谈翻译莎士比亚》,《外语教学与研究》,1988年第1期,第48页。

⑤ 周兆祥,《汉译〈哈姆雷特〉研究》,香港:香港中文大学出版社,1981年,第210页。

有详细注释。”[①]而在第九条中：“译书之时，译者可随时用原本作详细中文注释，将来即可另出一部详注的莎翁戏剧读本。”[②]由此条办法可以看出胡适对注释的关注，同时也可以反映出他们为使国人能够读懂莎剧、欣赏莎剧所做出的努力。显然，胡适的预期读者是接受过相当教育的知识阶层，而这一点与梁实秋最初的主张是不符的。

梁实秋坦言：“当初有一种妄想，认为译本是给中国人看的，便试想把译文做到可读的地步，不需要注释亦能一目了然，所以我根本就未加注释。”[③]可见，梁实秋最初是想把原著的意义通过字里行间传达给读者，使意义在行文中自明，而不用借助注释。但是译成好几本之后，“胡先生要我补加注释，我只择要加以补注”[④]。这句话清楚地表达了他对赞助人的要求所做出的无奈妥协。

但梁实秋及时做出调整，同时鉴于他文学批评家的身份，对研究本来就兴趣很大。前文提到，他在接受翻译任务后，做了大量的研究工作。为了把原文理解得更透彻，他“不得不广为参考十八世纪以来各家的注释。……遇到各家学说不一致的时候，译者还不能不自己思索思索”[⑤]。而他参考的书籍不只是注释本，更尽力搜购与莎士比亚有关的书籍文字，他与英国一家旧书店建立了很好的关系：“书目经常寄来，我也经常选购一些平常不易见到的图书，日积月累，我的收藏虽然还很寒伧，但比起国内任何大学图书都还要壮观一些。”[⑥]

因此，边翻译边研究的过程使得梁实秋不仅成为出色的译者，还成为国内著名的莎学研究专家，而这是前期和同时期其他译者做不到的。梁实秋在研究中对注释产生了兴趣，“此后的翻译，我对注解部分也逐

---

① 胡适，《胡适全集》（第24卷），合肥：安徽教育出版社，2003年，第78页。

② 胡适，《胡适全集》（第24卷），合肥：安徽教育出版社，2003年，第79页。

③ 柯飞整理，《梁实秋谈翻译莎士比亚》，《外语教学与研究》，1988年第1期，第51页。

④ 柯飞整理，《梁实秋谈翻译莎士比亚》，《外语教学与研究》，1988年第1期，第51页。

⑤ 柯飞整理，《梁实秋谈翻译莎士比亚》，《外语教学与研究》，1988年第1期，第50页。

⑥ 柯飞整理，《梁实秋谈翻译莎士比亚》，《外语教学与研究》，1988年第1期，第50页。

渐增加兴趣了，于是注解的数量也增加了”[1]。而这成就了梁实秋译本独具特色的地方，成为国内第一部注释专业、详尽的译本。梁实秋的这一案例生动地说明了译者在与赞助组织有矛盾时，如何结合自己的研究兴趣、特点，努力寻找最佳契合点，最终成就成功的译本。

（三）梁实秋《哈姆雷特》汉译的“意似”追求

为使中国知识阶层读懂莎剧、了解莎剧，除了采用添加注释等补偿手段外，梁实秋的译本总体来说以直译为主，重在传达原著的意义。他采用散文和韵文相结合的手法，以白话散文体为主，但原剧中押韵之处及插曲，则译为韵语，以示区别。直译是梁实秋欣赏的翻译策略，这也是他称赞田汉译本的地方。对于自己的译文，梁实秋自述：

> 译文以原文的句为单位。不是直译。逐字直译会成为令人无法卒读的文字。也不是意译，意译可能成为流畅的文字，但与原文的语气和节奏相差太远。[2]

值得注意的是，梁实秋所说的“直译”与今天所理解的直译是有出入的。梁实秋的“直译”是指“逐字对译”，即“word-for-word translation”，也就是鲁迅所说的“死译”。梁实秋预期的读者对象是中国的知识阶层，希望译文是可读的，也即读得通的。所以梁实秋不可能选择逐字对译，而对于意译，梁实秋也是持反对态度的，即梁实秋反对为使译文变成流畅自然的中文，对原文进行大规模改动。因此，梁实秋采取了中和的办法，以句子为单位，在一句之内，对原文句式进行微调，从而尽量保留原文的语气和节奏。

梁实秋这一翻译方法的选择与当时的翻译风尚有很大关系。20世纪30年代对翻译理论做出巨大贡献的要属鲁迅和瞿秋白。虽然两人的观点

① 柯飞整理，《梁实秋谈翻译莎士比亚》，《外语教学与研究》，1988年第1期，第51页。

② 柯飞整理，《梁实秋谈翻译莎士比亚》，《外语教学与研究》，1988年第1期，第48页。

有差异，但两人都是主张直译的。而这个直译就是我们当今所理解的直译。虽然鲁迅和梁实秋在文学观点上有巨大差异，但两人对翻译的主张是有相通之处的。鲁迅反对意译，反对为了看着顺眼，对原著“削鼻剜眼”[①]。梁实秋在翻译地名人名时，主张“照原文之一般普通的读音翻成为我们的国语的读音”[②]。他反对把外国地名人名缩短成为中国式的地名人名。“外国人就常有那么啰嗦的古怪的姓名，我们何苦赐姓赐名给他们呢？”[③]这一点与鲁迅认为译文“必须有异国情调，就是所谓洋气”[④]不谋而合。鲁迅理想的翻译是“一当然力求其易解，一则保存着原作的风姿”[⑤]，而他之所以“宁可译得不顺口”[⑥]，是因为当时还没有能力兼顾两面，两害相权取其轻的话，鲁迅选择了意义上忠实原文，牺牲顺畅。这与梁实秋的主张是一致的，梁实秋在译本中极力要做的就是在保证译本能读懂的情况下，尽可能保存原著的语气和节奏。但值得注意的是，鲁迅强调更多的是原著的风姿，比梁实秋的“语气和节奏”包含的层次要高出许多。

梁实秋选择直译的翻译方法还与他的翻译主张有关系，概而言之，就是“以存其真”[⑦]。“真”指的是原著的真实面貌、真实意义。首先是原著的真实面貌。梁实秋对比了许多不同版本的原著后，最终选择了牛津本，不仅因为这一版本是“比较为大众所接受的本子。……销行很广”[⑧]，也不是因为这个版本很权威，“美国耶鲁大学的编本也是根据这

① 鲁迅，《“题未定”草（一至三）》，《鲁迅全集》（第6卷），北京：人民文学出版社，1981年，第353页。

② 柯飞整理，《梁实秋谈翻译莎士比亚》，《外语教学与研究》，1988年第1期，第49页。

③ 柯飞整理，《梁实秋谈翻译莎士比亚》，《外语教学与研究》，1988年第1期，第49页。

④ 鲁迅，《“题未定”草（一至三）》，《鲁迅全集》（第6卷），北京：人民文学出版社，1981年，第352页。

⑤ 鲁迅，《“题未定”草（一至三）》，《鲁迅全集》（第6卷），北京：人民文学出版社，1981年，第352页。

⑥ 鲁迅，《“题未定”草（一至三）》，《鲁迅全集》（第6卷），北京：人民文学出版社，1981年，第353页。

⑦ 柯飞整理，《梁实秋谈翻译莎士比亚》，《外语教学与研究》，1988年第1期，第48页。

⑧ 柯飞整理，《梁实秋谈翻译莎士比亚》，《外语教学与研究》，1988年第1期，第48页。

个本子编的"[①]。梁实秋选择牛津本是因为"牛津本是个完整的本子，没有任何删节"[②]，而一般学校使用的教材都是经过删节的，删节的都是所谓猥亵的部分。梁实秋认为原著中的插科打诨有其时代背景的意义，同时即便涉及猥亵，也无伤大雅，有时候甚至表示一种心理健康的意思。为了保存原文的"真"，梁实秋在翻译时"没有顾及任何忌讳，我努力试行恰如其分地把原文忠实地翻译出来，以存其真"[③]。这种"真"既指了形式上的"真"，也指意义上的"真"。

相对于节奏和韵律而言，梁实秋首先看重的是意义，"若能把原文的意义充分地正确地表达出来，据我看，已经是极为困难的事"[④]。梁实秋面对原文时，"时搔首踌躇，不敢落笔，总想把原文懂得比较透彻一点才可以减少遗憾"[⑤]。为了不留遗憾，梁实秋广泛参阅各种各家注释，尽管这些材料都是二手资料，他认为不尽量吸收别人研究成果，就无法直接进入第一手资料中。

梁实秋在赞助人和自己的翻译主张之间做出合理让步和适当调整，最大限度发挥了自身作为散文家和文学批评家的优势，其译本注释详实，语言质朴，译文准确。他在"序"中交代了每部戏剧的版本来源、著作年代、故事来源以及剧本意义，且证据确凿，"这，使读者在研究莎翁的剧曲时，感到至大的便利。以批评家而译莎翁，在考据一方面，的确是一种特色。"[⑥]但梁实秋的译文缺少莎翁原剧中的神韵，而这一点在朱生豪的译本中得到了最大程度的体现。

---

① 柯飞整理，《梁实秋谈翻译莎士比亚》，《外语教学与研究》，1988年第1期，第48页。
② 柯飞整理，《梁实秋谈翻译莎士比亚》，《外语教学与研究》，1988年第1期，第48页。
③ 柯飞整理，《梁实秋谈翻译莎士比亚》，《外语教学与研究》，1988年第1期，第48页。
④ 柯飞整理，《梁实秋谈翻译莎士比亚》，《外语教学与研究》，1988年第1期，第48页。
⑤ 柯飞整理，《梁实秋谈翻译莎士比亚》，《外语教学与研究》，1988年第1期，第50页。
⑥ 秋涛，《介绍梁译莎翁名剧》，《文艺月刊》，1937年第10卷第4、5合刊，第327页。

二、上海世界书局与朱生豪的通俗型译本

朱生豪翻译莎士比亚全集则是由上海世界书局赞助的，其翻译过程受到商业模式运作的影响较为明显。为确保销量，朱生豪的预期读者不限于知识阶层的读书人，读者范围更加广泛。他充分发挥自己诗人的身份，在商业利益和个人兴致间找到最佳结合点，在梁实秋《哈姆雷特》译文的基础上，重在传达莎剧神韵之“漂亮”。为了迎合读者口味，朱生豪采取了诸多措施帮助读者跨越文化障碍，提高阅读兴趣，使《哈姆雷特》译本成为经久不衰的经典之作。前人对此有所提及，但专论不够。下文从三个方面加以剖析，以进一步厘清朱生豪翻译《哈姆雷特》的影响因素，认识到《哈姆雷特》汉译兴盛的学术传承关系，等等。

（一）商业利益和个人兴致的最佳结合

朱生豪的《哈姆莱特》翻译是商业利益和个人兴致完美结合的典范。出于对莎士比亚戏剧的强烈热爱，在上海世界书局找到他担任译者时，他毫不犹豫地接受了。

前文提到，由于鲁迅的努力，1935年成为“翻译年”，上海各大出版商争相翻译莎士比亚戏剧，上海世界书局也加入了这个行列。在前辈同事詹文浒的推荐下，年仅23岁的朱生豪被选中担任莎士比亚全集的翻译工作。而对译者朱生豪的选择与梁实秋有相似之处，推荐人都熟悉译者，对其翻译能力和为人非常信任。除了同事的推荐之外，时任上海世界书局的经理陆高谊先生是原之江大学附属中学校长，他对朱生豪的过去和共事时的情况非常了解。朱生豪17岁被保送杭州之江大学，主修中国文学，英文系为辅系。朱生豪在之江大学充分展示了自己的诗歌才华。出于在“之江诗社”的突出表现，“之江诗社”社长夏承焘先生称赞他“闻英文甚深。之江办学数十年，恐无此未易才也”[①]。朱生豪

① 吴洁敏、朱宏达，《朱生豪传》，上海：上海外语教育出版社，1990年，第50页。

很快成为师生公认的“之江才子”。1933年夏，朱生豪毕业前夕，就由原之江大学教师胡山源介绍，确定去上海世界书局担任英汉编译工作。由他参与编撰的《英汉四用辞典》，受到读者的普遍欢迎。因此，上海世界书局对朱生豪的中文和英文功底是有相当了解和信心的。

此外不同于梁实秋对莎剧了解甚少，朱生豪对莎士比亚的兴趣由来已久，可称得上莎翁的知音。他在中学时就开始广泛阅读世界名著，“特别是当他拿起屈原或莎翁的作品，便会达到忘我的境界……有时，他沉浸在莎剧之中，与哈姆莱特一起分担忧伤。”①

朱生豪对莎剧的热爱，从中学持续到大学，他大学读的专业是国文，但选修了英文系的全部课程。他对莎士比亚的了解进一步加深，“开始从文学与文化价值的角度认识到莎士比亚的伟大”②。朱生豪毕业工作后仍爱读莎剧，认为“读戏曲，比之读小说有趣得多”，如《哈姆雷特》这样的五幕戏剧“故事的布置必然更加紧密，个性的刻划必然更加鲜明，剧作者必然希望观众的注意力集中不懈，因此所谓‘戏剧的’一语必然会有强烈的反平铺直叙的意味”③。

“由于朱生豪一向笃爱莎剧”④，当上海世界书局邀请其翻译莎士比亚全集时，“这正是投其所好”⑤，朱生豪欣然接受了。1935年与上海世界书局正式签订翻译《莎士比亚戏剧全集》的合同，开始莎士比亚戏剧的翻译工作。最开始完成的是莎士比亚喜剧9种，抗日战争期间，朱生豪在战乱中丢失收集的全部资料与译稿，1942年底回到嘉兴，全身心投入翻译工作中，工具书仅有两本字典。1943年一年译出莎士比亚悲剧8种、杂剧10种。1944年初，他带病完成4部历史剧，1944年底去世。1947年上海世界书局分三辑出版，共27部剧本，《哈姆莱特》属于第二辑第二种。

---

① 吴洁敏、朱宏达，《朱生豪传》，上海：上海外语教育出版社，1990年，第25页。

② 朱安博等，《朱生豪的文学翻译研究》，北京：国防工业出版社，2014年，第27页。

③ 宋清如，《寄在信封里的灵魂——朱生豪书信集》，北京：东方出版社，1995年，第422页。

④ 宋清如，《寄在信封里的灵魂——朱生豪书信集》，北京：东方出版社，1995年，第420页。

⑤ 宋清如，《寄在信封里的灵魂——朱生豪书信集》，北京：东方出版社，1995年，第420页。

与中华教育文化基金会编译委员会给梁实秋的诸多要求不同，朱生豪在翻译莎剧中受到的细节限制相对较小，但作为出版社，利润是第一位的。这也是梁实秋与朱生豪最大的不同之处。梁实秋在翻译莎剧时，在国立山东大学任外文系主任兼图书馆长，1934年应聘北京大学研究教授兼外文系主任，而中华教育文化基金会给梁实秋的报酬相当丰厚，“梁实秋教授将翻译莎士比亚，每本大洋一千元”①。因此，梁实秋是衣食无忧、不用为生计担忧的，且有基金会的赞助，对于莎士比亚全集译本的出版也没有后顾之忧。朱生豪12岁时父母双亡，只剩孤儿三人，由早霜的姑母照顾。朱生豪没有人脉，大学毕业后，因其才华，被推荐到上海世界书局担任编辑。时值战乱，文化事业越来越不景气。上海世界书局不断裁员减薪，朱生豪的月薪最低时降至50元。最困难的时候，上海世界书局仅留朱生豪一人兼任校对。而翻译莎剧的报酬是“陆续交付译稿之后，可以随时领取每千字两元的稿费”②。朱生豪翻译《哈姆雷特》，大约9万字，可得180元，这与梁实秋的每本千元不可同日而语。而八一三事变后，朱生豪交付给上海世界书局的译稿被日军放火尽毁，朱生豪从头重译，而这些是不付稿费的。

生活的艰辛没有摧毁他译莎的决心，但上海世界书局的洽议却是朱生豪必须考虑的。上海世界书局是面向中国普通大众发行的，出版图书的销售量直接决定着书局的效益。为了迎合中国读者的口味，帮助尽可能多的读者读懂莎剧、喜欢莎剧，朱生豪采用了各种手段，发挥自己的特长，在自身兴趣和大众需求之间寻找最佳结合点，使得其译本在七十多年后的今天仍然弥久不衰。

(二)朱生豪《哈姆莱特》译本的“神似”追求

朱生豪的预期读者是中国最广大的识字的普通百姓，而朱生豪在“译者自序”中交代：“倘因此集之出版，使此大诗人之作品，得以普及

① 鲁迅,《又是“莎士比亚”》,《鲁迅全集》(第5卷),北京:人民文学出版社,1981年,第152页。

② 宋清如,《寄在信封里的灵魂——朱生豪书信集》,北京:东方出版社,1995年,第420页。

中国读者之间，则译者之劳力，庶几不为虚掷矣。知我罪我，惟在读者。"[①]这句话表明朱生豪翻译莎剧的目的是使莎翁的作品能在中国读者中得到普及，而他最看中的就是读者的反应。为了吸引普通百姓读者，朱生豪在《哈姆莱特》译文中努力传达原著的神韵和诗意，甚至不惜以牺牲意义准确为代价。

要描述朱生豪的翻译追求，首先要关注的是朱生豪对当时国内现存的莎士比亚汉译本的评价，这是了解朱生豪译莎思想的起点。与梁实秋一样，朱生豪在翻译之前也做了很多准备工作，其中就有对现有译本进行分析，其中包括梁实秋译本。朱生豪认为中国文坛名士已将莎翁作品译出多种，"然历观坊间各版本，失之于粗疏草率者尚少，失之于拘泥生硬者实繁有徒"[②]。可见朱生豪是肯定之前译者的认真态度的，但认为他们的译文拘泥于原文形式，使得语言生硬拗口。显然，田汉和梁实秋译本都符合这个评价。

朱生豪翻译时手边就放着梁实秋的译本，可以说梁实秋译本对他来说是重要的参考书，原文不清楚之处往往可以从梁实秋译本中得到答案。朱生豪在翻译《威尼斯商人》时，因为原文句子凝练，译得相当费力。他在给宋清如的信中坦言：

> 我一路译一路参看梁实秋的译文，本意是贪懒，结果反而受累。因为看了别人的译文，免不了要受他的影响，有时为要避免抄袭的嫌疑，不得不故意立异一下，总之在感觉上很受拘束，文气不能一贯顺流。这本东西定不能使自己满意。梁译的《如愿》我不敢翻开来看，还是等自己译好了再参看的好。[③]

① 朱生豪，《〈莎士比亚戏剧全集〉译者自序》，罗新璋编，《翻译论集》，北京：商务印书馆，1984年，第457页。

② 朱生豪，《〈莎士比亚戏剧全集〉译者自序》，罗新璋编，《翻译论集》，北京：商务印书馆，1984年，第456页。

③ 宋清如，《寄在信封里的灵魂——朱生豪书信集》，北京：东方出版社，1995年，第378页。

但朱生豪对梁实秋译文是不满意的，他对自己的译文非常自信，曾自豪地说“比起梁实秋来，我的译文是要漂亮得多的”①。那么，朱生豪口中的“漂亮”指的是什么呢？

朱生豪批评现存的《哈姆莱特》译本“拘泥生硬”，认为这样的译文“不仅原作神味，荡焉无存，甚且艰深晦涩，有若天书，令人不能卒读”②。显然，“神味无存”和“艰深晦涩”是译者最不能容忍的两个问题，“逐字逐句对照式之硬译，则未敢赞同”③。因此，朱生豪翻译莎剧有两大宗旨：“第一在求于最大可能之范围内，保持原作之神韵，必不得已而求其次，亦必以明白晓畅之字句，忠实传达原文之意趣。”④

换句话说，朱生豪翻译莎剧追求的第一目标是尽可能保存原著神韵。在迫不得已的情况下，至少要做到第二目标即语言明白晓畅，达意准确。朱生豪口中的“漂亮”应该指的是，用明白晓畅的语言传达莎翁剧作的神韵。显然，朱生豪期望中国的读者能够从他的译文中领略莎士比亚剧作的真正魅力。为了达到这一目的，朱生豪采用了各种手段来增加译文的可读性和趣味性。

(三)朱生豪《哈姆莱特》的翻译方法

为吸引广大的普通读者，使译文更具通俗性、可读性，朱生豪翻译《哈姆雷特》时采用了各种手段，主要包括：遵从意义优先原则；舍弃注释，采用意译，通过增添、换例等方式传达原意；采用口语化的白话散文体；注重原文语调、节奏的传达。

首先，他遵从意义优先原则。相对于原文句式结构，朱生豪更重在

① 宋清如,《寄在信封里的灵魂——朱生豪书信集》,北京:东方出版社,1995年,第377页。

② 朱生豪,《〈莎士比亚戏剧全集〉译者自序》,罗新璋编,《翻译论集》,北京:商务印书馆,1984年,第456页。

③ 朱生豪,《〈莎士比亚戏剧全集〉译者自序》,罗新璋编,《翻译论集》,北京:商务印书馆,1984年,第457页。

④ 朱生豪,《〈莎士比亚戏剧全集〉译者自序》,罗新璋编,《翻译论集》,北京:商务印书馆,1984年,第457页。

传达原文的意义。"凡遇原文中与中国语法不合之处，往往再四咀嚼，不惜全部更易原文之结构，务使作者之命意豁然呈露，不为晦涩之字句所掩蔽。"[①]为了忠实传达原文的意义，朱生豪宁愿放弃原文形式结构，这与梁实秋以句为单位尽量保持原文结构及鲁迅"宁信而不顺"的主张完全不同。梁实秋为求存"真"，朱生豪则求"达意"。因此，他每译完一段，就以读者的身份阅读译文，"察阅译文中有无暧昧不明之处"[②]。可以看出，朱生豪在翻译过程中始终把读者放在心中。

其次，为了追求通俗性和可表演性，朱生豪的译本没有注释，因为演出时注释对观众无益，又会影响普通读者的阅读兴趣。这既与他对预期读者的考虑有关，也与他本人的性情有关，他不做莎士比亚的专门研究，自认为"一点学问也没有，学问是可以求得的，我的毛病是我看不起学问。你看怎么办？要我做起文章来，著起书来一来都不来。我想不出我有什么用处"[③]。朱生豪甚至认为"研究文学这四个字很可笑，一切的文学理论也全是多事。我以为能和文学发生关系的，只有两种人，一种是创作者，一种是欣赏者，无所谓研究。没有生活经验，便没有作品。在大学里念文学史文学批评某国文学什么什么作法之类的人，都是最没有希望的人"[④]。这与梁实秋文学批评家注重研究和考据的特点又是截然不同的。

没有了注释的帮助，朱生豪必须做出取舍。他的译文主要采用意译的方式，通过添加、换例和删除等方式来传达原文意义。比如，对于传达源语文化的意象，朱生豪一般采用意译，牺牲原文意象，加词补充说明。如奥菲利娅疯了以后唱的民谣：

To-morrow is Saint Valentine's day,

① 朱生豪，《〈莎士比亚戏剧全集〉译者自序》，罗新璋编，《翻译论集》，北京：商务印书馆，1984年，第457页。

② 朱生豪，《〈莎士比亚戏剧全集〉译者自序》，罗新璋编，《翻译论集》，北京：商务印书馆，1984年，第457页。

③ 宋清如，《寄在信封里的灵魂——朱生豪书信集》，北京：东方出版社，1995年，第140页。

④ 宋清如，《寄在信封里的灵魂——朱生豪书信集》，北京：东方出版社，1995年，第287页。

All in the morning betime,

And I a maid at your window,

To be your Valentine.[①]

朱生豪译文：

情人佳节就在明天，

我要一早起身，

梳洗齐整到你窗前，

来做你的恋人。[②]

原文“St. Valentine's Day”指的是西方情人节（2月14日），现在的中国读者都非常熟悉，然而对当时的读者来说，非常陌生。为了避免产生不必要的误解，朱生豪选择意译方式，省去原文中的意象，直接把意义放在译文中。这样做的好处是中国读者一目了然，心领神会；弊端在于中国读者少了一次认识西方文化的机会。此外，朱生豪还使用换例译法，更换原文中的意象，以达到通俗易懂的目的。如，哈姆雷特欢迎戏子时说的话：

Pray God， your voice, like a piece of uncurrent gold, be not cracked within the ring.[③]

朱生豪译文：

求求上帝，但愿您的喉咙不要沙嘎得像一面破碎的铜锣才好！[④]

在莎士比亚时代，一切女性角色均由男童担任，而男童可能因为年龄的增长进入变声期而致嗓子变沙哑。原文中用金币上的圆线磨损不能用为喻，旨在说明男童如果开始变声倒嗓就不能唱戏了。显然金币的圆线磨损这一意象对中国读者来说不熟悉，因此无法理解这个比喻的寓

① [英]莎士比亚著，梁实秋译，《莎士比亚全集·32·哈姆雷特》，北京：中国广播电视出版社，2001年，第216页。

② [英]莎士比亚著，朱生豪译，《哈姆莱特》，北京：人民文学出版社，1994年，第382页。

③ [英]莎士比亚著，梁实秋译，《莎士比亚全集·32·哈姆雷特》，北京：中国广播电视出版社，2001年，第118页。

④ [英]莎士比亚著，朱生豪译，《哈姆莱特》，北京：人民文学出版社，1994年，第332页。

意，朱生豪将这个比喻替换成中国传统用破锣比喻嗓子沙哑的说法。读者一看就明白指的是嗓子哑了，而结合前面他们是戏子的身份，自然就会明白嗓子沙哑就不能唱戏的道理，这样就传达了原文想要表达的意义。

而对于原文中影射莎士比亚时代时事之处，容易造成读者困惑不解，朱生豪就直接删除不译。原文中有“插科打诨”或不雅驯之处，“他往往大胆作出简略处理，认为不致影响原作主旨”[①]。可见，在意义优先的前提下，朱生豪尽可能减少读者阅读上的障碍，对于原文中与源语文化息息相关的如宗教、典故等，他一般都采用直接译出文字背后的含义或者直接省略。所以，从内容的忠实程度来看，朱生豪译本改译、删除了很多与文化相关的词，与梁实秋译本相差很大。这也成为他被后来评论者批评的地方。但从莎士比亚作品的普及来看，他的贡献是最大的。

再次，为了译文通俗易懂，被普通读者所接受，朱生豪采用白话散文体来翻译，遣词造句通俗简单，表述更趋于口语化。因此，他的白话文与田汉、梁实秋相比要自然、流畅得多，以至今天的读者读起来毫无隔阂，这当然与朱生豪运用语言的高超能力有关，但也与中国当时的语言状况有关。

一方面，20世纪30年代初兴起的左翼文学运动提出文学大众化问题，而语言大众化问题作为一切问题的先决问题，也是文学大众化讨论的热点问题。他们论及的具体问题主要包括：第一，文学语言要力求通俗易懂；第二，改革语言，创造大众语。瞿秋白认为五四式的白话是非驴非马的语言，是中国文言文法、欧洲文法和日本文法的混合体，实际上是一种“新文言”，进而提出“大众语”的概念，即“大家说得出，听得懂，写得顺手，看得明白”[②]的语言。大众语运动有助于推动白话文的改造和充实，便于大众掌握，促进了全国一致的新的语言形态的

① 宋清如，《寄在信封里的灵魂——朱生豪书信集》，北京：东方出版社，1995年，第443页。

② 陈望道，《关于大众语文学的建设》，《申报·自由报》，1934年6月19日。

形成。

另一方面，国民政府教育部通令各省教育厅、各特别市教育局，禁止采用文言教科书，切实遵照部颁小学国语课程暂行标准，严厉推行；同时转饬所属高中师范科或师范学校积极地教学标准国语，以期养成师资。[①]这样从学校教育到文艺创作，全国掀起了语言的改造运动。经过十余年的建设，到20世纪40年代，白话文已经基本摆脱文言和欧化的影响，与现代汉语非常接近，这是朱生豪译本仍然为当代青年读者所喜爱的重要原因。

最后，朱生豪译文注重语调、节奏的传达。朱生豪认为：

> 莎士比亚的所以伟大，一个理由因为他富有舞台上的经验，因此他的剧本没一本是沉闷而只能在书斋里阅读，譬如歌德的Faust来说吧，尽管它是怎样伟大，终不免是一部使现代人起瞌睡之思的作品，诗的成分多而戏剧的成分缺乏。但在莎氏的作品中，则这两个成分同样地丰富，无论以诗人而论或戏剧家而论，他都是绝往无继的。[②]

在朱生豪看来，莎士比亚戏剧的巨大魅力在于巧妙的情节构思、生动的人物刻画、描写的永久性和普遍性，不仅在于“虽经三百余年，不仅其书为全世界文学之士所耽读”[③]，更在于其剧本“在各国舞台与银幕上历久搬演而弗衰”[④]。尤其是《哈姆雷特》，朱生豪认为这是一本“深沉的剧本，充满了机智与冥想，但又是极有戏剧效果，适宜于上演

① 胡适，《胡适全集》（第31卷），合肥：安徽教育出版社，2003年，第603页。

② 宋清如，《寄在信封里的灵魂——朱生豪书信集》，北京：东方出版社，1995年，第329页。

③ 朱生豪，《〈莎士比亚戏剧全集〉译者自序》，罗新璋编，《翻译论集》，北京：商务印书馆，1984年，第456页。

④ 朱生豪，《〈莎士比亚戏剧全集〉译者自序》，罗新璋编，《翻译论集》，北京：商务印书馆，1984年，第456页。

的"[①]。显然，朱生豪看重莎剧在舞台上的表演效果，因此他非常注重译文的语音语调和节奏感。每译完一段，他还会"自拟为舞台上之演员，审辨语调之是否顺口，音节之是否调和。一字一句之未惬，往往苦思累日"[②]。

朱生豪熟悉莎剧，自己明白诗体形式是莎剧具有永恒魅力不可或缺的因素，但他也深知中西语言差异之大，用诗体翻译莎剧之难，当然更有朱生豪对预期读者阅读和接受能力的考虑，最后决定"当然预备全部用散文译出，否则将要了我的命"[③]。但是朱生豪在译文中充分发挥自己的诗学才华，将自己深厚的古典诗学修养运用到翻译之中。他的译文虽用的是白话散文体，但他非常关注每部莎剧表达的不同氛围和神韵，并在译文中尽可能再现莎剧无韵诗的节奏感，"不单是剧中的诗作，就是剧中的对话，也大量运用诗的韵律，全部译文可以说是诗化了的散文，从而达到了化境"[④]。

朱生豪善于用诗的语言来加强戏剧气氛和效果。可以说，虽然不是诗体诗行，但朱生豪的译文传达出来了莎剧的诗情画意。朱生豪对自己的译文非常满意，在《威尼斯商人》正式完成后，他大喜若狂，给宋清如的信中写道："果真是一本翻译文学的杰作！把普通的东西翻到那地步已经不容易。莎士比亚能译到这样，尤其难得，那样俏皮，那样幽默，我相信你一定没有见到过。"[⑤]

综上所述，此阶段两种不同的赞助模式对译本的最终形成有着重大影响，产生了截然不同的两种译文。梁实秋和朱生豪两位译者能够发挥自己的优势，在赞助商和自身因素之间努力寻找切合点，在许可的范围

---

① 宋清如，《寄在信封里的灵魂——朱生豪书信集》，北京：东方出版社，1995年，第329页。

② 朱生豪，《〈莎士比亚戏剧全集〉译者自序》，罗新璋编，《翻译论集》，北京：商务印书馆，1984年，第457页。

③ 宋清如，《寄在信封里的灵魂——朱生豪书信集》，北京：东方出版社，1995年，第318页。

④ 朱宏达，《朱生豪的诗学研究和译莎实践》，《杭州大学学报》（哲学社会科学版），1993年第3期，第91页。

⑤ 宋清如，《寄在信封里的灵魂——朱生豪书信集》，北京：东方出版社，1995年，第385页。

内使自己的翻译自由最大化，实现了市场和口碑双赢的效果。

第四节　四种译本的读者反应与社会效果

《哈姆雷特》汉译的兴盛期共出现四种译本，其中梁实秋和朱生豪的代表性译本在《哈姆雷特》百年汉译史中举足轻重。由于各自的特色不一，它们在社会的传播和效果各异，对《哈姆雷特》在中国的接受做出的贡献也迥然不同。

一、梁实秋《哈姆雷特》译本的功与过

梁实秋译本是分批出版发行的，1936年商务印书馆首次出版他译的莎士比亚戏剧8种。出版之后，就引发了读者的讨论，有赞赏性和批评性评价两种。1936年，泽夫发表《关于莎士比亚的名剧——介绍新近出版梁实秋先生译的几种译本》一文，这篇文章在开头称赞了梁实秋的翻译行为，"以梁先生文学造诣之深，我们深信这译本会比任何人来得高妙的"[①]。正如泽夫所言，"我这里不想批评梁先生的译品，只是对于他所译的几种剧本提示一些内容，以为爱读莎氏名剧者的绍介"[②]。因此这篇文章严格来说，不能算是批评，而只是介绍性评价。

而秋涛发表于1937年的评价文章《介绍梁译莎翁名剧》内容要丰富得多。秋涛首先称赞梁实秋的译莎行为："梁先生是一位文艺的批评者，而非专攻戏剧的人，竟能担当这样的大任，梁先生的勇气与忍耐，是值得令人起敬的。"[③]秋涛认为梁实秋译文最可取的一点就是在"序言"中

---

① 泽夫,《关于莎士比亚的名剧——介绍新近出版梁实秋先生译的几种译本》,《华年》,1936年第5卷第39期,第755页。

② 泽夫,《关于莎士比亚的名剧——介绍新近出版梁实秋先生译的几种译本》,《华年》,1936年第5卷第39期,第755页。

③ 秋涛,《介绍梁译莎翁名剧》,《文艺月刊》,1937年第10卷4、5合刊,第327页。

交代了每部戏曲的版本、著作年代、故事来源及剧作批评等，且重视考据。他也指出梁实秋译本的不足之处，认为译文中“有些多口语，太文气了一点，恐不适于舞台上的应用”①。而他的结论则把梁实秋译文推到一个新的高度，称其是近年中国文化总表之中的“第一笔新纪录”②，是替中国文化界“添了一部最有价值的圣经”③。可见，秋涛对于梁实秋的译本报以厚望，希望其能带来中国文坛的新气象。

1937年，水天同发表评论文章《略谈梁译莎士比亚》，作者对梁实秋的翻译行为怀有敬意，认为“那实在是扛鼎的工作”④。但接下来他借用意义学的理论，认为翻译莎士比亚的问题就是译诗的问题，“没有诗的莎士比亚岂堪想像!”⑤因此，他用一句话评价梁实秋译本：“距离莎士比亚太远。”⑥水天同对意义学的理论套用痕迹较明显，立论没有针对性、言之无物，从而得出的结论信服力不足。

相比之下，邢光祖1938年发表的评论文章《论翻译莎士比亚》从批评的角度看更专业。他肯定了梁实秋的前言和注释的作用，认为梁实秋的翻译“自然是很能达到对于原作意义的‘信’的地步”⑦，但他认为梁实秋不是翻译莎士比亚，而是翻译莎士比亚的“字面的意义”⑧。邢光祖认为理想的莎剧翻译是：“要将莎士比亚的内在的神韵传达出来，使读者相信这是莎士比亚（至少要像莎士比亚）；这种内在的神韵比字面的意义要紧要得何止百倍!”⑨邢光祖提出译莎的三个层次：意似、神似、形似。应该说，这个观点在20世纪30年代的中国是相当有见识的。

1937年，顾仲彝发表《关于翻译欧美戏剧》一文，指出戏剧翻译的

---

① 秋涛,《介绍梁译莎翁名剧》,《文艺月刊》,1937年第10卷4、5合刊,第327页。
② 秋涛,《介绍梁译莎翁名剧》,《文艺月刊》,1937年第10卷4、5合刊,第328页。
③ 秋涛,《介绍梁译莎翁名剧》,《文艺月刊》,1937年第10卷4、5合刊,第328页。
④ 水天同,《略谈梁译莎士比亚》,《国闻周报》,1937年第14卷第1期,第5页。
⑤ 水天同,《略谈梁译莎士比亚》,《国闻周报》,1937年第14卷第1期,第5页。
⑥ 水天同,《略谈梁译莎士比亚》,《国闻周报》,1937年第14卷第1期,第5页。
⑦ 邢光祖,《论翻译莎士比亚(续)》,《红茶》,1938年第5期,第29页。
⑧ 邢光祖,《论翻译莎士比亚(续)》,《红茶》,1938年第5期,第29页。
⑨ 邢光祖,《论翻译莎士比亚(续)》,《红茶》,1938年第7期,第37页。

三点困难：对话中的俚语难翻、对话的语气最难翻，翻译的剧本能上演的十不得一[①]。此外，邢光祖还探讨了戏剧翻译的两种方法：直译和改译。顾仲彝于1930年翻译了《威尼斯商人》，表明他开始有意识思考和探索翻译的诸多问题。

由此可见，一方面，此阶段的翻译批评较之江绍原、梁实秋对田汉等译本的批评有了很大提高。批评者均接受过西方教育，对莎士比亚及其戏剧都有较深入的了解和研究，因此评价更为专业，言之有据。另一方面，批评者对翻译也有较多的思考，已经从简单的与原文对照后发现几处错误的语言层面的评价上升到意义和神韵层面，这显示了此阶段中国翻译领域的进步，翻译理论体系逐步构建，翻译话语逐步建立。此外，批评者已经从对个别译本的批评，提升到探讨莎士比亚戏剧作品的翻译方法，到戏剧翻译方法的讨论。从具体到一般，翻译批评已经摆脱个别译本评价的限制，开始探讨不同文体翻译的方法，这无疑是一种进步。

抗日战争期间，梁实秋译了两本：《第十二夜》和《仲夏夜梦》，前一本于1939年9月在香港出版，后一种由于通货膨胀，出版成本高，未付印。1949年，梁实秋到台湾，继续译莎事业。1965年，梁实秋译的《莎士比亚戏剧20种》由台湾文星书店出版。1967年，终于完成莎士比亚37部剧的翻译，由台湾远东图书公司分37册出版，书名为《莎士比亚全集》，1968年全集40册出齐。梁实秋译本轰动台湾，大中学校和社会人士几乎人手一本，还被许多学校指定为课外阅读书籍。台湾远东图书公司于1973年、1977年、1978年和1981年反复印刷出版，对梁实秋译本在台湾的传播起到了重要作用。

1995年，江泽民总书记发表重要讲话《为促进祖国统一大业的完成而继续奋斗》，提出对台政策"八项主张"，成为大陆对台工作的纲领性文件。大陆与台湾关系由此走入新的阶段。梁实秋译本于该年得以在大陆出版。内蒙古文化出版社于1995年分上、下册以《莎士比亚全集》

① 顾仲彝，《关于翻译欧美戏剧》，《文艺月刊》，1937年第10卷4、5合刊，第16页。

为书名出版，1996年以8册形式出版，1997年分上、中、下三册出版。中国广播电视出版社1995年以10卷本精装、平装本两种形式出版，2001年中国广播电视出版社获得梁实秋译《莎士比亚全集》在中国的独家出版发行权，以中英对照形式、分40册在大陆出版。但2001年之后就没有再出新版。自1995年起，梁实秋译本正式进入大陆市场，根据段自力2011年在豆瓣读书网上的调查，梁实秋的译本读者阅读量为230人，同此调查中朱生豪译本的阅读量为16633人[①]，显然梁实秋在普通读者市场表现不佳，主要在大陆学术圈中流传至今，成为学者和学生做学术研究的材料。

二、朱生豪《哈姆莱特》译本的传播方式

朱生豪译本自1947年首次出版后，受到普通读者的欢迎，直到今天仍然是各大出版社争相出版的对象。朱生豪译本以五种方式在中国传播：

第一种方式是反复重印、修订出版。朱生豪译本的最初版权归上海世界书局，1947年，上海世界书局分三辑出版，共27部剧本，《哈姆莱特》属于第二辑第二种。中华人民共和国成立后，上海世界书局因有官僚资本被迫停业。朱生豪与书局签订的译莎合同及宋清如与书局签订的版税契约都已停止执行。人民文学出版社于1954年获得朱生豪译本版权，以北京作家出版社的名义出版，分为12册，书名为《莎士比亚戏剧集》。人民文学出版社为了这次出版做了很多宣传，先是在1954年《文艺报》第9期封底刊出《莎士比亚戏剧集》出版的消息，介绍了莎士比亚的伟大成就和12册书的目录。接着又在《文艺报》第10期“新书刊”栏刊登出版消息，这次首先介绍了莎士比亚在中国的翻译情况，突出《莎士比亚戏剧集》是迄今为止莎剧译出最多的；然后高度评价了朱生豪的译文“文字明白流畅，保存了原作的精神。……对于我国文艺

① 段自力，《朱生豪莎剧翻译经典化研究》，杭州：浙江大学出版社，2015年，第34—35页。

界和读者是有意义的”[①]。同时还为全集的出版造势，“该社还要陆续出版其他译者的个别译本，包括过去已出版的在内，为将来比较完善的全译本作准备”[②]。《莎士比亚戏剧集》出版后颇受读者喜爱，书销售得很快，第一册至第三册都只印了一万册，第四册以后就都印两万册了。人民文学出版社接着就邀请方平、杨周翰等人补译朱生豪未译出的几部莎剧、几首长诗和十四行诗。后来由于时局变化没有付梓。1978年，人民文学出版社终于推出以朱生豪译本为主的11册《莎士比亚全集》。到1995年版权保护到期之前，《莎士比亚全集》被反复重印，平均每两年要印行一次。版权保护到期后，20多家出版社先后出版朱生豪译作。“朱译莎剧的出版版本之众，印行次数之多，发行数量之巨，在中国翻译文学界并不多见。”[③]最近十年，其译作仍在不断地以各种方式出版。

第二种方式是被中学语文教材以及大学中文系外国文学课外阅读推荐书目采用。其中，新课程人教版高中语文第四册采用《哈姆雷特》第三幕第二场选段；沪教版高中《语文》第六册、粤教版高中语文第四册采用《哈姆雷特》第三幕第二场选段；南开大学中文系编，南开大学出版社1996年4月出版的《中国语言文学系学生阅读书目（修订本）》，在外国文学类阅读书目中，列举了4部朱生豪翻译的莎剧，其中包括《哈姆雷特》[④]。

第三种方式是作为学术研究的材料。“文革”前共有三篇评论文章。1951年顾绶昌发表《评莎剧〈哈姆雷特〉的三种译本》，他承认，朱生豪译本做到了“明白晓畅”，但批评“喜欢重组原句，损益原文，不是太啰嗦，就是太简慢，有些译得比较优美的段落，往往又过于渲染铺张，它的最大的缺点是任意漏译，并且译文中还时常夹着些不必要的诠释”[⑤]。这篇文章非常重要，它提出的语言“明白晓畅”和“任意漏译”

① 见“新书刊”栏，《文艺报》，1954年第10号，第42页。

② 见“新书刊”栏，《文艺报》，1954年第10号，第42页。

③ 段自力，《朱生豪莎剧翻译经典化研究》，杭州：浙江大学出版社，2015年，第27页。

④ 段自力，《朱生豪莎剧翻译经典化研究》，杭州：浙江大学出版社，2015年，第33页。

⑤ 顾绶昌，《评莎剧〈哈姆雷特〉的三中译本》，《翻译通讯》，1951年第3卷5期，第54页。

成为后来朱生豪翻译批评的两个重要层面。顾绶昌的批评体现他对完美译本的追求，但没有译本是完美的。朱生豪的预期读者是普通大众，“明白晓畅”是被大众读者接受的最重要因素。此后对朱生豪的赞誉多是从语言“明白晓畅”、传达原著神韵角度展开。1957年林子朴发表短评《一个比较》，从语言层面称赞朱生豪译文“质量较好”[①]。1964年戈宝权在《莎士比亚作品在中国（翻译文学史话）》一文中称赞朱生豪的翻译“态度是既认真而又严肃的，因此他的译本在当时也是较好的”[②]。“文革”期间没有任何评论。从1979年开始，朱生豪莎剧翻译重回学术批评领域。从2007年起，每年有20篇以上的研究论文发表，2012年高达48篇。至今朱生豪翻译仍然是学术研究的热门话题。

第四种方式是以作品节选的方式出现在各种外国文学史及外国文学作品选类书籍中。其中《哈姆雷特》入选次数最多。笔者详细考察了32部《外国文学史》（或书名的核心词是外国文学史，如《外国文学史教程》等）和9部《外国文学作品选》中朱生豪译本的引用情况，情况如下：32部外国文学史包括：1980年—1989年11部、1990年—1999年13部、2000年—2018年8部，27部外国文学史中所有引用的译文都来自朱生豪译本《莎士比亚全集》。9部《外国文学作品选》包括：1962年1部、1979年1部、1980年1部、1990年1部、2001年—2016年5部，其中除1962年和1979年周熙良主编的两部外，其余都选自朱生豪译本《莎士比亚全集》，大部分《外国文学作品选》都选一部剧，有的选集会选两部，但所有选集都必选《哈姆雷特》片段，有的选集还会再选《罗密欧与朱丽叶》。而节选最多的是《哈姆雷特》第三幕第一场。其中，只有2005年高等教育出版社出版的郑克鲁主编《外国文学作品选》和2016年的第二版是选自1994年人民文学出版社出版的朱生豪译本《莎士比亚全集》，其余均选自1978年人民文学出版社首次出版的朱生豪译本《莎士比亚全集》。自朱生豪译本1947年问世后，到2015年已推出新

① 林子朴,《一个比较》,《读书月报》,1957年第3期,第28页。

② 戈宝权,《莎士比亚的作品在中国(翻译文学史话)》,《世界文学》,1964年第5期,第142页。

译本8部，除了1962年上海文艺出版社出版的和1979年上海译文出版社出版的周熙良主编的《外国文学作品选》，节选的是卞之琳译本外，其余所有作品选均选自朱生豪译本。由此可见，朱生豪译本得到了专业人士的广泛认可，而这些外国文学史和外国文学作品选集大都作为高校中文系学生的教材使用，它们有助于朱生豪译本在中国的传播和推广，同时也使得莎翁剧作被越来越多的青年群体所熟悉。

第五种方式是用作舞台演出的脚本。根据段自力统计，中华人民共和国成立后至20世纪90年代末，“先后有18部朱译莎剧，被北京人民艺术剧院等多家著名剧团和中央戏剧学院与上海戏剧学院作为蓝本或脚本采用，搬上话剧和戏剧舞台”[①]。

以上可见，在教育界、文化界、学术界、出版界和戏剧界，朱生豪译本都得到了广泛认可和好评。朱生豪译本除了供学术研究使用外，取得的市场效果最为持久，迄今为止在中国普通读者中产生的影响力很大。

三、曹未风译本与周平译本

朱生豪译本和梁实秋译本各有千秋，就像双子星座，互相映衬，互为补充。朱生豪译本起到了普及的作用，“把本来是属于普通人的莎士比亚送到了中国广大普通读者的手中，莎士比亚戏剧真正成为中国人民的精神财富”[②]。读者对莎士比亚戏剧的兴趣被激发以后，进而燃起研究的热情，梁实秋译本则可为莎剧爱好者提供研究的便利。

梁实秋采用白话散文个体翻译莎剧，被批评者认为没有以诗歌形式翻译莎剧，朱生豪也用白话散文体，但译文中充满了诗意，颇得莎翁神韵。曹未风尝试用诗体翻译莎剧，他是中国计划翻译《莎士比亚全集》的第一人。1944年，曹未风于1935年至1944年翻译的11种莎剧由贵阳

① 段自力，《朱生豪莎剧翻译经典化研究》，杭州：浙江大学出版社，2015年，第32页。

② 孟宪强，《中国莎学简史》，长春：东北师范大学出版社，1994年，第29—30页。

文通书局以《莎士比亚戏剧全集》为名出版。1946年，上海文化合作股份有限公司以《莎士比亚全集》为名出版，印2000册，署名方式是“译者、版权所有人、发行人曹未风”。1953年至1962年由上海文艺出版社印刷81700册，1979年至1984年由上海译文出版社出版，印60000册，但此后未见再次出版。

每位译者都向一个新方向探索尝试，试图在某个方面能超越前人。曹未风被认为是“最没有个性的一种，不见得有什么突出的成就”①。曹未风并非没有尝试，他用白话诗翻译莎剧，但译本没有采用诗体的格律：“至少从表面上看，差不多像分行横排的白话散文。如果诗的两个特点是易记诵和用字精炼，曹译无韵诗的部分实在更像散文。”②

曹未风自己分析可能是“在体系及文字上均依照了原文的格式，因此不免发生了许多晦涩难懂之处”③。曹未风译本有诗体的形式，但缺少诗歌的节奏，更没有朱生豪般的诗情，因此反应平平。但至少说明曹开始关注原著的语言艺术，力图再现其语言形式，只是并不成熟。真正诗体的译本要待下一阶段卞之琳译本的出现。

周平译本于1938年由上海启明书局出版。译本采用白话散文体，对于原文的“节奏声调之美，以译者力有未逮，不能一一传达，只好请读者谅之”④。可见，从语体上，他没有超越梁实秋和朱生豪，也没有曹未风做出的诗体译莎努力；在使用注释手段上，他没有超越梁实秋；在原文神韵表达上，他没有超越朱生豪，因此其命运可想而知。周平译本在初版后，未见再版，且未见时人评价文字，现在也多被学术界遗忘。同时由于印刷数量较少，更没有进入大众读者的视野。

综上所述，此阶段《哈姆雷特》汉译呈现出与前一阶段完全不同的风貌。日本坪内逍遥莎剧全集译本的出现使得《哈姆雷特》汉译成为一

① 周兆祥，《汉译〈哈姆雷特〉研究》，香港：香港中文大学出版社，1981年，第399页。

② 周兆祥，《汉译〈哈姆雷特〉研究》，香港：香港中文大学出版社，1981年，第225页。

③ 曹未风，《莎士比亚在中国——纪念莎士比亚诞生三百九十周年》，《文艺月报》，1954年4月号，第32页。

④ [英]莎士比亚著，周平译，《哈梦雷特》，上海：启明书局，1938年，序第3页。

项事关民族尊严的政治任务，成为对日战争的文化战场，同时也从语言和文学艺术层面丰富中国文坛。此阶段莎士比亚研究与翻译的互动关系明显：左翼作家全面接受苏联马克思主义莎评，莎士比亚作为现实主义伟大剧作家重新受到追捧，推动了其作品的汉译，四位译者吸收采纳西方莎剧研究成果，其中梁实秋和周平直接将国内外莎剧研究成果运用到翻译之中。四位译者对莎士比亚戏剧有较深入的研究，莎士比亚作品的文学价值得到重视。在翻译过程中，译者也加深对原著的了解，形成自己的莎学观念，丰富了中国莎剧研究。赞助人因素对此阶段《哈姆雷特》汉译活动有重要影响，使译本呈现不同面貌：由中华教育文化基金会赞助的梁实秋译本求“意似”，以忠实原著内容为主，采用散文形式，带有大量注释。由上海世界书局赞助的朱生豪译本则以普通读者为目标，求“神似”，重可读性，语言明白晓畅，生动传神。两位译者发挥各自优势，梁实秋重考证，朱生豪注重传达原著诗意。两种全集均取得经典地位，但由于历史的原因，梁实秋译本在台湾得到推崇，1995年开始在大陆出版，并在大陆学术界流传至今；而朱生豪译本除了供学术研究使用外，还被选入中学语文教材和大学中文系外国文学课外阅读推荐书目，同时朱生豪译本《哈姆雷特》片段还入选各种外国文学史及外国文学作品选读类书籍。舞台演出的脚本大多采用朱生豪译本。因此，朱生豪译本取得的市场效果最为持久，迄今为止在中国普通读者中产生的影响力超过了前后出现的各种译本。周平译本未能超越前人，几乎没有引起学界反应；曹未风译文尝试使用诗体翻译《哈姆雷特》，是散文译莎到诗体译莎的过渡期代表作，获得关注相对较多。但真正的诗体译本要到中华人民共和国成立后才出现，《哈姆雷特》汉译如沐春风，一片繁荣，下一章将对此详加论述。

第五章 《哈姆雷特》汉译的繁荣期(1949—1977)

1949年至1977年产生了三个《哈姆雷特》译本：1956年卞之琳译本、1965年孙大雨译本[①]和1982年林同济译本[②]。这一时期《哈姆雷特》译介大体上呈现以下几个特征：第一，与20世纪30年代基金会和出版商赞助翻译的方式不同，此阶段的翻译活动表现出高度政治化态势，赞助人所代表的意识形态和主流诗学观念完全统一：国家作为翻译活动的唯一赞助人对翻译工作进行全面指导，翻译活动高度组织化、计划化：成立专门机构，负责翻译工作；创办翻译专刊，统一翻译行为；对翻译目的、翻译对象及翻译选材做出统一规定。第二，继承20世纪30年代传统，更多的苏联莎评论文、专著被译介到国内，其中19世纪俄国著名马克思主义莎评家普希金、屠格涅夫的莎评观等被首次译介。同时中国莎学研究迎来又一个高潮，莎学研究队伍已经形成，第一代莎学家把马克思主义莎评理论运用到莎剧作品的分析解读中，产生了大量高质量的论文，客观上促进了《哈姆雷特》汉译水平的提高。第三，《哈姆雷特》汉译者开始关注以诗体形式译莎。卞之琳、孙大雨和林同济既是译者也是莎学家，三位译者都对诗体翻译莎剧进行了有益的尝试，卞之琳

---

① 孙大雨译本《罕秣莱德》虽然直到1991年5月才由上海译文出版社出版，但他的翻译开始于1965年3月底，同年11月14日凌晨近四时完成。而在1991年出版时并未对译本进行修改，所以本书按照翻译时间，将其译本划入第四阶段。

② 林同济译本虽然于1982年由中国戏剧出版社出版，但他的译本完成于1977年9月之前。而1978之后中国莎剧研究才有了迅猛发展，林同济翻译《哈姆雷特》时的时代背景和中国莎剧研究水平更接近于卞之琳、孙大雨所处时期，所以本书将林同济译本划入第四阶段。

以“顿”代“步”，孙大雨提出“音组”说，而林同济用汉语韵脚散押法再现英诗节奏。三人的实践得到专业人士的认可，直到目前，三人的译本还在反复重印出版，但多在学术界内流传，译本在普通读者群中的接受度较之朱生豪译本不高。

第一节 《哈姆雷特》汉译的高度政治化

勒弗维尔认为，控制改写的主要有两种因素：一种是来自文学系统内部的力量，即诗学形态，体现在“专业人士”身上。另一种来自文学系统外部，即意识形态，通过赞助机构实现。赞助机构从三个层面对文学系统实施控制：政治的、经济的和社会地位。他区分了两种赞助机制：有差异型和无差异型。当文学系统所受到的“政治、经济和社会地位上的控制由同一个赞助人施加时，赞助机制呈现无差异状态”[①]。在此阶段的《哈姆雷特》汉译中，国家作为唯一赞助人对翻译活动进行了全面指导，使之呈现出高度政治化态势，《哈姆雷特》汉译活动高度组织化和计划化。

一、新民主主义指导下的《哈姆雷特》汉译活动

中华人民共和国成立后，国家对翻译工作进行了社会主义改造，新民主主义理论成为翻译的指导思想。在此思想指导下，翻译目的、翻译对象及翻译选材都呈现出与以往不同的面貌，给《哈姆雷特》汉译定下了政治基调。

毛泽东在《论人民民主专政》中指出“总结我们的经验，集中到一点，就是工人阶级（经过共产共）领导的以工农联盟为基础的人民民主

① André Lefevere, Translation, Rewriting and the Manipulation of Literary Fame. Shanghai: Shanghai Foreign Language Education Press, 2004:17.

专政。这个专政必须和国际革命力量团结一致。”[①]这是中国一切事业的最高指导思想，当然也包括翻译事业。毛泽东在《在延安文艺座谈会上的讲话》中即要求文艺工作者首先要做到政治正确，要求所有文艺工作者虚心学习，用马克思列宁主义来武装自己，才能找到正确的方向。在这种思想的指导下，孙思定呼吁全国翻译工作者“必须把自己在思想上武装起来，用马克思列宁主义，用毛泽东思想，武装起来，在反帝斗争中尽其前卫的任务”[②]。“政治水平高”[③]成为合格的译者的首要标准。“要想翻译工作做的好，必须在马列主义的学习上下功夫”[④]，显然，比起译者的文学修养、语言水平，政治正确是第一位，没有正确的世界观，翻译出来的作品对人民是有害的。

翻译工作者的翻译目的与中华人民共和国成立前相比有了质的变化。过去，译者翻译是为了谋生，获得经济利益，现在则不同。毛泽东在《新民主主义论》里说：“中国应该大量吸收外国的进步文化，作为自己文化食粮的原料，这种工作过去还做得很不够。”[⑤]翻译作为吸收外国文化的重要途径成为中华人民共和国成立初期重要的政治任务之一。1949年11月1日，中央人民政府成立了出版总署，下设编审局和翻译局。而翻译局的“主要目的是为了改进和发展翻译出版工作”[⑥]，从而更好地为“我们祖国的新民主主义政治、经济、文化各部门的建设”[⑦]服务。从中央到地方设置了专业的编译机构，译者都隶属于这些机构，“公家尽可能为他们设置了工作所必须的一切物质条件”[⑧]，解决了后顾之忧，翻译工作者可以专心从事翻译和研究工作。国家作为赞助人对译

---

① 毛泽东，《论人民民主专政》，《毛泽东选集》（第4卷），北京：人民出版社，1991年，第1480页。

② 孙思定，《翻译工作的新方向——代发刊词》，《翻译》，1949年第1卷第1期，第4页。

③ 方今，《谈谈文学名著的重译》，《翻译通报》，1951年第3卷第3期，第23页。

④ 穆木天，《关于外国文学名著翻译》，《翻译通报》，1951年第3卷第1期，第13页。

⑤ 毛泽东，《新民主主义论》，《毛泽东选集》（第2卷），北京：人民出版社，1991年，第706页。

⑥ 胡愈之，《第一届全国翻译工作会议开幕辞》，《翻译通报》，1951年第3卷第5期，第4页。

⑦ 胡愈之，《第一届全国翻译工作会议开幕辞》，《翻译通报》，1951年第3卷第5期，第4页。

⑧ 沈志远，《为翻译工作的计划化和提高质量而奋斗》，《翻译通报》，1951年第3卷第5期，第10页。

者在经济和社会地位上予以保障，当然译者就必须对人民负责，“展开人民所需要的翻译工作”①。

有了正确的翻译方向之后，国家对翻译的对象即译文读者进行了明确指示。毛泽东在《在延安文艺座谈会上的讲话》中明确指出，文艺是为最广大的人民大众服务的。最广大的人民大众指“占全人口百分之九十以上的人民，是工人、农民、兵士和城市小资产阶级”②。“为人民服务”至今仍是我国文学方向性的口号之一。而翻译工作的对象不是“过去那种给关在象牙塔里的人。现在是人民世纪，工农大众和青年学生是我们译文的读者，他们所要求的，不是怪声怪调的欧化，而是直接爽快的自己的语言”③。

为大众服务，尤其是以青年学生为读者对象成为翻译界进行翻译和开展翻译批评的重要依据之一。卞之琳的译文即以青年学生为预期读者，采用现代口语，力求译文通俗顺畅。

在翻译选材上，则出现了“学习苏联先进经验一边倒”的现象。《哈姆雷特》借助苏联莎评，作为现实主义伟大剧作家的代表作迎来了三种新译本。1927年大革命失败之后，对资产阶级民主主义失去幻想的中国共产党在苏联找到了方向——马克思主义理论。在苏联共产党和共产国际的指导下举起了无产阶级革命的旗帜，文化上也从苏联引入马克思主义理论建设无产阶级革命文学。中华人民共和国成立后，苏联与中国建立外交关系，成为世界上第一个与中华人民共和国建交的国家，在政治上、经济上给予了大量援助。毛泽东在《论人民民主专政》回顾了中国近代的革命历程，认为资产阶级国家经验在中国都失败了，“走俄国人的路——这就是结论”④，他明确提出“一边倒”的外交政策：“一

① 沈志远，《为翻译工作的计划化和提高质量而奋斗》，《翻译通报》，1951年第3卷第5期，第10页。

② 毛泽东，《在延安文艺座谈会上的讲话》，《毛泽东选集》（第3卷），北京：人民出版社，1991年，第855页。

③ 祝敌，《偶谈》，《翻译通报》，1950年第1卷第1期，第7页。

④ 毛泽东，《论人民民主专政》，《毛泽东选集》（第4卷），北京：人民出版社，1991年，第1471页。

边倒，是孙中山的四十年经验和共产党的二十八年经验教给我们的。深知欲达到胜利和巩固胜利，必须一边倒。积四十年和二十八年的经验，中国人不是倒向帝国主义一边，就是倒向社会主义一边，绝无例外。”①全国掀起“学习苏联先进经验一边倒”运动。对翻译工作的影响就直接体现在翻译选材上：

> 我们必须“一边倒”，倒向苏联与新民主主义国家的一边，向他们学习，学习他们革命斗争和建设的经验，学习他们的思想与文化，……这一个国际交换的工作，无疑地落在翻译工作者的双肩。②

学习苏联的思想与文化成为翻译工作的重中之重。而出版总署翻译局设立的主要任务就是“介绍苏联及人民民主国家的各种建设经验，以做我们建国的参考材料。……翻译苏联作品也成了重要任务”③。

显然，此阶段翻译行为不只是普通的文化文学活动，而上升为国家层面的政治任务。据沈志远在第一届全国翻译工作会上的报告统计：

> 1950年一年内所出版的翻译图书，已多达二千余册。解放前译自英美资本主义国家的图书占全部翻译书的百分之六十七，而译自苏联的仅占百分之九点五。解放后，前者退到了百分之二十点五，而后者却升到百分之七十七点五。④

可见，仅一年的时间，国家对翻译的直接指导已取得巨大成效。

---

① 毛泽东，《论人民民主专政》，《毛泽东选集》（第4卷），北京：人民出版社，1991年，第1472—1473页。

② 孙思定，《翻译工作的新方向——代发刊词》，《翻译》，1949年第1卷第1期，第4页。

③ 张君悌，《翻译界动态·出版总署翻译局》，《翻译通报》，1950年第1卷第3期，第28页。

④ 沈志远，《为翻译工作的计划化和提高质量而奋斗》，《翻译通报》，1951年第3卷第5期，第9页。

那么，当时国内对于英美文学翻译的态度如何呢？莎士比亚作为来自英美资本主义国家的作家又是如何被接受的呢？其实对于英美文学，国内并非完全排斥，毛泽东也提到要不拘一格继承和借鉴古今中外一切人类优秀的文化遗产，哪怕是封建阶级和资产阶级的东西，关键的问题在于如何借鉴。

穆木天在《关于外国文学名著翻译》一文中的观点可以视为对借鉴问题的回答。作为高校文学教师，他建议有计划地翻译世界文学名著，尤其是西欧名著，应该编一套很好的丛书，以教育中国的青年一代。但是他建议翻译西欧名著的原因却不在其艺术上的价值和成就，而是出于“必须使我们的青年对于西欧文学有正确的认识，才可以扫清帝国主义文艺学的余毒”[①]。为此，他提出在每部译本中加上正确的说明，作为对那篇作品的科学的认识。穆木天所说的“正确的”“科学的”当然是指政治上的正确性。他认为，要扫除帝国主义的恶劣影响，不在于阻止青年人阅读西欧名著，而是要让他们读到正确的西欧书籍。

换句话说，就是要在翻译中运用马克思主义对西欧作品进行改造。这样就很容易理解为什么在全国排斥英美资本主义文学情形下，莎士比亚及其作品却迎来翻译和研究的小高潮。我国接受的是已经被苏联进行了社会主义改造后的莎士比亚，他是“伟大的人民戏剧家”[②]。

对于翻译选材的高度组织化和计划化，尤其是对限制重译的政策，文学翻译工作者是有不同意见的。文学翻译不像科学技术等翻译，只要内容正确就可以了。对文学翻译而言，忠实地译出原著内容是不够的，同一部原著不同时代和不同译者的译本也是显然不同的，因为“译者的文学修养，文体风格，‘再创造’的才力等”[③]都有差异。不同译本则给译者提供了互相参考的机会。这是文学翻译者对全国出现的忽视文学翻译与科技翻译的差异、眉毛胡子一把抓的统一组织规划的行为所作的有

① 穆木天，《关于外国文学名著翻译》，《翻译通报》，1951年第3卷第1期，第13页。

② 顾绶昌，《谈翻译莎士比亚》，《翻译通报》，1951年第3卷第3期，第9页。

③ 方今，《谈谈文学名著的重译》，《翻译通报》，1951年第3卷第3期，第23页。

益反思，是有进步意义的。当时翻译界很多译者把翻译单纯看成技术性工作，翻译态度极不严肃，导致文学翻译质量大幅度下降。这是无视文学翻译的艺术性和创造性的必然结果，这种现象直到1954年8月19日中国作家协会召开全国文学翻译工作会议才得以纠正。

二、翻译批评话语的建立与《哈姆雷特》汉译质量的提高

国家对翻译工作进行的全面指导中，包括对翻译批评的规范，翻译界逐步建立批评话语，《哈姆雷特》的翻译批评也迈上了新台阶，为《哈姆雷特》汉译质量的提高奠定了基础。

中华人民共和国成立初期，翻译界当时的现状是混乱无序的。如有些出版商出版了“粗制滥造、恶劣不堪的译本来贻读者”[①]，不只是出版社的质量低，同时还“重复浪费，缺乏计划性”[②]。为了减少错误，提高翻译质量，需要全国“编译机关、翻译书籍的出版机关和翻译工作者”[③]联合起来共同战斗。为了加强翻译工作者之前的联系，1950年7月1日，《翻译通报》创刊，该消息由《人民日报》发布，其重要性不言而喻。最初6期，《翻译通报》都以内部资料的形式免费向翻译工作者发放，自1951年1月开始公开发行，由人民出版社出版。同时第一届全国翻译工作会议于1951年11月5—12日在出版总署的组织下召开。至此，全国各级翻译工作机构已基本建立，翻译工作者有了组织归属感。

然而，全国对翻译工作的统一组织、统筹规划，无视文学翻译的艺术性特征，给翻译工作，尤其是文学翻译工作带来了不利的影响，造成了翻译选材单一、翻译的质量大幅度下降等现象。沈志远在第一届全国翻译工作会议上指出，现在刻不容缓的任务是“研究和整理翻译经验、

---

①《用严肃的态度对待翻译工作》,《人民日报》,1950年3月26日第5版。

② 胡愈之,《第一届全国翻译工作会议开幕辞》,《翻译通报》,1951年第3卷第5期,第4页。

③ 胡愈之,《第一届全国翻译工作会议开幕辞》,《翻译通报》,1951年第3卷第5期,第4页。

确立翻译标准”[1]。他要求翻译工作者对过去片段的、零散的经验进行梳理，并加以科学的分析综合，从中找出规律，从而得出正确理论，建立正确的翻译标准。这一呼吁在中国译论史上有着重要意义。20世纪20年，翻译研究非常零散，且多数批评翻译的人并不从事翻译工作，因此其翻译批评多为泛泛之谈，指摘几处语言错误即可。到中华人民共和国成立前期，翻译批评有了很大进步，批评者多数有翻译经验，且其批评建立在一定的标准之上，避免了空洞之说。但当时的批评不成规模，没有建立统一的批评话语，批评也多为主观之谈。

中华人民共和国成立初期，在国家的统一领导下，翻译界对过去的翻译经验进行总结，对现存译本开展批评，在理论和实践上逐步建立翻译批评话语。《翻译通报》成为翻译工作者总结探讨的阵地，1950年12月至1951年2月连续三期发表了三篇关于开展翻译批评的文章，并从1951年第2卷第2期起开辟“推荐与批判”专栏，专门发表译本批评方面的文章。

一方面，翻译批评话语的逐步建立为莎剧翻译批评提供了理论基础；另一方面，中华人民共和国成立前莎剧翻译已小有规模，尤其《哈姆雷特》出现好几种译本，这为莎剧翻译批评提供了大量素材，促进了莎剧翻译批评的发展。

正是在这种背景下，到1952年1月为止，《翻译通报》集中发表了四篇探讨莎剧翻译的文章，其中有三篇为顾绶昌所写。顾绶昌在《评莎剧〈哈姆雷特〉的三种译本》一文中对现有的译本和译者如梁实秋、朱生豪、曹未风都进行了批评，总体上持否定态度。他认为想译好莎剧，必须有基本莎学知识，如莎剧的不同版本，这是现有莎剧译者都忽视的问题，此外还包括莎剧的艺术知识，如莎剧的诗意的象喻、戏剧技巧等。他指出现有译者连莎剧的语言问题都没有处理好，因为他们只关注了莎剧的“无韵诗”的传达，而“无韵诗”仅仅是莎士比亚整个诗体学

① 沈志远，《为翻译工作的计划化和提高质量而奋斗》，《翻译通报》，1951年第3卷第5期，第16页。

中间的一部分。不理解“无韵诗”的性质和作用，是无法正确解决“无韵诗”的传达问题的。

顾绶昌高度肯定了孙大雨的译文。他认为《黎琊王》译本用白话五音步素体韵文，还原了“无韵诗”的本来面目，足够使之在过去和今后莎译工作上成为带有“指示性作用的一块里程碑”①，不但可以作为莎剧翻译主要形式的范例，对今后语体诗的创作形式也有很好的借鉴作用。

顾绶昌的评价将孙大雨的诗体译莎剧提高到了顶点，成为此阶段莎剧翻译的导向性意见，为卞之琳译本和孙大雨诗体《罕秣莱德》译本的出现奠定了基础。同时，顾绶昌指出了《黎琊王》语言上的问题，认为译本中有些句法和段落较生硬，可以用更接近于日常生活中的语言来弥补。这一点与当时国内学界提倡文艺创作要使用人民群众的鲜活语言的主张是一致，卞之琳《哈姆雷特》译本对现代口语的选择也是这一背景下的产物。

此阶段莎剧翻译研究中值得一提的是，曹未风在1959年发表的“翻译莎士比亚札记”系列论文，分析自己在翻译莎剧时的心路历程、译莎的得与失，这些对于此后的莎剧翻译和文学翻译都有借鉴意义。此外，莎学研究者开始梳理莎士比亚及其作品在中国的接受情况，中间涉及对译本的评价，1954年和1964年各有一篇论文发表。

此阶段莎剧翻译研究较之前一阶段有了很大提高，研究者均为莎学领域的专家，在大学里教授莎士比亚，因此对原著有很深刻的了解，有的同时也是译者，他们对莎剧翻译的批评更加专业、更规范，借鉴意义更大，这些为《哈姆雷特》汉译的质量提升创造了学术条件。

① 顾绶昌，《对于孙译〈黎琊王〉的一些意见》，《翻译通报》，1952年1月号，第27页。

第二节 《哈姆雷特》汉译的诗学基础

中华人民共和国成立后，在继续大量译介苏联莎评的基础上，中国莎学研究迎来了又一次高潮。马克思主义文艺观成为中国主流诗学形态，对《哈姆雷特》作品的解读和翻译都带来了重要影响。

20世纪三四十年代，苏联马克思主义莎评被译介到国内，国人开始重新认识并接受莎士比亚，认为他是伟大的现实主义诗人和戏剧家。但当时学界仍处于学习和消化理论的阶段，还没有把马克思主义莎学观运用到文学批评中。当时只出现了一篇比较有分量的莎评，杨晦在译作《雅典人台满》前所附的长序，这是第一篇用马克思主义观点来分析莎士比亚及其作品的尝试。中华人民共和国成立后，由于毛泽东对苏联文艺政策的影响，苏联莎剧被大规模地译介到国内，在译介的80多篇莎评中，有50篇来自苏联，同时还有几部莎评专著被译介。

此阶段在译介选择上与上一阶段略有不同。20世纪三四十年代，苏联20世纪三大马克思主义莎评家被引进两位：狄纳摩夫和斯米尔诺夫。此阶段莎学界译介了著名批评家阿尼克斯特的两部代表作，同时，19世纪俄国三大马克思主义莎评家也进入中国视野：屠格涅夫、普希金和别林斯基。值得注意的是，同上一阶段一样，托尔斯泰的莎评也有节译。上一阶段苏联莎评的星星之火，在中华人民共和国成立初期的中国燃成燎原之势。

在译介的同时，中国学者开始运用马克思主义观点来分析莎剧，掀起了中国莎评的又一个高潮。据不完全统计，此阶段发表的中国莎评约有130篇，是过去30年里中国莎评的一倍多。此阶段见证了中国莎学队伍从草创到逐步成熟的发展历程。来自几所重点大学如北京大学、南京大学、北京外国语大学等外文系的英语语言文学教授成为中国第一代莎学教学与研究专家，如杨周翰、李赋宁、王佐良、顾绶昌等。他们从英美留学回国，造诣很深，都发表了莎评文章，力图用马克思主义观点来分析莎剧，重点探讨莎士比亚戏剧产生的历史背景、作品的社会意义等，有些文章至今仍有权威价值。顾绶昌是中国第一位详尽研究和介绍莎士比亚戏剧版本问题的专家，他的关于莎剧版本问题的文章至今仍被学界借鉴引用。

此阶段卞之琳和孙大雨两位译者是莎士比亚研究领域的佼佼者，他们继承了苏联马克思主义莎学观，对莎士比亚作品进行了现实主义解读。相较孙大雨，卞之琳可谓“半路出家”。他于1952年任北京大学文学研究所研究员，才捡起莎士比亚的项目，而真正开始研究莎士比亚要到1954年春天。可见，卞之琳的莎士比亚研究是与莎剧的翻译同步进行的。卞之琳最初的目标是从“四大悲剧”入手，边翻译，边写单篇论文和序言，到中华人民共和国成立10周年完成论“四大悲剧”的系统专著。1955年，他译完《哈姆雷特》后，用了一个多月的时间完成了接近六万字的长文《莎士比亚的悲剧〈哈姆雷特〉》，于1956年同论文《莎士比亚的悲剧〈奥赛罗〉》一起发表，1964年又发表长文《〈里亚王〉的社会意义和莎士比亚的人道主义》与《莎士比亚戏剧创作的发展》。这四篇文章是此阶段最重要的研究成果，被认为代表了这个时期中国莎学的发展水平。

在《莎士比亚的悲剧〈哈姆雷特〉》一文中，卞之琳运用辩证唯物主义和历史唯物主义的观点来分析《哈姆雷特》，认为莎士比亚通过此剧反映了社会生活的深刻矛盾。他从莎士比亚生活的时代入手，展开分析，接着论述莎士比亚戏剧创作过程，并对《哈姆雷特》的故事情节进行评述。卞之琳专门分析了哈姆雷特的人物特征，并梳理了关于哈姆雷特延宕问题的研究历史，并结合时代特征，提出自己的观点。他认为哈姆雷特内心的矛盾是源于社会的矛盾，而不是性格的矛盾。最后卞之琳分析了莎士比亚的艺术手法，并指出只有运用马克思主义的研究方法才能认识到《哈姆雷特》这部戏的伟大之处。这篇论文成为此时期用马克思主义观点分析《哈姆雷特》的典范。

孙大雨早年留学美国，回国后在大学任教期间担任“莎士比亚与英诗”课程的教学，对莎士比亚戏剧有深入研究。他运用马克思主义莎学观解读莎剧《黎琊王》，他认为《黎琊王》不仅仅是一部描写子女忘恩负义的戏，它更有深刻的社会意义。莎士比亚描写了英国社会的真实面目：在资产阶级兴起时代，自私自利的个人主义凌驾一切。《黎琊王》在苏联上演最多，原因在于“它富有人民性、现实主义和深刻的教育意义”①。孙大雨关注的是莎士比亚的创作技巧、人物刻画、语言艺术等文学价值，他没有用文学批评的方法，而运用马克思主义的阶级学说，强调这部戏的现实意义，以及对读者的教育意义。

卞之琳和孙大雨两位译者虽然进入莎学研究的路径不同，但都采用当时主流的诗学理论去解读和研究莎士比亚作品，显示了两位译者对主流诗学的认同，也是社会高度政治化在莎剧研究和翻译上的生动体现。而中国莎学的繁荣，尤其是译者兼莎剧学者的身份，为此阶段《哈姆雷特》汉译的“形似”追求奠定了学术基础。

第三节　以西补中:《哈姆雷特》诗体译本对“形似”的追求

随着此阶段中国莎学研究水平的快速提升，学界对《哈姆雷特》作品的理解更趋深入、更专业化，卞之琳、孙大雨和林同济三位译者开始关注《哈姆雷特》作为诗剧的艺术价值，并力图在译文中再现原著的诗体形式。事实上，自五四运动以来，《哈姆雷特》诸多译者都以原著为中心，希望通过莎剧译介来补充发展中国文学，从语言、文学手法到此阶段的诗剧艺术。

20世纪30年代末，梁实秋译莎剧出版后，引发了读者对莎剧翻译的热议。水天同和邢光祖都对梁实秋译文表示不满，水天同认为翻译莎

① 孙大雨,《莎士比亚悲剧〈黎琊王〉和它对于我们的意义》,《文艺报》,1954年第10号,第20页。

士比亚的问题就是译诗的问题，“没有诗的莎士比亚岂堪想像!”[①]而邢光祖在1938年发表的《论翻译莎士比亚》一文中更提出了颇有远见的观点：“志摩用‘内在的节奏’来译莎士比亚，至多只能达到‘意似’，‘神似’的境界，还没有完全做到‘形似’的地步；大雨（指孙大雨——引者注）就看到这一着，所以努力地从事于保存原诗的五音节。”[②]他认为最理想的莎剧翻译要能做到：意似、神似、形似。一般文学翻译的理想标准是：先求形似，其次意似，最理想的是达到神似。但显然，莎剧翻译与一般文学翻译不同，原因就在于莎剧是诗剧。因此，形似成为理想莎剧翻译最难达到的高峰。梁实秋的译文算得上意似，朱生豪译文力求神似，此阶段《哈姆雷特》的卞之琳、孙大雨和林同济三位译者则力求在意似、神似的基础上达到形似。

一、卞之琳的“形似”追求：以“顿”代“步”

与孙大雨从20世纪20年代开始尝试借鉴外国诗歌创造汉语新诗格律不同，卞之琳诗体译莎的灵感来源于中国民歌体，而这是经历失败后得到的教训。中华人民共和国成立初期，国内诗界表现出了对诗歌形式大众化、民族化的推崇。卞之琳作为五四时期成长起来的新诗人，对五四新诗的传统不愿放弃，他在1951年发表了一篇文章《天安门四重奏》，遭到了读者的严厉批判，这使他意识到五四以来的知识分子新诗如果不经过形式改造，是不会被读者接受的。他开始反思五四新诗的问题，认为五四新诗的突出缺点是很少诗句能被大家熟记，原因就在于“还没有形成一种为大家所公认的新格律”[③]。

而此时国内诗界也展开了关于诗歌的形式问题探讨，1953年12月

① 水天同，《略谈梁译莎士比亚》，《国闻周报》，1937年第14卷第1期，第5页。

② 邢光祖，《论翻译莎士比亚(续)》，《红茶》，1938年第9期，第28页。

③ 卞之琳，《对于新诗发展问题的几点看法》，《人与诗：忆旧说新》，北京：生活·读书·新知三联书店，1984年，第148页。

至1954年1月，中国作家协会创作委员会诗歌组召开了三次关于诗歌形式问题的讨论会。讨论的主题就是新诗的发展是否需要格律。格律诗的主张占了上风。对于新诗格律的问题，何其芳认为现代格律诗不能采用新民歌体的五七言体，理由是：

现代的口语的基本单位是词而不是字，而且两个字以上的词最多，因此我们的格律诗不应该是每行字数整齐，而应该是每行的顿数一样，而且每行的收尾应该基本上是两个字的词。①

卞之琳继承并发展了何其芳关于“顿”的说法，认为字数不能区分五七言体和非五七言体，必须用顿来区分。五七言体与非五七言体“差别关键也就是每行收尾是不是二字顿占支配地位”②。大多数行以二字顿收尾，即便每行都是七个字也是非五七言体，反之，大多数三字顿收尾的即便每行不是七个字，也更像五七言体。卞之琳把以二字顿收尾占统治地位的诗调称为“诵调”，倾向于说话式；把以三字顿收尾占统治地位的诗调称为“吟调”，倾向于歌唱式的。

何其芳和卞之琳根据现代口语的特点，主张顿法，对旧诗格律标准进行调整，避免了新诗陷入中国旧诗的窠臼。以顿代替字数，给了创作者更多发挥的空间，在诗行整齐匀称的基础上行内可以不断变化翻新、丰富表现方式。而字数不等、参差不齐的诗行与莎士比亚破格求变、增减音节数量所形成的参差诗行正有异曲同工之妙。

值得注意的是，卞之琳在文章中一再强调自己提出“顿”为格律基础是基于中国旧诗歌，“是用了土生土长的基础”③，而非西方诗歌的“音步”。但在1982年发表的《译诗艺术的成年》一文中，他写道：

象朱湘一样，有意识在中文里用相应的格律体译诗（和写

① 何其芳，《关于写诗和读诗》，北京：作家出版社，1956年，第49页。

② 卞之琳，《谈诗歌的格律问题》，《人与诗：忆旧说新》，北京：生活·读书·新知三联书店，1984年，第155页。

③ 卞之琳，《谈诗歌的格律问题》，《人与诗：忆旧说新》，北京：生活·读书·新知三联书店，1984年，第158页。

诗）而走后一条音律道路（指前文提到的以我们今日说话的基本自然停、逗为单位——引者注），既有实践也有理论，较为人注意的，早期有闻一多（他在实践中也没严格做到）、孙大雨，后期有何其芳（他晚年试译诗未及加工定稿）。作为诗行长短衡量单位，闻沿用英诗律而称“音尺”（或“音步”），孙首称“音组”，何称“顿”，三者实际上是一回事。①

这种一百八十度转变的原因在于当时写文章的语境，卞之琳写《谈诗歌的格律问题》是为了反驳张光年的文章《在新事物面前》。张光年在文章中认为卞之琳有模仿西洋格律的倾向，而当时国内正在开展反右派斗争，有极少数右派分子对共产党和社会主义制度发起攻击，要求实行西方两党制，走资本主义道路。在这种背景下，1956年，卞之琳立刻发文澄清，他反驳的理由是他的顿数和顿法是我国固有的，不像闻一多等人要求照英国诗作为格律基础的以轻重音相间的“音步”来写诗。他的诗没有每顿轻重音相间或长短音相间的要求。事实上，卞之琳很清楚知道两者之间的差别是微乎其微的。这件事的意义在于生动再现了当时社会意识形态对创作者和译者所带来的决定性影响。

至于诗的语言，卞之琳认为应该采用人民群众的语言，以口语为基础，他常吸取文言词汇、文言句法及地方方言来丰富语言的表现力。卞之琳在译文中也采用现代口语，他的翻译目标是为读者提供一本“戏剧文学读物”②，因而语言的通俗易懂、自然流畅是他考虑的要素之一。卞之琳用“顿”创造中国诗的格律，并在翻译中力图相应保持原貌格律，以基本上不变动诗体部分行数的方式翻译莎剧。对于翻译效果，“译者的最低要求就是：不管诗体也罢，散文体也罢，必须合乎我们说

① 卞之琳，《译诗艺术的成年》，《人与诗：忆旧说新》，北京：生活·读书·新知三联书店，1984年，第197页。

② 卞之琳，《莎士比亚悲剧四种》，北京：人民文学出版社，1988年，译本说明第6页。

话规律的汉语”[1]。由此可见，可读性是译者考虑的首要因素。

二、孙大雨的“形似”追求：“音组”说

尽管孙大雨的《罕秣莱德》译本到20世纪90年代才出版，但他是中国新诗“音组”说的创立者，更是“中国用韵体诗翻译莎士比亚剧作的第一人”[2]。

孙大雨关于莎士比亚戏剧是诗剧还是话剧的讨论有重要意义，是译者决定翻译策略的重要依据。孙大雨认为莎士比亚戏剧是诗剧，绝不是话剧。他的戏剧大部分由素体韵文写成。韵文指的是具有规律性的节奏的或具有音步或时间段落的韵致的文字。换句话说，莎士比亚戏剧最大的特点是：有格律、有节奏。格律是通过每行的规定音步构成，而节奏则通过抑扬音节相间和长短音相间而产生的。有节奏和韵律之美的诗剧才是莎士比亚真正的魅力所在。孙大雨认为这些特点必须在译文中得以表现，把莎剧译成散文是不合适的，与原著风貌不符。译文应当呈现莎剧的本来面目，把有格律而不押韵的诗行如实地加以传达表现，只有这样才能最大限度地把“原作的音容笑貌、口齿声腔、格调节奏在译文里纤毫无遗地反映出来”[3]。

孙大雨毕业于清华大学，后赴美国哈佛大学留学。他在清华读书时，曾和闻一多、徐志摩、梁实秋等一起探讨新诗问题。五四新诗打破了旧诗的格律，却没有找到替代的格律，因而中国新诗问题重重。孙大雨认为“可以借鉴外国诗歌文学的格律机构，作为参考，以创建我国白话新诗的格律”[4]。1925年，他在普陀山游历时，突然从外国商籁体中获得灵感：仿照英诗的格律创造中国新诗的格律。他以此格律创造了新

① 卞之琳，《莎士比亚悲剧四种》，北京：人民文学出版社，1988年，译本说明第6页。

② 孙近仁、孙佳始，《耿介清正——孙大雨纪传》，太原：山西人民出版社，2000年，引言第3页。

③ 孙大雨，《莎译琐谈》，孙近仁编，《孙大雨诗文集》，石家庄：河北教育出版社，1996年，第258页。

④ 孙大雨，《格律体新诗的起源》，孙近仁编，《孙大雨诗文集》，石家庄：河北教育出版社，1996年，第317页。

诗《爱》，并发表在1926年4月10日的《晨报·诗镌》上，但此时还没有提出“音组”的说法。此后他开始用这种格律创作汉语诗歌，并用在莎剧翻译的尝试上。1930年，在徐志摩所编《新月》月刊第2期上发表的《黎琊王》节译说明里，孙大雨使用了“音组”一说。他的译文一行也分为五个音组，以二字、三字为一个音组，但也允许变化，诗行的音组数是固定的，但音数不限。孙大雨在翻译时选择空间更大，更灵活，但原文的一行在译文中并不绝对对应一行，这使得孙大雨的译文相对要长。孙大雨用“音组”代替英诗“音步”翻译莎剧的做法得到了20世纪30年代邢光祖的肯定，而1952年顾绶昌也对其尝试给予了高度赞扬，认为他的尝试是有里程碑意义的。

孙大雨对莎剧翻译的态度几近虔诚，对原著有极大的尊重。他认为，如果译者满足于把莎剧译成散文，或者只引用故事梗概作为观点或宣传手段，那是错误的。孙大雨认为精美正确的莎剧译文应该是雅俗共赏的，如果把莎剧“作为工农兵、小市民、职员、一般干部的消遣品当然也并无不可，但必须同时可作为高级知识分子的精神食粮，是提高和净化高级政经人员思想情操的药石”[①]。

显然，孙大雨的翻译目标是为高级知识分子提供精神食粮，因此他运用自己多年思考并实践的汉语“音组”来翻译莎剧的素体韵文，力求在译文中还原莎剧的真实风貌。与卞之琳尽量使用现代口语不同，孙大雨译文语言并不是生活中的白话口语，这不仅与译者的预期读者有关，同时也跟译者的文学观念有关。孙大雨主要以华北地区的口语来写新诗，但他同时博采“日常生活中的行动、思维、快意、感受、悬念、企盼和可能想象到的一切，凝练成一个个语辞单位，加以广泛运用，以充实我们的表现力”[②]。

换句话说，孙大雨认为文学语言，尤其是诗歌语言与生活语言是不

① 孙大雨，《莎译琐谈》，孙近仁编，《孙大雨诗文集》，石家庄：河北教育出版社，1996年，第253—254页。

② 孙大雨，《莎译琐谈》，孙近仁编，《孙大雨诗文集》，石家庄：河北教育出版社，1996年，第317页。

同的，应该来源于生活，但高于日常生活语言。诗人应该把日常生活中的各种情感、思维等用创造性的文学语言加以表达，从而提高文学表现力。孙大雨的译文生动地体现了这种创造性的思维，这种尝试是好的，缺点是新的表现方式有时会造成晦涩生硬之感，影响读者的阅读兴趣。

三、林同济的“形似”追求：韵脚散押补节奏

林同济是莎学研究的专家，他是复旦大学教授，美国加利福尼亚大学博士毕业，中华人民共和国成立后任复旦大学外文系教授，讲授“英国戏剧和莎士比亚读评”课程。他撰写的英语论文《应该是“被玷污”这个词——哈姆雷特评论之一见》于1980年发表，引起国内外莎学界重视。他在复旦大学建立了中国第一个莎士比亚图书馆。

林同济非常重视《哈姆雷特》作为诗剧的价值，他认为中国文史上有歌剧传统，也有现代话剧，唯独缺少可供朗诵的诗剧类型。因此，他的翻译目的是：

> 通过认真的莎译，诗剧作为一种文艺类型、文艺体裁，可以有效地介绍到中国，再通过一时期的改造适应，还可以在中国扎根结果，填补了中国文艺史上的一块大空白？①

林同济希望引进诗剧这一新文学类型来丰富和发展中国文学。可见，从五四时期到中华人民共和国成立初期，从田汉到林同济，译者翻译《哈姆雷特》的立场都是以原著为中心，希望通过译介活动来丰富、补充和发展中国文学。因此，他们对原著的态度是虔诚的，对翻译的态度是认真的。其具体表现就是在各自的译文中力图全方面再现原著的内容、神韵和形式。

① [英]莎士比亚著，林同济译，《丹麦王子哈姆雷的悲剧》，北京：中国戏剧出版社，1982年，例言第6页。

林同济试图在翻译中再现《哈姆雷特》的诗剧形式。他反对译诗中的机械僵化的古典语或者书面语，提倡用现代口语译诗。他对莎士比亚诗剧的格律和节奏有独到的见解，他认为诗歌之所以需要格律，是为了制造节奏感。莎士比亚的素体诗由两种节奏有机组成："每行五步所形成的通常普在的基层脉搏，再加上跨行成段的一种随机流动的上层波浪"①。因此，他认为在翻译中处理《哈姆雷特》诗剧的格律和节奏问题就是如何再现这两种节奏。

为保存第一种节奏，林同济认为应该使用等价形式，把每行五音步的格律予以保留。对于第二种节奏，由于汉语发音没有英诗中轻重音的区别那样明显，而英语诗行音节的抑扬组合所形成的节奏感太强，而中国口语诗行无法照顾到字的抑扬结合，节奏平缓，要达到莎剧素韵诗相应的节奏效果，他提出补以韵脚散押法，即以汉语的押韵美补英诗中的抑扬效果。林同济认为运用散押法的好处是：

> 正符合中国诗歌重韵传统的要求，一面继承了元曲、京剧的古典形式而进一步解放押韵的形式，一面也适应了我国当前一般自由体歌咏发展的大势而易于得到听众的接受。②

林同济借鉴中国诗歌传统，利用汉语押韵方式体现英诗的强烈节奏感，这一认识在20世纪80年代的中国很有见地。事实上，林同济译本问世20年之后才出现方平诗体译本，这期间莎学界都在努力探讨诗体翻译的方法，可见诗体翻译之难。但方平也未能很好地解决这个问题。林同济的这一主张在30多年之后的辜正坤译本中得到呼应。而林同济的诗体译莎主张是对同时期卞之琳、孙大雨译莎主张的继承和发扬。

---

①［英］莎士比亚著，林同济译，《丹麦王子哈姆雷的悲剧》，北京：中国戏剧出版社，1982年，例言第4页。

②［英］莎士比亚著，林同济译，《丹麦王子哈姆雷的悲剧》，北京：中国戏剧出版社，1982年，例言第4页。

四、三位译者“形似”追求的同与异

卞之琳、孙大雨和林同济三位译者都开始关注并尝试用诗体译莎，三人的翻译主张有共通之处，也显示出较明显差异，下文将对比三种译本，通过译例加以阐释。在第一幕第二场中，先王鬼魂出现后，听到鸡叫声就消失了，何瑞修与马赛勒斯有一段关于鬼魂怕鸡叫声的讨论：

Marcellus: It faded on the crowing of the cock.
Some say that ever 'gainst that season comes
Wherein our Saviour's birth is celebrated,
The bird of dawning singeth all night long;
And then, they say, no spirit can walk abroad;
The nights are wholesome; then no planets strike,
No fairy takes, nor witch hath power to charm,
So hallow'd and so gracious is the time.[①]

卞之琳译文：

玛：刚才/它真是/一听到/鸡叫/就隐去了。/
有人说，/每逢/我们/要庆祝/圣诞，/
在节日/前几天，/这种/报晓的/家禽/
就开始/彻夜/不停的/啼了/又啼；/
那时候，/他们说，/精灵/都不敢/出来，/
夜夜/安全，/星宿/不作怪、/害人，/
妖女/不迷人，/妖巫/也使不了/符咒，/
那真是/圣洁、/祥和的/好时候，/好节气。/[②]

① [英]莎士比亚著，梁实秋译，《莎士比亚全集·32·哈姆雷特》，北京：中国广播电视出版社，2001年，第28页。

② [英]莎士比亚著，卞之琳译，《哈姆雷特》，北京：人民文学出版社，1956年，第10—11页。卞之琳在1988年再版时对《哈姆雷特》译文进行了修订，但文中所引译文与1956年版相同。另注：全书中为了凸显三种译文之间的异同，斜杠为引者后加的，原译文中没有。

孙大雨译文：

马帅勒史：公鸡/一啼/它就/消隐得/不见了。/
有人说/每当/庆祝/我们的/救主/
耶稣/诞辰时，/在节前/一些/日子里，/
这报晓/的良禽/彻夜/通宵/叫不休；/
那时节，/他们说，/没有/鬼怪/敢出现；/
那些个/夜晚/保康宁；/恶星宿/不伤害，/
妖仙/不迷人，/巫婆/使不了/法术，/
那时节/真是/那样/祥和/又圣洁。/[①]

林同济译文：

马塞鲁：一听到/鸡叫，/它马上/影灭/形消。/
有人说，/每逢/救主的/诞辰，/大家/
庆祝/欢腾，/而这/司晨的/善禽/
也整夜/发出/歌声。/那时节，/据说，/
鬼魂/不出游，/夜气/也澄清，/没有/
迷人的/妖怪，/没有/喷毒的/流星，/
就是/老巫婆，/想蛊惑/也没本领——/
那时节/是多么/圣洁，/多么/康宁。/[②]

通过对比可以发现，三位译者都力图保存原文的诗行和格律。原文是八行，每行包含五个音步，十个音节。三种译文均译成八行，每行五个音组。从形式上看，三位译者都充分利用汉语自然停顿的特点，基本上以二字顿、三字顿来替换英诗中的音步，尽可能再现原文的格律。只有卞之琳译文中出现了两个四字顿“就隐去了”“也使不了”和林同济译文中出现了一个四字顿“也没本领”，但因为每个三字顿中都含有虚词如“了”“也”等，与三字顿在发音时差别不大，而且也正符合莎士

① [英]莎士比亚著，孙大雨译，《罕秣莱德》，上海：上海译文出版社，1991年，第10页。

② [英]莎士比亚著，林同济译，《丹麦王子哈姆雷的悲剧》，北京：中国戏剧出版社，1982年，第10页。

比亚素体诗中对五音步十音节的突破。

深入对比则可发现，三位译者的译文有着重要差异。卞之琳与孙大雨重在传达原文格律，恪守原文句式结构，而林同济则尝试使用韵脚散押法，重在再现原文节奏效果。他打破诗行组织结构，甚至调换原文顺序来创造汉语押韵效果。原文共八行，除第二、三行跨行成句外，其余六行均自成一句。孙大雨严格遵守原文结构，除第二、三行跨行外，其余六行均单独成句，行内的顺序也完全保留。卞之琳相对孙大雨要稍微灵活，他把原文第二、三、四行作为一个整体，在三行内跨行，行文顺序仍严格遵守原文，其余五行也单独成句，且行内顺序不变。

相较之下，林同济则要自由、灵活很多。他打破原文的诗行结构，从第二行到第六行进行跨行对应，使得译文上下连贯，有一气呵成之感。同时他调整原文内容的顺序，为的是适应汉语诗行的押韵效果。如文原文第五、六行中的诗句“no spirit can walk abroad; The nights are wholesome;”在译文第五行中变成“鬼魂不出游，夜色也澄清”。译者不仅将两行并作一行，构成对偶句，同时把鬼魂和夜色的描写顺序颠倒，目的是对应汉语对偶句的平仄规律。同样操作的还有原文第六、七行中诗句“then no planets strike, No fairy takes”在译文中也被译成一行“（没有）迷人的妖怪，没有喷毒的流星”，构成排比句式，译者同样调换了妖怪和流星的顺序，达到平仄对应。此外，最后一行的“多么圣洁，多么康宁”的排比结构有助于加强译文节奏感。

从整体来看，林同济在译文中押“eng”韵，几乎每行都有押韵词，如“腾”“声”“清”“星”“领”“宁”，但这些韵脚并不都在行尾，而是散在各行行中或行尾，即林同济所称的“韵脚散押法”。它的优点是给予译者更多自由发挥的空间，使译者不至于被尾韵所困，而同时押韵能增加译文的节奏感，加上跨行、对偶和排比句式的使用，使译文更接近原文“随机流动的”[①]波浪起落之感，在更大程度上再现原文强烈的节

① [英]莎士比亚著，林同济译，《丹麦王子哈姆雷的悲剧》，北京：中国戏剧出版社，1982年，例言第4页。

奏感。

由此可见，三位译者都尝试用诗体译莎，但从卞之琳到林同济，译者渐渐摆脱原文诗句组织结构的限制，白话诗体的运用更加娴熟、灵活。通过不断的实践思索，林同济发现汉语轻重音的微弱区别难以再现莎士比亚诗剧中抑扬格所产生的强烈节奏，他进而提出用押韵方式来再现英诗节奏。30多年后，辜正坤也深感"无韵诗"节奏很难用汉语来传达，他继承并发扬了林同济的主张，基于多元互补理论，提出适当押韵，用汉语韵律的声音之美弥补节奏之缺憾。他与林同济的不同在于：林同济以原著为中心，恪守原诗格律，力图再现原诗风貌。而辜正坤从中国文化出发，大胆打破无韵诗的每行五音步的格律，使译文更加灵活自由、表情达意更准确。正是一代代莎学家的努力，莎士比亚才在中国的大地上生生不息、魅力永存。

卞之琳和孙大雨两位译者的共同之处在于，他们本身都是诗人，而这是诗剧翻译译者的理想身份，梁实秋也承认以诗译诗的确比散文译诗理想，"这工作需要诗人去担任，因为诗人有他一套运用文字的本领"[①]。卞之琳和孙大雨诗体译诗剧的另一个特点是，他们不是为了翻译莎剧而用汉语的格律去生搬硬套英语的格律。他们是在寻找白话新诗格律的过程中，一个从外国诗歌中得到灵感，一个从中国旧诗格律中得到启发。在使用这种白话格律创作新诗之后，两人才将之运用到莎剧的翻译之中。因此，他们的译文虽然语言风格不同，但对格律、节奏及对原文诗意的传达是准确的、成功的，而这也是曹未风译文只是散文的分行，因而不被学界和图书市场所接受的缘由。

卞之琳、孙大雨和林同济在专业读者群中获得了较高的评价，而卞之琳译文因为使用通俗流畅的现代口语，在普通读者中的接受度更高。他的译文被节选进1962年上海文艺出版社和1979年上海译文出版社出版的周熙良主编《外国文学作品选》(近代部分上)，节选片段为：第一幕第二场，第二幕第二场，第三幕第一场、第四场，第四幕第五场，可

① 柯飞整理,《梁实秋谈翻译莎士比亚》,《外语教学与研究》,1988年第1期,第48页。

见学术界对其译文的认可。但总体而言，三种译本在普通读者群众的表现远不及朱生豪译本。事实上，到了新时期，朱生豪的译文仍然被普通读者广泛接受，但随着专业读者与非专业读者的分野越来越大，莎剧译者继续在诗体译莎的道路上探索前行，积累了20年之后，迎来了多个学术型新译本，《哈姆雷特》的汉译呈现了多元化趋势，下一章将给予专门论述。

第六章 《哈姆雷特》汉译的高潮期(1978年至今)

以1978年人民文学出版社出版的朱生豪译《莎士比亚全集》为标志，中国莎士比亚戏剧研究与翻译进入一个崭新的阶段。1984年，中国成立莎士比亚研究会，中国莎学跻身国际莎坛，成为其重要组成部分。1978年之前产生的莎剧诸多译本催生了莎剧和莎剧翻译研究的热潮，国内莎学界在2000年以前主要是以莎剧和莎剧翻译的研究为主。而研究的成果又催生了新的译本，2000年以后出现了莎剧翻译的高潮，此阶段出现了两个全集译本：2000年的方平译本和2015年的辜正坤译本，此外还出现三个《哈姆雷特》汉译单行本：2003年的北塔译本、2012年的王宏印译本和2013年的黄国彬译本。

概而言之，此阶段几种译本大体上呈现以下两种不同趋势：第一，《哈姆雷特》汉译呈现了高度学术化趋势，出现四个学术型译本。译者方平、王宏印、黄国彬和辜正坤均为莎学研究专家，他们对莎剧和莎剧翻译的研究均有独特之处，体现了国内莎剧翻译研究领域的最高水平。四个学术型译本以专业领域读者为翻译对象，均采用英汉对照方式，便于读者对照使用；包含大量注释，但注释的侧重点各有不同。一方面，王宏印和辜正坤在诗体翻译问题上均有所突破。随着莎学界对莎士比亚语言艺术认识的深入，两位译者都对现存诗体译本中译者对英诗格律的模仿持反对意见，他们以中国文化为中心，不再局限于原诗剧的格律形式，并从传统文学中寻找资源，会通英诗格律和节奏。王宏印主张放宽音步或音顿的限制，注重节奏感和音节轻重，从中国地方民歌中寻找灵感，努力再现原著的节奏效果；而辜正坤继承并超越林同济，同样借鉴中国古代词曲体，利用汉语韵律的音美弥补节奏的缺失，但他大胆打破英诗五音步格律要求，传情达意更自由灵活。另一方面，方平、黄国彬和辜正坤还努力再现原著舞台艺术价值。莎剧翻译从意似、神似、形似的追求，发展到对原著舞台效果的表达，主要通过注释和语言表达两个层面加以表现。第二，《哈姆雷特》汉译以学生群体为目标，北塔通俗型译本被推出，作为教育部规定的必读书目在学校推广。以青少年读者为翻译对象的译本采用简洁明了的口语，添加浅显易懂的注释，同时配以精美的插图。

第一节　《哈姆雷特》汉译的高度学术化

随着“文革”的结束、改革开放的到来、文化政策的放松，中国莎士比亚研究迎来了又一个春天，此阶段的莎士比亚研究和翻译呈现了高度的学术化趋势，出现了四个学术型译本。

一、专业读者的期待与需求

新时期莎学界的崛起标志之一就是中国莎学机构与团体的建立，形成了较稳定的莎学研究队伍。一方面，1984年12月4日，经过近4年的筹划，中国莎士比亚研究会成立，曹禺当选会长，中国莎士比亚研究会的成立具有里程碑意义，掀起了莎士比亚研究的热潮。2013年4月，中国外国文学学会莎士比亚研究分会在北京大学正式成立，会长是辜正坤。另一方面，莎士比亚教学与研究更趋学术化。这个时期几所重点大学，如北京大学、复旦大学、南京大学等外文系的莎士比亚教学与研究在更高的层次进行。首先，部分高等院校中文系开始招收莎士比亚戏剧专业的硕士研究生，对莎剧从各种角度、各个层面进行细致研究。其次，为文学专业的研究生开设“莎士比亚戏剧”课程，就某一具体课题进行深入探讨。复旦大学林同济教授建立中国第一个莎士比亚图书馆，极大地推动了莎士比亚研究的深入发展。最后，中央戏剧学院于1983年成立了莎士比亚中心，这是中国第一个莎士比亚学术研究机构。这些都有力地推动莎士比亚研究向更专业的方向发展。

四十年间，中国莎学研究取得了巨大进展。20世纪80年代的中国社会经过思想解放之后，进入多元文化态势。1985年3月，第一次全国文学批评方法讨论会召开，此后西方现当代各种文学批评方法被译介到国内，如原型批评、精神分析批评、文化—心理批评、形式分析、接受美学批评、阐释学批评等。因此，20世纪80年代见证了现实主义的强势回归，也历经了现代主义的萌芽和兴盛。而中国莎士比亚批评在这个时期逐渐形成了明确的理论意识，那“就是要形成具有中国特色、中国风格的莎士比亚批评”①，一个重要条件是“运用马克思主义观点对莎士比亚戏剧进行科学地研究”②。

20世纪90年代以后，西方的后现代文化理论从后现代、后结构、解构主义到后殖民理论等源源不断地译介到中国当代文化界。尤其是进入21世纪，中国学术界开始自觉运用这些理论对作家和作品进行解读分析。1978年至今，中国莎学研究者在各种学术刊物和大学学报上共发表莎士比亚研究和翻译论文约6100篇③，其中《哈姆雷特》研究论文1300多篇，《哈姆雷特》翻译研究论文70多篇。2000年以前的研究都属于传统文学批评模式，如对作品主题、创作技巧、戏剧冲突和结构、人物形象、悲剧成因等进行分析。从2000年开始，可以明显看到研究视角的扩大，20世纪90年代从西方引进的各种文学批评和语言学理论④被

① 孟宪强，《中国莎学简史》，长春：东北师范大学出版社，1994年，第253页。

② 孟宪强，《中国莎学简史》，长春：东北师范大学出版社，1994年，第254页。

③ 笔者在CNKI期刊数据库中检索主题词“莎士比亚”得到的数据，检索的截止日期为2019年3月30日。

④ 如弗洛伊德学说、解构主义、叙事学、隐喻、文体学、女性主义批评、新历史主义、认知学、应用关联理论等。

运用到《哈姆雷特》作品批评中，呈现了百家争鸣、百花齐放的景象。

而此阶段各类《外国文学史》也参与了莎士比亚及《哈姆雷特》中国形象的书写，它们呈现出了相似的特征。笔者考察了自1980年至2018年出版的各类《外国文学史》共32部，包括：1980年至1989年11部、1990年至1999年13部、2000年至2018年8部。此阶段不同时段的文学史对莎士比亚和《哈姆雷特》的书写构成莎士比亚在新时期中国形象流变的重要组成部分，这些书写有“不变”之处，也有“变化”之处。

首先是剧作家莎士比亚的形象问题。上文提到的32部《外国文学史》都肯定了莎士比亚的崇高地位，认为他是英国的伟大的戏剧家，“欧洲文艺复兴时期文学最杰出的代表”[①]，但对其身份的理解却有很大变化，1980年的文学史中，莎士比亚是先进的人文主义人物，同情“广大人民群众的被压迫、被损害的处境”[②]，他既鞭挞封建反动势力，又揭露新兴资本主义势力。到1985年，莎士比亚变成了一位“资产阶级人文主义作家”[③]，带有时代和阶级的局限性。20世纪90年代以后，《外国文学史》中只保留莎士比亚是人文主义者，不再提他的阶级性。

其次是《哈姆雷特》的作品主题。上文提到的32部《外国文学史》都肯定这是莎士比亚艺术成就的最高代表，大部分的《外国文学史》都开辟单节介绍《哈姆雷特》。而作品主题从早期的反映“新兴资产阶级人文主义者同日趋反动的封建王权代表人物的斗争”[④]，到“理想与现实的矛盾及理想的破灭”[⑤]。

再次是主角哈姆雷特的形象，2000年以前的《外国文学史》中多为赞誉哈姆雷特，认为他聪敏、热情、真诚、喜欢思考、反应敏捷、善于行动，进而学者开始发现他的内心性格弱点，做事犹豫不决，他喜欢思

① 朱维之、赵澧，《外国文学史》(欧美部分)，南开：南开大学出版社，1985年，第124页。

② 二十四所高等院校，《外国文学史》(第2册)，长春：吉林人民出版社，1982年，第54页。

③ 朱维之、赵澧，《外国文学史》(欧美部分)，南开：南开大学出版社，1985年，第141页。

④ 林亚光，《简明外国文学史》，重庆：重庆出版社，1983年，第153页。

⑤ 陈建华，《外国文学史新编》，北京：高等教育出版社，2013年，第65页。

考也变成了思虑过多。

最后是哈姆雷特问题的探讨。上文提到的32部《外国文学史》都从客观和主观两个层面分析哈姆雷特的悲剧成因。在客观上，早期的《外国文学史》认为是恶势力太大，晚近的《外国文学史》则归因于理想与现实矛盾的不可调和性。在主观上，2000年以前的《外国文学史》认为原因在于哈姆雷特作为人文主义者的阶级局限性，他找不到明确的斗争方向，不依靠群众力量，孤军奋战，因此注定是悲剧。2000年以后的《外国文学史》开始从哈姆雷特的性格上寻找原因，有的学者认为是他"思想中存在着的天堂和地狱的宗教观念、一切都是命中注定的宿命观念等"①，妨碍他采取果断行动。

"不变"的是，80年代以来的《外国文学史》都对莎士比亚及《哈姆雷特》进行了现实主义解读，每部《外国文学史》都从伊丽莎白一世统治时期的社会背景入手，探索莎士比亚及其作品的现实意义。只是早期的《外国文学史》编者会直接引用马克思恩格斯的莎学观点进行论证，后期只介绍莎士比亚的现实主义创作手法。"变"的是，2000年之前的《外国文学史》多采用"阶级斗争说"，认为莎士比亚是资产阶级的先进代表，作品反映的是两个阶级之间的斗争；从2000年以后，学界逐渐摆脱了"阶级斗争说"，转而从社会、文化层面解读作品，莎士比亚从一个阶级的代表上升到整个人类命运前途的代言人。《外国文学史》书写视角的转变与国内文学界和莎学界研究视角的变化基本呈现一致的面貌，但多数文学史并没有及时吸收学界的莎学研究新成果，不利于启发学生多维度地认识作家和作品。值得一提的是，2004年华中科技大学出版社出版的《外国文学史》(第二版)，在分析哈姆雷特角色时，简明扼要地介绍了学界的研究新成果：弗洛伊德心理分析角度、阐释学和哲学角度，这些都是有益的尝试。

同时，翻译学科的发展催生了新译本的诞生。2005年，本科翻译专业获得教育部批准设置，成为翻译学科建设发展的里程碑。新专业的成

① 张铁夫、王田葵,《外国文学史》(修订版),湘潭:湘潭大学出版社,2011年,第74页。

立面对的最主要问题就是教学资源，而名著名译是优秀的资源之一，莎士比亚戏剧作品无疑是名著中的首选。现有的莎士比亚译本对于普通读者了解和欣赏莎士比亚作品，提高文学修养是有帮助的，但对于需要提高“翻译水平和鉴赏能力”[①]的翻译专业的本科生来说，效果不大。在这种背景下，外语教学与研究出版社推出了“翻译专业名著名译研读本”，王宏印译本就是系列之一。

莎士比亚教学与研究在四十年里所取得的巨大成果、专业读者的大量涌现、翻译专业教学对名著专业译本的需求催生了新时期莎剧翻译的高潮。

二、译者的“专业人士”身份

此阶段出现的四个学术型译本的译者都是专业人士，集翻译家与莎学家于一身。作为国内重点大学教授，他们既担任“莎士比亚戏剧”课程教学，又承担莎剧研究工作，同时他们对翻译理论与实践都有深入研究。

方平曾任中国莎士比亚研究会会长，上海师范大学教授，北京大学、青岛大学客座教授，2001年获香港翻译学会荣誉会士，曾出版诗集《随风而去》及诸多诗歌译作。他从20世纪50年代开始发表莎士比亚评介文章，翻译莎士比亚作品。1983年出版的莎士比亚研究专著《和莎士比亚交个朋友吧》，收录了1979年至1981年撰写的莎评文章共17篇。此后，方平又陆续发表莎评论文近80篇，内容涉及莎士比亚的喜剧、社会问题剧及莎士比亚戏剧的翻译等。

王宏印是南开大学外国语学院教授，博士生导师，翻译研究中心主任，同时又是中国文化典籍翻译研究会会长。他是一个翻译理论家，其著作《中国传统译论经典诠释》在翻译界有很大影响，与另一本翻译批

① [英]莎士比亚著，王宏印译，《哈姆雷特：英汉对照》，上海：上海外语教育出版社，2012年，出版前言，第i页。

评专著《文学翻译批评论稿》同时被选作词条收入《中国译学大辞典》。他也是一位诗歌翻译家，在英译汉方面，著有《英语诗歌选译》《迪金森诗歌精译200首》等，在汉译英方面，有毛泽东诗词的英译和《穆旦诗英译与解析》等专著，同时他还翻译陕北民歌，并致力于中国文化典籍的外译，著有《中国文化典籍英译》等。

黄国彬是多伦多大学东亚学系博士毕业，现任香港中文大学翻译系研究教授，2011年获选香港人文学院院士。他是一个诗人，已出版诗集12部、诗选集1部；他也是学者，出版了文学评论集8部、翻译评论集2部；同时他又是诗歌翻译家，翻译了但丁的《神曲》、中诗英译1部、中英双语诗选（合著、合译）1部。黄国彬与莎剧结缘46年，中学时开始接触莎剧，后求学于堪称“远东英国文学的少林寺”的香港大学英文系。毕业后教莎剧，2006年，在香港中文大学翻译系以《哈姆雷特》为教材讲授戏剧翻译。家中书架上有《莎士比亚全集》原著的诸多版本，除英文原著外，还有法语、意大利语、德语及西班牙语译本。他自谦不是莎学家，但从译本中各类注释中可见他在莎学领域的造诣不浅。黄国彬决定译《哈姆雷特》是源于对莎士比亚深深的爱，“我更是个莎迷，而且对莎翁着迷的程度比我对但、米着迷的程度深”①。对原作者的爱加上他在翻译和莎学领域的学术成就使得黄国彬成为莎士比亚戏剧的最佳译者，其译本具有的学术价值不言而喻。

辜正坤是北京大学外国语学院世界文学研究所所长，中国外国文学学会莎士比亚研究分会会长，主要研究方向是莎士比亚，以博士论文《哈姆雷特延宕难题研究》获得改革开放以来第一个莎士比亚研究方向的博士学位。1990年，留母校北京大学任教，担任“莎士比亚研究”课程教学，著有《莎士比亚研究》，同时他又是翻译研究专家，对中西诗有深入研究，著有《中西诗比较鉴赏与翻译理论》。他也从事汉译英的实践，著有《老子道德经：汉英对照》《毛泽东诗词：英汉对照韵译》，

①［英］莎士比亚著，黄国彬译注，《解读〈哈姆雷特〉——莎士比亚原著汉译及详注》（上），北京：清华大学出版社，2013年，第12页。

获得了学术界的认可。

由此可见，此阶段四个学术型译本的译者均为专业人士，他们既是翻译理论研究专家，也从事诗歌英汉互译实践，同时又是莎士比亚研究领域的学者。出版商选择这四位译者来翻译，可见此阶段对经院型专家权威地位的认可。

三、以中通西：学术型译本对诗体译莎的创新

四个学术型译本都在学术界内流传，是莎学研究者、翻译领域学者、翻译专业学生阅读和研究的对象。四种译本都显示出很高的学术含量，既有共性，又各有特色，都在前一阶段诗体译莎的方法上继续探索，力求突破。2010年以后的三位译者以中国文化为中心，不约而同地从中国传统文学中寻找资源：王宏印选择从中国民歌中吸取营养，黄国彬译文中有大量古代宫廷称谓语，辜正坤则选择了古代词曲体。

新时期四位学术型译者中，方平对诗体译莎的突破相对较小，他在译文中尽量保持原文结构，采用汉语的二字顿和三字顿代替英诗音步，每行五个音组，这与他的译莎主张有关。他认为：

> 越是经典名著，它的艺术形式越是应该受到尊重。尤其是戏剧，属于时间艺术，词序和句列，很有讲究，在翻译过程中不必要地给移位了（变动了艺术形式），原来的语气往往因之而变形了。①

方平认为，艺术形式对一部经典作品而言非常重要，他批判过去把形式仅仅看成内容的载体的做法，认为朱生豪为求译文“通晓顺畅”所付出的代价是牺牲原文结构。换句话说，他认为不顾原文结构的做法是

① 方平，《新的认识和追求——谈〈新莎士比亚全集〉的翻译思想》，汪义群主编，《英美文学研究论丛》（第二辑），上海：上海外语教育出版社，2001年，第343页。

不妥的。因此，他在译文中尽量保存原文词序和句列。但是细读方平译本后会发现，方平译本并没有恪守原文句式结构，与前一阶段诗体译本相比，他的译文更加灵活，他不仅跨行，还打破原文的行数。下文仍以第一幕第二场的片段为例，先王鬼魂出现后，听到鸡叫声就消失了，何瑞修与马塞勒斯有一段关于鬼魂怕鸡叫声的讨论：

Marcellus: It faded on the crowing of the cock.
Some say that ever 'gainst that season comes
Wherein our Saviour's birth is celebrated,
The bird of dawning singeth all night long;
And then, they say, no spirit can walk abroad;
The nights are wholesome; then no planets strike,
No fairy takes, nor witch hath power to charm,
So hallow'd and so gracious is the time.①

方平译文：

玛塞勒斯：公鸡/一啼叫，/那幽灵/就此/消逝了。/
有人说，/年年/在庆祝/圣诞的/节日/
将要/降临的/前几天，/这司晨/的家禽，/
就彻夜/啼叫，/据说，/那些个/阴魂；/
就此给/吓得/不敢/闯入到/人世；/
那时候，/黑夜/报平安，/当空的/星辰，/
不带来/无妄/之灾，/小仙子/不作祟，/
妖巫的/符咒/失了灵，/那大好的/时光/
真是/一派/祥和，/充满了/圣洁。/②

对比原文可以发现，方平除了第一、二行保留了原文的句式，从第三行起，他开始跨行翻译，或挪至上行，或拖至下行。比如，原文第五

① [英]莎士比亚著，梁实秋译，《莎士比亚全集·32·哈姆雷特》，北京：中国广播电视出版社，2001年，第28页。

② [英]莎士比亚著，方平译，《哈姆莱特》，上海：上海译文出版社，2016年，第15页。

行“And then, they say, no spirit can walk abroad;”独立成句，方平将此行拆成两行，前半部分提前至第四行中，后半部分单独成一行。原文第六行“The nights are wholesome; then no planets strike,”描写了两个现象“夜气”和“星宿”，方平把对星宿的描写拆成两部分，把后半部分拖至第七行，接下来的两行顺次往下拖，最终的结果是原文的八行变成了译文的九行。但他的确保留了原文的五音步双音节的格律形式和每行的词序。相较而言，2010年以后的译者突破性更大。

王宏印在“译者序言”中分析了莎士比亚戏剧的永恒魅力在于作品里表现的“作者对人类的存在状态和人类命运的终极关怀”①，而《哈姆雷特》的最大魅力在于主人公哈姆雷特关于人的存在问题的思考，“激励着每一代观众去思考生命的意义，感受人生的艰难”②。王宏印还谈到《哈姆雷特》翻译的几个问题：一是莎剧翻译是为大多数读者阅读提供剧本，还是为剧团演出提供脚本的问题，以及两者的区别，王宏印认为更多的是为阅读而翻译。二是关于诗体翻译还是散文翻译的问题。译者分析了卞之琳译本中存在的问题，认为以诗的形式翻译莎剧，意义不大，主张放宽对音步或音顿的限制，适当控制句子的转行，达到匀称、美观、自然即可。可以说，这一阶段的莎剧翻译是对现存译本在诗体问题上存在的问题所做出的有针对性的思考，王宏印试图重新回归汉语语言，发挥汉语的优势。但对于如何发挥上，王宏印没有给出具体的办法，明确提出方法的是辜正坤。

辜正坤译本中对诗剧翻译的理解具有突破性意义。上一阶段，卞之琳和孙大雨努力在白话文中寻找与莎剧中五步抑扬格无韵诗的格律对等的表现手法，孙大雨用“音组”，卞之琳用“顿”代替英语中的音步。与他们不同，辜正坤承认原著和译本的语言载体不同，各自所产生的

① [英]莎士比亚著，王宏印译，《哈姆雷特：英汉对照》，上海：上海外语教育出版社，2012年，译者序言第iii页。

② [英]莎士比亚著，王宏印译，《哈姆雷特：英汉对照》，上海：上海外语教育出版社，2012年，译者序言第v页。

“语言艺术规则和效果也就各有各的特点，大多不可同样复制、照搬”[①]。因此，他认为译作的最高目标是“尽可能在译入语的语言艺术领域达到程度大致相似的语言艺术效果。这种大致相似的艺术效果程度可叫作‘最佳相似度’”[②]。辜正坤认为已有的诗剧译本虽然对大规模诗体翻译的尝试难能可贵，但是“离真正的诗体尚有距离”[③]。他认为原因在于前有译本都是用白话诗体来翻译，而白话与诗是有本质区别的。诗是话的升华，因此，白话诗不是最好的诗，而只是低层次的、初级的诗。这就是为什么读者认为有些诗体是“怪腔怪调的莎打油”[④]。

辜正坤认为，所谓诗性就是格律性，格律是附着在语言之上的，因此不可复制或模仿，但是可以“利用汉语的语音审美特点来营造莎士比亚诗歌的汉译语音审美效果”[⑤]。在具体诗剧翻译的实践中，主要是处理好节奏、韵律和措辞等三个问题。辜正坤从中国古代词曲体中借鉴元素。元明戏曲采用的就是长短错杂、众体皆备的词曲体，因为词的形式涵盖了从一言到十多言的长短句式，“利于表达变化莫测的情、事、理”[⑥]。而原著的节奏美则通过汉语韵律的音美来弥补。

辜正坤与林同济一样，从中国传统曲词体中寻找灵感，他超越林同济的地方在于：林同济以引进西方诗剧形式为目的，在形式上严格遵守莎剧素体诗的每行五音步格律，而辜正坤则以中国文学为中心，大胆打破无韵诗的每行五音步的格律形式，使译文更加灵活自由、表情达意更准确。至于措辞，则使用既不像白话文那样通俗，也不像文言文那么聱

① [英]莎士比亚著，辜正坤译，《哈姆雷特》，北京：外语教学与研究出版社，2015年，重译集序第viii页。

② [英]莎士比亚著，辜正坤译，《哈姆雷特》，北京：外语教学与研究出版社，2015年，重译集序第viii页。

③ [英]莎士比亚著，辜正坤译，《哈姆雷特》，北京：外语教学与研究出版社，2015年，重译集序第v页。

④ 段自力，《朱生豪莎剧翻译经典化研究》，杭州：浙江大学出版社，2015年，第40页。

⑤ [英]莎士比亚著，辜正坤译，《哈姆雷特》，北京：外语教学与研究出版社，2015年，重译集序第x页。

⑥ [英]莎士比亚著，辜正坤译，《哈姆雷特》，北京：外语教学与研究出版社，2015年，重译集序第xi页。

牙的中间语言，趋近典雅、但普通读者也能读懂。而在上一阶段，顾绶昌明确提出要使用接近于读者日常生活的语言来翻译。辜正坤的这种尝试跳出了此前诗体译者试图在汉语中寻找英诗格律与节奏的对等物的惯性思维，根据英汉语言的不同特色，通过多元互补的方式，试图通过汉语自身的韵律节奏创造出与原著相似的诗体美感，这无疑是有突破性意义的。

这种翻译策略的选择与2010年以来“文化自信”的提出，国家倡导传统文化的大背景不无关系。译者立足中国文化，不固守原文形式结构，利用中国传统文学资源，会通英诗格律和节奏，重在传达原著的艺术效果。除了诗体译莎的创新之外，四种译本还体现了译者们很高的学术水平，其中黄国彬译本特点鲜明，本书设专节从两个层面重点分析黄国彬译本的“厚译”特点。

第二节　黄国彬《哈姆雷特》译本“厚译”研究

黄国彬是典型的学者型译者，其译本体现出很高的学术含量。他采用“厚译”策略，在译本中大量增加知识性信息，为的是保证思想的正确性及目的语读者阅读的流畅性；同时，作为主流文化中的学者，“在选择和引进学术空白上有着相当的发言权”[①]，他在翻译中大量增加研究性信息，借以赢得大众的认可，并进而促进他们在该领域的深入研究。填补空白是黄国彬选择翻译《哈姆雷特》的目标之一。他有感于英语世界权威的莎剧版本极多，且这些权威版本注释详尽，探究深广，心生羡慕之情，决定也要为汉语世界提供这样一个版本，“汉语世界的读

① 周领顺、强卉，《“厚译”究竟有多厚？——西方翻译理论批评与反思之一》，《外语与外语教学》，2016年第6期，第108页。

者提供较详尽的资料”[①]，以供莎士比亚学者、翻译者、翻译研究者、比较文学学者继续研究之便。

黄国彬译文的“厚译”策略体现在两个操作层面：一是文本层面，包括根据上下文翻译、使用黑体字、音译、标注音等；二是结构操作，即副文本层面，包括将文本置于历史语境中以确定语意的根基和层次、文本开头加注提供作者的生平资讯、使用索引和章节附注进行解释、以及撰写前言及其他文章介绍翻译项目的整体设计。[②]

一、文本层面的“厚译”研究

在文本层面，黄国彬采用的“厚译”策略主要有：文内隐性注释加脚注、综合法等。文内隐性注释即根据上下文在文内直接译出原文暗含但没有明确表达的意思。而外加的脚注中，黄国彬详细解释了原文的字面意义和引申意义，原文表达的精妙之处。通过这些方法，黄国彬尽可能保留原文意象，真实地传递源语文化，同时也兼顾译语表达习惯，适宜演出。详细的注解则源于黄国彬希望此译本有助于对相关领域的研究者有所助益，或供因读了此译本而对莎剧感兴趣的普通读者进一步学习了解莎剧参考。综合法是黄国彬常用的另一种策略。他综合使用“意象保留+释译+注释”的方法。试看第一幕第一场中守卫巴纳多和哈姆雷特好友贺雷修之间的对话（为更好说明黄国彬译本特色，此处将对比梁实秋与朱生豪译本）：

Bernardo: Sit down awhile,

And let us once again assail your ears,

That are so fortified against our story,

---

① ［英］莎士比亚著，黄国彬译注，《解读〈哈姆雷特〉——莎士比亚原著汉译及详注》（上），北京：清华大学出版社，2013年，第15页。

② 张佩瑶，《从“软实力”的角度自我剖析〈中国翻译话语英译选集（上册）：从最早期到佛典翻译〉的选、译、评、注》，《中国翻译》，2007年第6期，第36—41页。

What we two nights have seen.

Horatio: Well, sit we down,

And let us hear Bernardo speak of this. [①]

朱生豪译本：

勃那多：先请坐下；虽然你一定不肯相信我们的故事，我们还是要把我们这两夜来所看见的情形再向你絮叨一遍。

霍拉旭：好，我们坐下来，听听勃那多怎么说。[②]

梁实秋译本：

百：坐一会吧；你不信我们接连两夜看见的故事，让我们再说一遍给你听吧。

何：好，我们坐下来，我们听百那都说说这件事。[③]

黄国彬译本：

巴纳多：先坐下来。

你的耳朵是一座城堡，不相信

我们所讲；那我们再进攻一次，

说一说两个晚上所见。

贺雷修：好哇，我们

就坐下来，听巴纳多说说吧。[④]

在这一场中，巴纳多和另一名守卫马瑟勒看见哈姆雷特老王的鬼魂出现，告诉了哈姆雷特的好友贺雷修；贺雷修不信，巴纳多便说了这段话。原文中有两个非常重要的意象“assail your ears”和“fortified against our story”。“fortify”的意思是“to build towers, walls etc around an area or

① [英]莎士比亚著，梁实秋译，《莎士比亚全集·32·哈姆雷特》，北京：中国广播电视出版社，2001年，第18页。

② [英]莎士比亚著，朱生豪译，《哈姆莱特》，《莎士比亚全集》（第5卷）北京：人民文学出版社，1994年，第284页。

③ [英]莎士比亚著，梁实秋译，《莎士比亚全集·32·哈姆雷特》，北京：中国广播电视出版社，2001年，第19页。

④ [英]莎士比亚著，黄国彬译注，《解读〈哈姆雷特〉——莎士比亚原著汉译及详注》（上），北京：清华大学出版社，2013年，第155页。

city to defend it”，指建塔楼或高墙来防护一个地区或城市，即筑堡垒。而“assail”为“to attack someone or something violently”。原文如果硬译，应该是“让我们来再一次攻击你们那双对我们的故事筑起堡垒的耳朵吧”。莎士比亚用堡垒意象来强调贺雷修坚决不相信鬼魂出现一事，这与当时的场景、老王新死、全国肃穆紧张的氛围是融为一体的，表达出巴纳多急于说服贺雷修的迫切心情，也符合巴纳多作为士兵的身份，语言生动形象。梁实秋和朱生豪译本都采用了释意法，即解释了原文的含义，朱生豪译“你一定不肯相信”对原文意义的传达更为准确。但是两位译者都牺牲了原文的意象。黄国彬译本在面对“保留原文具体而鲜明的意象”还是“保留汉语对白的自然”这种“水火般的抉择”前，采用了“既注重意象，同时也设法兼顾演出效果”的方法。译文将原文中的动词“fortified”转化成名词“堡垒”，同时在句式上也作出改变。原文是复合句，“that”引导的从句作“ears”的定语，译文将其转化为一个由三个单句构成的组句：“你的耳朵……”，“（你）不相信……”，“那我们……”。这样的转换十分直观地展现了从英文“形合”到中文“意合”的转变，而译文简洁明快、上下文逻辑关系清楚，演员念起来朗朗上口，观众理解起来也非常轻松。由此既大致保留了意象，也避免让观众听力觉得突兀，保证了舞台演出效果。同时，黄国彬又在脚注中添加注释，对此意象进行解释说明。

二、副文本层面的“厚译”研究

副文本层面的“厚译”，是译者“厚译”策略的直观展示，主要体现在译者序和译者注中。黄国彬译本是汉语世界迄今为止最详尽的译注本，译本不仅厚：全书600多页，分上、下册，是所有《哈姆雷特》汉译本中最厚的；而且很“厚”，包含大量注释。黄国彬自述正文篇幅和注释篇幅大约是1∶3，注释字体比正文字体小，如果篇幅指的是版面大小，那么译本正文字数与注释字数之比可能是1∶4了[①]，这样的译注在莎剧译介中首屈一指，开了先河。除注释外，黄国彬译本还有“译本序言”17页和“译本前言”117页，后者确相当于一本小书了。

译者序言是译者思想最直接的表露。序言和前言，或评判原作，或分析史实，或解释翻译选择，为读者提供超越文本的历史文学语言背景。黄国彬译本的序言更像是一个针对译者的专访，他用轻松幽默的笔调回答了下面五个问题：

（1）莎士比亚研究在世界文学研究中的地位如何？

（2）《哈姆雷特》国内已经有诸多汉译本，您选择复译该剧的原因是什么？您想达到什么目标？

（3）对初涉莎剧的读者阅读您的译本，您有何建议？

（4）《哈姆雷特》翻译难度很大，您为什么会选择翻译它？

（5）您是如何与莎士比亚戏剧结缘的？

黄国彬对以上五个问题的回答对研究者了解译者的翻译动机、采取的翻译策略及翻译过程有重要作用。译者首先用详细的数据梳理，论证了莎士比亚研究在世界文学研究中的重要地位，这有利于调动读者阅读积极性，同时为读者的阅读行为做好准备。针对不同类型文本，读者的阅读期待不同，面对这样一部经典之作，读者需要调动更多情感和知识上的储备。数不胜数的莎士比亚研究专著则表明原著的丰富性和复杂性，也为黄国彬采用的“厚译”策略提供了可能性。

长达117页的“译本前言”则称得上是莎士比亚研究的综论兼专论。内容大致可以分为两类：第一类是对与莎剧相关的知识性介绍，第二类则是有关《哈姆雷特》翻译的介绍。第一类内容包括：《哈姆雷特》创作年份、《哈姆雷特》的不同版本及其差异、《哈姆雷特》一剧的影响、剧名的由来、历代评论家数百年来对《哈姆雷特》的评价（包括正面和负面）、历代评论家对哈姆雷特的评价、《哈姆雷特》一剧的著名演员及

① 黄维樑，《在黄国彬译海上奇幻漂流：黄译〈哈姆雷特〉漫读后记》，《东方翻译》，2013年第2期，第62页。

其演出。第二类内容包括莎士比亚剧作在欧洲各国的译介情况和译者对《哈姆雷特》的译介情况。对于后者，黄国彬重点探讨《哈姆雷特》剧名汉译、《哈姆雷特》剧中人物名字的汉译以及译者翻译该剧时面临的两大挑战：双关语和意象语。这些内容显然不能插入文本之中，但它们将源语文本置于更深、更广的社会历史文化语境之中，为读者提供了大量丰富的背景资源，有利于读者更深入地理解进而欣赏原著和源语文化。黄国彬在“译本前言”中引用了大量的数据，并辅以佐证，对于版本学、文学、文化学等相关学科的研究都有参考意义。所有这些使得黄国彬译本成为“厚译”策略的典范。

黄国彬译本最突出的特点是丰富多样的注释，全文采用脚注形式，有2800多条。注释内容涉及译者序言、译者前言和译文，语言风格多变，时而幽默风趣，时而简洁凝练。数目如此之巨，包含内容之丰富，如笼统概述，无法反映其价值，也辜负译者付出的十年心血。注释大致可分为两类：知识性注释和研究性注释。知识性注释包括解释性注释和指示性注释；研究性注释包括论争型注释和阐释翻译型注释。

（1）解释性注释一是着重语言层面的“增译”，二是着重文化层面的“加注”，两者相辅相成。黄国彬译本中用了5页的篇幅介绍《哈姆雷特》的人物表，脚注共计23个。译者在注释中详细介绍每一个姓名的来源、各版本中出现的不同的拼写、英文世界对某些姓名对应的人物角色的分析，有利于普通读者在进入正式阅读前对剧中人物有基本的把握，也有助于研究性读者开展后续研究，比如分析剧中人物性格等。比如：

Marcellus: Horatio says 'tis but our fantasy,
And will not let belief take hold of him
Touching this dreaded sight twice seen of us:
Therefore I have entreated him along
With us to watch the minutes of this night;
That if again this apparition came,

He may approve our eyes and speak to it.

Horatio: Tush, tush! ’twill not appear. ①

黄国彬译文：

马瑟勒：贺雷修说，那只是我们的幻觉。

他就是不相信有这么回事，

虽然我们见了两次——吓死人了！

我请他一起来，就是这个缘故，

好让他跟我们一起值班守夜。

要是那东西再出现，贺雷修就可以

跟它说话，证明我们没看错。

贺雷修：哈哈，不会出现的。②

黄国彬在译文中给“跟它说话”加了一条注释，如下：

〔27〕跟它说话：原文“speak to it.”剧中角色假设，鬼魂想跟人说话而不能，因为当时的人相信，鬼魂自己不能先开口，必须等人向它说话，然后才回应。跟鬼魂说话的，必须是饱学之士，因为万一鬼魂作恶，饱学之士就可以用拉丁语把它赶走。莎士比亚时代的人相信，驱鬼必须用拉丁语。不过在演出时，演员可以用英语，因为观众不一定懂拉丁语。参看Jenkins（424–25）详注；Hibbard，146（42行脚注）；Spencer，207–208（42行脚注）。③

普通读者读到此处，可能不太理解为什么两个守卫巴纳多和马瑟勒

① [英]莎士比亚著，梁实秋译，《莎士比亚全集·32·哈姆雷特》，北京：中国广播电视出版社，2001年，第18页。

② [英]莎士比亚著，黄国彬译注，《解读〈哈姆雷特〉——莎士比亚原著汉译及详注》（上），北京：清华大学出版社，2013年，第154—155页。

③ [英]莎士比亚著，黄国彬译注，《解读〈哈姆雷特〉——莎士比亚原著汉译及详注》（上），北京：清华大学出版社，2013年，第155页。

自己不跟鬼魂说话，而要请贺雷修一起来，让贺雷修跟鬼魂说话。译者在注释中清楚交代必须饱学之士才敢跟鬼魂说话。巴纳多和马瑟勒只是普通士兵，不可能是饱学之士，精通拉丁语；而贺雷修是哈姆雷特的同学和朋友，一起在威腾堡（Wittenberg）学哲学，精通拉丁语，因此译者在注释中将原文置于历史、文化、及语言的丰厚语境中，通过详细解释介绍原文写作时代的背景知识，为读者扫除文化和时代隔阂带来的阅读障碍。

在黄国彬译本中，除了对译文内容涉及的语言和文化作解释，还包括相关概念的解释介绍，这主要出现在“译本前言”中。如译者介绍德国译者博尔格没有使用原文的抑扬五步格，而是亚历山大格式①。译者在注释中介绍了何谓亚历山大格，即英雄体。又如黄国彬译本第114、118和120页中，译者详尽地介绍了“能指”和“所指”，“派生词”和“譬喻”的修辞方法。此类注释涵盖了文学、修辞学、语言学等学科领域的知识，这些背景知识既扩充了读者的知识储备，从而加深对原文的理解能力，又免读者查阅资料之苦，可见译者的良苦用心。

有些解释性注释与《哈姆雷特》已经毫不相干，是黄国彬在学者身份下意识状态不自觉的表现。如，黄国彬在“译本前言”中讨论《哈姆雷特》在历史中出现的不同版本时，认为最早期的译本处于探索阶段，其后，能者渐多，翻译的水平就会提高。为了论证自己并没有“后必胜前”的意思，引用了霍克思对杜甫诗歌的出色翻译和自己对此的研究，来说明杰出的译者可以“一洗万古凡马空”。由此可见黄国彬渊博的学识和释必有证的严谨学术态度。

（2）指示性注释即指向先前已经出现或已作过注释的注释。此类注释在黄国彬译本中出现很多，如“译本前言”的第51条注释“有关20

①［英］莎士比亚著，黄国彬译注，《解读〈哈姆雷特〉——莎士比亚原著汉译及详注》（上），北京：清华大学出版社，2013年，第108页。

世纪90年代莎士比亚研究的情形，译本序言已有颇详细的交代”[①]。译本中还有标明所引出处的注释，如“译本前言”的第37条注释“这两句出自韩愈，《韩昌黎集》（二古诗，49）的《调张籍》，嘲讽‘谤伤’李白和杜甫的‘群儿’”[②]。此类注释大多具有指示功能，反映黄国彬严谨的治学态度，此处不多讨论。

研究性注释是黄国彬译本的独到之处。黄国彬旁征博引、博采众言，做到言之有理、言之有据。他将原文放到英文语境中考察，在注释中参考了西方莎剧出版界最权威的一些版本。莎士比亚剧本中几乎每一行、每一个字都有学者研究过，甚至撰写长文和专著深入探讨过、辩论过。因此，黄国彬充分利用了这些研究成果，这对汉语读者了解真正的莎剧，避免误读，无疑是有重要价值的。同时如果发觉某一论点迄今仍众说纷纭时，他会“加入讨论圈子，提出自己的看法”[③]。这一类注释即为“论争型注释”。比如“译本前言”中，黄国彬在梳理历代论者对《哈姆雷特》的评价时谈到美国诗人兼评论家艾略特对《哈姆雷特》先抑后扬的评价，并在第73条注释中用81行的篇幅详尽介绍了艾略特这种大贬后大褒巨变态度的来龙去脉，结尾处给出了自己的研究评价：

> 笔者1969年初读艾略特“Milton I”一文，已经不赞成这位大批评家的看法，觉得作者对米尔顿有极严重的偏见；然后看他的‘Milton II’，马上觉得，艾略特当时（1947年）已经是大师，改口不易，只好避重就轻，以高度技巧修订昔日错误的论点；不过，笔者当时倒不觉得艾略特“狡猾”（“feline”）——现在也没有

① [英]莎士比亚著，黄国彬译注，《解读〈哈姆雷特〉——莎士比亚原著汉译及详注》(上)，北京：清华大学出版社，2013年，第49页。

② [英]莎士比亚著，黄国彬译注，《解读〈哈姆雷特〉——莎士比亚原著汉译及详注》(上)，北京：清华大学出版社，2013年，第45页。

③ [英]莎士比亚著，黄国彬译注，《解读〈哈姆雷特〉——莎士比亚原著汉译及详注》(上)，北京：清华大学出版社，2013年，第15页。

这种感觉。①

在对待《哈姆雷特》的评价上，黄国彬说“笔者不能与年轻时期的艾略特‘达成共识’，对艾略特却没有半点反感。”他为汉语读者呈现了英语世界对原文正反两方面的评价，为那些想深入探究原作、进一步透彻理解原作的读者和研究者提供了详尽的参考，也反映了他冷静、客观、公允的学术风范。

论争型注释在译文中频频出现，如第一幕第二场中哈姆雷特在回国奔丧后首次与贺雷修在丹麦城堡中相见。

Horatio: Hail to your lordship!

Hamlet: I am glad to see you well:

Horatio, or I do forget myself.

Horatio: The same, my lord, and your poor servant ever.

Hamlet: Sir, my good friend; I'll change that name with you. ②

黄国彬译文：

贺雷修：殿下好！

哈姆雷特：你们都无恙，我也高兴——

咦，失敬了，原来是贺雷修。

贺雷修：一切如旧，永远是殿下的仆人。

哈姆雷特：欸，老朋友哇，我们以朋友相称吧。③

黄国彬在译文中给“欸……想称吧”加了一条注释，如下：

---

①［英］莎士比亚著，黄国彬译注，《解读〈哈姆雷特〉——莎士比亚原著汉译及详注》(上)，北京：清华大学出版社，2013年，第76页。

②［英］莎士比亚著，梁实秋译，《莎士比亚全集·32·哈姆雷特》，北京：中国广播电视出版社，2001年，第38、40页。

③［英］莎士比亚著，黄国彬译注，《解读〈哈姆雷特〉——莎士比亚原著汉译及详注》(上)，北京：清华大学出版社，2013年，第189—190页。

〔95〕敛……想称吧：原文"Sir, my good friend; I' ll change that name with you."有不同的解释。Spencer（225）这样解释"I' ll change that name with you"："I will be your servant, instead of your being mine"。Jenkins（190）这样解释"change that name"："exchange the name of 'servant', i. e., I am your servant. Alternatively the name is that of 'friend', i.e., Friend (not servant) is what we will call one another." Hibbard（164）的解释与Jenkins的解释相同："exchange that name 'servant', or possibly, that name 'friend'"。Wilson（152）的解释，兼顾了两种意义："No talk of 'servant'! the only name between us is 'friend'." 大意是：别说什么仆人了；我们之间就以朋友互相称呼吧。Wilson认为，原文的"that"是重点所在。译文以Wilson的解释为准。①

如前所述，莎士比亚的剧作充满了暗示性和无限解读空间，每句话乃至每个字都有学者探讨过。对关键字句或者有争议的句子，黄国彬能够博采众言，为读者提供原文在原文世界里丰富的多层含义，展现了原文的丰富性和复杂性，让普通源语读者受益，也对相关研究者有参考价值。

阐释翻译型注释指的是译者在注释中解释采用的翻译策略、自己的翻译选择等信息。这类注释在译文中出现的频率很高。如第一幕第一场中守卫法兰斯科与马瑟勒和贺雷修之间的对话：

Francisco: I think I hear them. Stand, ho! Who's there?

Enter Horatio and Marcellllus

Horatio: Friends to this ground.

Marcellus: And liegemen to the Dane.

① [英]莎士比亚著，黄国彬译注，《解读〈哈姆雷特〉——莎士比亚原著汉译及详注》(上)，北京：清华大学出版社，2013年，第190页。

Francisco: Give you good-night.

Marcellus: O! farewell, honest soldier:[①]

黄国彬译文：

法兰斯科：好像是他们的声音。

贺雷修与马瑟勒上。

嘿，别动。是谁？

贺雷修：这土地的朋友。

马瑟勒：也是丹麦王的臣民。

法兰斯科：上帝给你晚安。

马瑟勒：再见了，好卫士。[②]

黄国彬在译文中给“上帝给你晚安”加了一条注释，如下：〔17〕

上帝给你晚安：原文“Give you good night.”“give” = “（may）God give”（Jenkins，166）；“ ‘May God give you（i.e. I wish you）a good（quiet）night.’ ”（Thompson and Taylor, 149）。莎士比亚在原文不用“Good night.”而用“（may）God give you good night.”因为法兰斯科见过鬼魂，忐忑不安（7行），自然会想到上帝。在中国，是‘人穷呼天’；在西方，是“人恐呼神”——至少是“人恐思神”。这一言外之意要在汉译中表达出来。此外，Thompson and Taylor 的解释在“good night”之前加不定冠词“a”，并且把“good”解作“quiet”，都证明“God give you good night.”与一般的道别公式“Good night”有别；因此这里不译为常见的“晚安”“祝你晚安”或“再见”。

① [英]莎士比亚著，梁实秋译，《莎士比亚全集·32·哈姆雷特》，北京：中国广播电视出版社，2001年，第16、18页。

② [英]莎士比亚著，黄国彬译注，《解读〈哈姆雷特〉——莎士比亚原著汉译及详注》(上)，北京：清华大学出版社，2013年，第151—152页。

也就是说，在这里要用向心翻译，不用离心翻译。“向心翻译”和“离心翻译”是译者提出的两种翻译现象，包含的范围比一般所谓的“意译—直译”、“以译入语（又称‘目标语’）为本”—“以译出语（又称‘源语’）为本”、“归化（domestication）—异化”等概念广，而且没有“domestication”在政治上的隐含意义或言外之意，也没有“意译—直译”那么含糊或（有时）给人二分法的联想。……莎士比亚用“Give you good night.”而不用“Good night.”，也能产生俄国形式主义（Russian Formalism）所谓的“陌生化”（defamiliarization）效果。①

在这段注释中，黄国彬首先回到原文所在的历史文化语境，分析原文在英语权威注释本中的含义，然后类比中国人呼叫“天”的情景，推断出原文的言外之意，即恐惧时对“神”的依赖，从而认为原文与常识中的“道别”不同。黄国彬继而介绍了自己所采用的翻译方法，即“向心翻译”，并详细解释“向心翻译”和“离心翻译”两个概念。可见，黄国彬是研究性译者，或称学者型译者，不但对所译对象有深入的研究，同时对翻译本身也有研究，在翻译实践中总结提炼翻译理论，反过来又把翻译理论用于自己的翻译实践，做到理论与实践互为补充，良性发展。

黄国彬译本的出现有其合理性和必然性。经过百余年的译介，莎士比亚作品，尤其是《哈姆雷特》已经家喻户晓，而真正理解作品内涵，能把握原剧精髓的读者却少之又少。黄国彬译本为普通读者跨越语言和文化障碍了解和欣赏原著提供可能。黄国彬译本是融阅读、细读和研究于一体的综合性译本，是“厚译”思想的典范，也是其学术水准的生动体现。

① [英]莎士比亚著，黄国彬译注，《解读〈哈姆雷特〉——莎士比亚原著汉译及详注》(上)，北京：清华大学出版社，2013年，第152页。

第三节 《哈姆雷特》学术型译本对舞台演出效果的重视

方平、黄国彬和辜正坤等三人的译本还体现出对舞台演出效果的重视。莎剧翻译从意似、神似、形似的追求，发展到对原著舞台效果的表达，力图还莎士比亚以本来面目。限于篇幅，本节将重点讨论黄国彬《哈姆雷特》译本对舞台演出效果的再现。

一、方平和辜正坤对舞台艺术的重视

方平非常重视莎士比亚的戏剧艺术，他在研究中提到20世纪下半叶英美莎评界的观点，认为要还莎士比亚以本来面目，即他首先是个专业戏剧家。“只有深入研究了当初伊丽莎白时代的剧场，它的裙形舞台，它的观众，和当初的演出方式”[①]，人们才能够真正领略莎剧的艺术魅力。还莎士比亚本来面目也是新时期以来莎剧译者的共同追求。

方平认为，新时期阅读莎剧应该采用新的方法，不能把莎剧仅仅当作书斋中的文学作品来阅读，分析作品主题、人物性格刻画等。他认为要把莎剧当成戏剧来读，在阅读过程中“需要想象力，仿佛戏剧就在眼前展现，而且就像台下观众似的做出反映”[②]。换句话说，读者在阅读莎剧时，要在自己心灵的舞台上排演莎剧，使剧本在脑海中活起来。

对翻译而言，方平认为译者首先明确原著是来自舞台的诗剧，要在译莎过程中，“进入角色，进入境界，联想翩翩，‘伴音’、‘伴像’随之

① 方平，《新的认识和追求——谈〈新莎士比亚全集〉的翻译思想》，汪义群主编，《英美文学研究论丛》（第二辑），上海：上海外语教育出版社，2001年，第340页。

② 方平，《新的认识和追求——谈〈新莎士比亚全集〉的翻译思想》，汪义群主编，《英美文学研究论丛》（第二辑），上海：上海外语教育出版社，2001年，第340页。

而来？”[①]。由此可见，随着对国内外莎学成果的借鉴吸收，对莎士比亚戏剧认识的加深，译者从对意似、神似、形似的追求，逐渐过渡到追求莎剧作为戏剧艺术的效果，体现了由表及里，由浅入深的认知过程。

辜正坤对原著版本的选择就体现了对舞台演出效果的重视。他使用的是2007年英国皇家莎士比亚剧团编辑出版的“皇家版”《莎士比亚全集》，与上千种莎士比亚版本相比较，它的价值在于，是“由英国权威的皇家剧院的支持下来进行的编辑、注释的”[②]。1623年，历史上第一部《莎士比亚全集》——著名的第一对开本由莎士比亚的演员同僚们结集出版，因此“比较接近于这些剧本在莎士比亚剧院演出的实际情形”[③]。“皇家版”《莎士比亚全集》以第一对开本为权威依据，重新确立第一对开本的权威地位，并在戏剧节期间排演了37个剧本，使得闻名遐迩的1623年版《莎士比亚全集》“结束了383年的文学性阅读剧本身份，终于在21世纪初实至名归地以戏剧演出本的身份走回诞生它的剧院老家”[④]。而主编之一的Jonathan Bate本人就是一位优秀的演员兼莎士比亚研究专家，因此更能“从戏剧演出这个视角来思考和辑注莎士比亚”[⑤]。“皇家版”《莎士比亚全集》的特色之一就是舞台提示，一是角色的上场与下场比较完备，在缺漏或需订正的地方，编辑者加以补充标注。二是其他如舞台活动，改变说话对象、旁白等的舞台提示在对开本中很少出现，大多为当代编辑者添加。“皇家版”《莎士比亚全集》的编辑者参考借鉴了其他版本，并用不同符号标识。可见，译者对“皇家版”《莎士比亚全集》的选择从源头上确保了译本对舞台演出效果再现的可能性。

① 方平，《新的认识和追求——谈〈新莎士比亚全集〉的翻译思想》，汪义群主编，《英美文学研究论丛》(第二辑)，上海：上海外语教育出版社，2001年，第340页。

② 辜正坤，《英国皇家版〈莎士比亚全集〉简评》，《外语教学与研究》，2009年第5期，第388页。

③ 辜正坤，《英国皇家版〈莎士比亚全集〉简评》，《外语教学与研究》，2009年第5期，第388页。

④ 辜正坤，《英国皇家版〈莎士比亚全集〉简评》，《外语教学与研究》，2009年第5期，第388页。

⑤ 辜正坤，《英国皇家版〈莎士比亚全集〉简评》，《外语教学与研究》，2009年第5期，第388页。

二、黄国彬《哈姆雷特》译本对舞台演出效果的再现

黄国彬在“译本序言”里清楚交代“为汉语世界的导演、演员、观众提供一个适合在剧院演出的汉译”①。黄国彬认为过去几十年里，汉语世界出版过的诸多《哈姆雷特》译本，大部分只适宜阅读，不适宜上演，因此他在翻译时非常注意舞台演出效果的传达：“首先照顾导演、演员、观众的耳朵，然后才设法兼顾读者的眼睛。如果两者势成水火，不可兼得，只好舍眼睛而取耳朵。”②

这句话明确告诉读者，译者在翻译时更考虑观众的感受，以求观众理解为优先。而黄国彬在翻译过程中，紧紧围绕这个宗旨，通过各种手段如添加舞台说明、注释等，为导演和演员提供尽可能多的提示，在语言表达上力求再现原著的舞台演出效果。

首先，黄国彬在“译本前言”中梳理了不同历史时期《哈姆雷特》一剧的著名演员及其演出情况。从莎士比亚时代开始到20世纪，译者简要点评这些著名演员演出的独到之处。黄国彬认为，剧作“要有剧团在舞台上合作演出，才能获赐百分之百的生命”③，也正是出于这种理念，他致力于让《哈姆雷特》在中国文化中复活，详细介绍了英国广播公司1980年制作的电影《哈姆雷特》，这些细节对于有志于莎剧演出的中国导演和演员无疑是有帮助的。

其次，黄国彬采用的是莎士比亚的第二对开本，但也酌情采用第二对开本以外的演出说明，并用六角括号来标识，以供导演和演员参考。黄国彬在对比几个权威版本时，发现现在版本中，舞台说明以Wilson版

① [英]莎士比亚著，黄国彬译注，《解读〈哈姆雷特〉——莎士比亚原著汉译及详注》(上)，北京：清华大学出版社，2013年，第12页。

② [英]莎士比亚著，黄国彬译注，《解读〈哈姆雷特〉——莎士比亚原著汉译及详注》(上)，北京：清华大学出版社，2013年，第13页。

③ [英]莎士比亚著，黄国彬译注，《解读〈哈姆雷特〉——莎士比亚原著汉译及详注》(上)，北京：清华大学出版社，2013年，第102页。

本最为详细，因此他采用了Wilson版本的舞台说明。比如第一幕第一场开始，梁实秋译本中只有“第一景：哀而新诺，堡前高台。佛兰四斯科值班站岗。百那都向他走来”[①]。而黄国彬译本中则为：“第一场艾辛诺王宫。城堡上的狭窄炮台。舞台左右有塔楼门。天上有星光，天气寒冷。守卫法兰斯科在荷戟站岗，来回巡逻。钟声响起，是午夜十二时。不久，另一名守卫巴纳多同样荷戟，从城堡走来，黑暗中听到法兰斯科的脚步声，愣了一下。”[②]通过对比可以发现，黄国彬译本增添了非常详细的舞台说明，包括时间、天气状况、演员的动作（荷戟，来回巡逻）、钟响、黑暗中的脚步声和演员的表情等信息。天上的星光表明故事发生在夜里，而天气寒冷则更能烘托下文鬼魂出现的凄冷、恐怖氛围。守卫荷戟站岗与钟响则衬托黑夜里寂静紧张的氛围。最后守卫“愣了一下”的表情则为巴纳多作为接班守卫却首先发问“那边是谁”提供了解释，使其合理自然。而这些从之前的译本中都无法获得。如此详尽的讯息，为导演的指导和演员的表演都提供了宝贵的参考。舞台说明方面的增补和注释在译本中其他地方均可发现。如第一幕第五场第156行对白前和对白后的演出说明：

> 鬼魂（在舞台下）发誓呀！〔贺雷修和马瑟勒按着哈姆雷特的剑柄。〕[③]

对白后的演出说明“贺雷修和马瑟勒按着哈姆雷特的剑柄”是原文没有，后人添加的。译者参考了其他版本后，添加在译本中，这个舞台说明非常重要，因为中国观众和读者并不理解西方按着剑柄发誓的文

① [英]莎士比亚著，梁实秋译，《莎士比亚全集·32·哈姆雷特》，北京：中国广播电视出版社，2001年，第17页。

② [英]莎士比亚著，黄国彬译注，《解读〈哈姆雷特〉——莎士比亚原著汉译及详注》（上），北京：清华大学出版社，2013年，第149—150页。

③ [英]莎士比亚著，黄国彬译注，《解读〈哈姆雷特〉——莎士比亚原著汉译及详注》（上），北京：清华大学出版社，2013年，第259页。

化，中国讲究对天发誓或者指天发誓，因此这个说明对导演和观众来说都是重要提示。莎士比亚剧本的舞台说明不多，要演员在大脑中呈现舞台上活生生的动作、表情等。莎士比亚最初写的剧本是用于排练演出的脚本，他本人也参演，因此很多动作、表情可以在演出前直接讨论。但对于中国的观众和读者来说，舞台呈象能力较弱，很多地方容易造成困惑，甚至误解。因此，添加必要的舞台说明也可以帮助观众和读者更好理解原著。译文中此类添加很多，不一一举例说明。

再次，黄国彬通过注释对舞台演出情况详加说明，包括演员的动作先后顺序、舞台上的道具等，尽可能还原当时剧院的演出情景。如第一幕第一场中守卫巴纳多和贺雷修之间的对话：

Bernardo: Sit down awhile,

...

Horatio: Well, sit we down,

...[①]

黄国彬在译文中给“先坐下来”加了一条注释，如下：

〔29〕先坐下来：原文“Sit down awhile.”Jenkins（167）指出，叫站岗的卫士坐下，似乎说不通。不过也有论者认为，角色坐下，是为了集中注意力看鬼魂从地板门下面钻出来，因此也说得通。Spencer（207）认为，这句话只适用于贺雷修和马瑟勒，巴纳多则仍然要站岗。Thompson and Taylor（150）指出，演出时，演员怎么坐，坐在什么地方，都值得商榷，因为舞台上未必有道具给他们坐；如果没有给他们坐的道具，他们是否要坐到地上呢？这些问题，演出时都须解决。[②]

① ［英］莎士比亚著，梁实秋译，《莎士比亚全集·32·哈姆雷特》，北京：中国广播电视出版社，2001年，第18页。

② ［英］莎士比亚著，黄国彬译注，《解读〈哈姆雷特〉——莎士比亚原著汉译及详注》（上），北京：清华大学出版社，2013年，第155页。

这句话对于读者来说非常明晰，没有任何理解上的障碍，而译者注释的内容即便缺失，也不会妨碍普通观众或读者对戏剧的阅读和理解。这一注释显然是为译者心目中的“导演和演员”准备的，从舞台道具到演员的动作安排，译者都考虑在内，以供导演和演员演出时参考。

最后，黄国彬在语言层面尽可能考虑演出效果，采用各种翻译手法，充分利用汉语的特点，向中国众多“今日，想进入莎士比亚世界……未能直接循原文窥莎翁堂奥，往往见拒于百仞高墙之外”[①]的普通观众和读者再现原著的表演性，以使自己的译作能带领观众和读者直入莎剧世界，使得该译本“成为莎士比亚和汉语读者之间的桥梁，让观众观后、读者读后，动了观原剧、读原著之心”[②]。黄国彬采用了文内隐性注释法，即根据上下文在文内直接译出原文暗含但没有明确表达的意思。通过这个方法，尽可能保留原文意象，真实地传递源语文化，同时也兼顾译语表达习惯，适宜演出。舞台上演员不可能暂停表演，向观众解释言外之意，而可供观众理解的时间也非常短暂。因此，译者必须采用对中国读者来说最直观、最易理解的方式来传达原文的内涵意义。例如，第二幕第二场中哈姆雷特与大臣波伦纽斯即欧菲丽亚之父之间的对话：

Hamlet: For if the sun breed maggots in a dead dog, being a good kissing carrion—Have you a daughter?

Polonius: I have, my lord.

Hamlet: Let her not walk i' the sun; conception is a blessing; but not as your daughter may conceive. Friend, look to't. [③]

黄国彬译文：

---

① [英]莎士比亚著，黄国彬译注，《解读〈哈姆雷特〉——莎士比亚原著汉译及详注》(上)，北京：清华大学出版社，2013年，第13页。

② [英]莎士比亚著，黄国彬译注，《解读〈哈姆雷特〉——莎士比亚原著汉译及详注》(上)，北京：清华大学出版社，2013年，第16页。

③ [英]莎士比亚著，梁实秋译，《莎士比亚全集·32·哈姆雷特》，北京：中国广播电视出版社，2001年，第102页。

哈姆雷特：因为，要是太阳在死狗的尸体上孵出蛆虫——死狗的腐肉值得用嘴去吻——你有女儿吗？

波伦纽斯：有哇，殿下。

哈姆雷特：别让她去阳台：肚中有数是福气，不过你女儿也可能肚中有数；要小心哪，朋友。①

黄国彬用了三个脚注26行的篇幅解释了以上片段。由于注释篇幅较长，此处隐去，只作评述。对于“For if the sun breed maggots in a dead dog, being a good kissing carrion”的理解，学者们有着不同的诠释。黄国彬在注释中博采诸家之言，引用了三位学者的诠释，为读者展示原文在英语世界中的多层含义，避免译者的主观性。通过对比，黄国彬最后提供自己的理解，使得此句意义明确化，此句的言外之意是“你不能阻挡我，犹如你不能阻挡太阳。如果太阳能够在死狗的尸体上繁殖蛆虫，儿子也可以叫你女儿生孩子”。对于普通读者而言，这样的解释无疑有助于他们对原文的理解，使其阅读更加顺畅，同时也加深了对原著的理解和欣赏。这段对话中含有两处双关：一处是“sun”是双关语，既指“太阳”，也指“儿子”（“son”）；另一处是“conception”和“conceive”。“conception”是名词，有“怀孕”“理解”“构思”“形成概念”之意；“conceive”是动词，又指“理解”“构思”“形成概念”。这对双关词对理解原文至关重要，除了语义双关，两个词还有一个特点，即前者是后者的派生词。汉语中找不到对应的双关语。译者译为“肚中有数”可谓妙笔，传达出“conceive”的两层含义，同时，“肚中有数”在句中兼具名词短语和动词短语的功能。此外，比起其他汉译如“受胎”（梁实秋译）和“怀孕”（朱生豪译），“肚中有数”保留了原文含而不露的暗示特点，留给读者无尽的想象空间和阐释可能。

此外，黄国彬在遣词上充分考虑汉语的声音效果和口语特点，避免使用晦涩、易引起歧义的字词，以适应中国人的朗读习惯。如在第一幕

①［英］莎士比亚著，黄国彬译注，《解读〈哈姆雷特〉——莎士比亚原著汉译及详注》（上），北京：清华大学出版社，2013年，第301页。

第一场贺雷修第一次见过先王鬼魂，与之说话，鬼魂要走，马瑟勒提议用手中之戟打它，阻止它走，鬼魂走了之后他和贺雷修的对话：

Marcellus: Tis gone!

We do it wrong, being so majestical,

To offer it the show of violence;①

黄国彬译文：

马瑟勒：它走了。

它的样子这么庄严。我们

这样威胁动粗，是对它不敬。②

黄国彬在注释中解释说，“offer it the show of violence”指作势或者威胁动粗，还没有真正动粗，没有真正伤害鬼魂。译为“我们/这样作势动粗”在语义上也正确，不过演员在舞台上念“作势”时，不少观众有可能误听为“做事”或“坐视”，结果演员和观众的沟通会受到妨碍，因此译为“威胁”。可见，黄国彬在翻译时处处设身处地为读者及观众着想，站在观众的角色去读译本，这种对读者尽心尽责的态度与朱生豪如出一辙，体现了译者对原著和译语读者的尊重。

第四节　北塔《哈姆雷特》通俗型译本研究

这一阶段《哈姆雷特》汉译的另一个特征就是在学生读者群中的普及推广。一方面，对现存的普遍受读者欢迎的朱生豪译本进行反复重印。另一方面，自1978年以后，《哈姆雷特》中译本片段开始进入中学语文课堂。《哈姆雷特》被列为教育部教学大纲推荐书目，在学生群体

① [英]莎士比亚著，梁实秋译，《莎士比亚全集·32·哈姆雷特》，北京：中国广播电视出版社，2001年，第26页。

② [英]莎士比亚著，黄国彬译注，《解读〈哈姆雷特〉——莎士比亚原著汉译及详注》(上)，北京：清华大学出版社，2013年，第167页。

中被推广。但随着时代的发展，为适应当代青年读者的需求，《哈姆雷特》的新译本呼之欲出。2003年，北塔译本由中国少年儿童出版社出版，这部以青少年学生对读者对象的译本有不同于其他译本的显著特点。

首先，译文简洁生动，译者“尽量用鲜活的口语，以适合现代读者的阅读趣味”[①]。这种简洁生动首先体现在“译本序言”里，“译本序言”中充满了风趣幽默的比喻，如作者在介绍莎士比亚在中国的接受情况时说“由于中国人实在太熟悉莎士比亚了，以至于我们会习惯性地尊称他为‘莎翁’，就仿佛他是住在隔壁的一位老先生”[②]。这与其他译本在序言中引经据典详细交代莎士比亚的文学地位、生平传记及创作手法等有着天壤之别。语言简单明快、比喻生动有趣，学生读者既能理解莎士比亚在中国流传的悠久历史，也能体会到中国人对他的喜爱之情。

译本正文语言也照顾到学生读者的接受水平和接受能力，在不改变原文主旨的基础上，采用鲜活生动的口语，增加可读性和可理解性。如第一幕第一场中鬼魂出现，霍雷修和马塞勒斯讨论它是何征兆时的对话[③]：

Horatio: Now, sir, young Fortinbras,
Of unimproved mettle hot and full,
Hath in the skirts of Norway here and there
Shark'd up a list of lawless resolute.
For food and diet, to some enterprise
That hath a stomach in't; [④]

北塔译文：

霍雷修：而现在，那个

---

① ［英］莎士比亚著，北塔译，《哈姆雷特》，北京：中国少年儿童出版社，2003年，译本序第4页。

② ［英］莎士比亚著，北塔译，《哈姆雷特》，北京：中国少年儿童出版社，2003年，译本序第1页。

③ 为突出译本的特点，此处对比受大众读者欢迎的朱生豪译本。

④ ［英］莎士比亚著，梁实秋译，《莎士比亚全集·32·哈姆雷特》，北京：中国广播电视出版社，2001年，第24页。

小福丁布拉斯修养有限，鲁莽暴烈
像一把又烫又满的水壶。在挪威
边境的许多地方，他召集了一批
无法无天的暴徒。他们只为了
混口饭吃，甘愿为他效力；为了
填饱肚子，人们会去干任何事。①

朱生豪译文：

霍拉旭：现在要说起那位福丁布拉斯的儿子，他生得一幅未经锻炼的烈火也似的性格，在挪威四境召集了一群无赖之徒，供给他们衣食，驱策他们去干冒险的勾当。②

通过对比北塔和朱生豪的译文可以发现，北塔译文完全表达出了原文的意思，在此基础上，译者对原文进行了改写，比如原文中“mettle”是个抽象名词，指一个人的内在气质，此处是指福丁布拉斯小王的个性，朱生豪译文中添加了一个比喻，像“烈火”一样，这个比较符合汉语的习惯，中国人也有“性子很烈”的说法。北塔将原文中的“mettle”替换成同韵词kettle，把原文中“hot and full”本来形容人血气方刚的个性，物化为又烫又满的水壶，配合上一行中的“鲁莽暴烈”，可以说非常生动传神，一个性格暴躁、做事鲁莽的年轻王子形象跃然纸上。此外，“无法无天”“混口饭吃”和“填饱肚子”这些口语化的词汇比起朱生豪译文中的“无赖之徒”“驱策”和“勾当”等既容易理解，又准确达意，更适合学生读者阅读。

其次，北塔添加了简明实用的注释。比如第一幕第一场中，鬼魂出现，马塞勒斯因为霍雷修是读书人，便让霍雷修上前跟鬼魂说话，译者此处加注：“中世纪以来的驱邪法事上法师都得用拉丁文，大概拉丁文是地狱里的普通话，妖魔鬼怪都讲拉丁语；而在人间，懂拉丁语的都是

① [英]莎士比亚著，北塔译，《哈姆雷特》，北京：中国少年儿童出版社，2003年，第5页。
② [英]莎士比亚著，朱生豪译，《哈姆莱特》，北京：人民文学出版社，1994年，第286页。

学者，而不是普通百姓。这是宗教垄断的一种体现。”①原文在此处反映了西方文化中非常重要的观念，古代人们相信鬼魂的存在，普通人非常惧怕鬼魂，而驱邪咒符都是用拉丁语写成。因此，懂拉丁文的人被认为可以和鬼魂对话。这就是为什么马塞勒斯作为站岗的卫兵不开口，却让读书人霍雷修发问的原因，并非他生性胆小怕事。为了让学生读者了解为什么驱邪法事都要用拉丁文。北塔用类比的方法，将拉丁文比喻成普通话，意即妖怪们交流时所使用的语言，而要驱逐这些鬼怪，自然要懂它们的语言。但在人间，普通百姓由于宗教的原因没有机会学习拉丁文。这样的解释如果从学术上分析，当然站不住脚，但对于学生而言，严肃认真的考证未必能达到理想的效果，一来他们未必读得懂，二来对注释的过多关注会降低阅读的兴趣，反而违背了译本的初衷。

最后，从外观和装帧上看，译本采用精装版，封面深蓝色与白色相间，分割处绘以花图，白色处是醒目的黑色书名，深蓝色背景上用金色条纹线点缀。从外观上赋予译本一种精美、庄严之感。此外，译本中配以许多精美的原著插图和新绘的彩色插图，非常符合学生读者的阅读习惯和欣赏口味。这些都体现了出版商吸引学生读者的意图和努力。

综上所述，此阶段的《哈姆雷特》汉译存在两种完全不同的发展态势：一方面，由于国内莎学界的飞速发展，大量专业读者的涌现，原有译本已经无法满足学术研究的需求，新译本应运而生。四种译本的出版商中有两个是专门出版外语教育与研究类的书籍，另一个是高校出版社，出版商对译者的选择上更体现出对专业人士的权威地位的认可。四种译本的译者都是翻译领域和莎学界的一流学者，从而确保了译本的学术质量。他们对莎剧和莎剧翻译的研究均有独特之处，体现了国内莎剧翻译研究领域的最高水平。他们在翻译中融入自己对原著的最新理解和研究，并实现了对现有译文的突破，王宏印和辜正坤译本在诗体形式上做出了有益的探索和尝试，黄国彬译本则是莎学翻译史上注释最详尽的一部。方平、黄国彬和辜正坤译本还体现了对舞台演出效果的重视，体

① [英]莎士比亚著，北塔译，《哈姆雷特》，北京：中国少年儿童出版社，2003年，第3页。

现了译者对莎剧翻译的更高层次的追求。另一方面，出版商也努力在学生群体中开拓市场，以学生群体为目标的新译本被推出，这些举措有利于莎士比亚戏剧在中国的接受和传播。

第七章 《哈姆雷特》汉译研究的总结与反思

本章对《哈姆雷特》百年汉译史的不同阶段特点进行归纳总结，并在此基础上勾勒《哈姆雷特》汉译史的发展脉络，揭示其在中国的接受机制。同时反思整个莎剧翻译史中社会、政治、历史文化等内外部因素对翻译带来的影响，探索文学翻译的规律，也为新时期中国典籍外译提供借鉴。

第一节 《哈姆雷特》汉译研究的总结

首先，本书所涵盖的译本最全，采用的材料更全面、更新，时间跨度从19世纪中叶到21世纪初，考察了从20世纪初到21世纪初期产生的16个《哈姆雷特》汉译本，尤其对新时期《哈姆雷特》汉译发展趋势的把握较全面客观，进而对《哈姆雷特》在中国的百年接受史和传播历程有较准确的描述和分析，对百年汉译史发展脉络和规律的总结有较高的可信度。其次，本书采用宏观和微观相结合的方法，把译本置入其所产生的时代，从文学外部和内部两个层面，全面立体地观察描述译本。本书研究的重点不在“应该怎么译”，而在于描述“怎么译的”，找出“为什么会这么译”，探讨“译本产生了什么样的效果”。再次，本书从共时与历时两个视角，既分析对比同时代出现的不同译本，归纳各阶段《哈姆雷特》汉译的共有特征，同时又有对不同时期出现的不同译本的历时性描述，并结合不同时期中国社会背景、中国文学史、莎学史及译者个人因素对《哈姆雷特》汉译活动进行全方位描述，总结归纳《哈姆雷特》在中国的译介规律。最后，本书点面结合，既涵盖所有发行的译本，又有重点地研究典型译本。

一、不同阶段《哈姆雷特》汉译研究的特点

本书采用描述的方法，以改写理论为框架，试图勾勒出一幅莎士比亚及其悲剧《哈姆雷特》在中国被接受的全景画卷。以翻译目的、译者身份、翻译方法等为依据，将跨越百年的《哈姆雷特》汉译史分为五个历史时期，并将每个时期的汉译现象放置到其产生的历史语境下进行考察，通过对翻译活动涉及的译入语社会的历史、政治、经济、文化等宏观因素，以及翻译组织、译本发行模式等外部条件的详细考察，探讨它们在莎剧翻译中所起的作用，进而归纳总结名著汉译的模式和规律。

研究发现，晚清时期的翻译活动是对政治运动的响应。小说翻译的目标在于启发民智，重点在故事情节，莎士比亚作品首次以故事的形式与中国读者见面。《澥外奇谭》的译者与林纾对莎士比亚了解甚少，他们都基于自己的传统知识对原文进行了一定程度的改写。《澥外奇谭》把原文改写成一部中国传统章回体小说，所选故事反映的是中国传统小说常见的主题。林纾将文章义法运用于译书之中，显示了精湛的古文功底。为了迎合读者口味，林纾对原文进行了大幅度删减，保留了主要故事情节，使故事情节紧凑、环环相扣、悬念迭出。林纾通过改动情节和增添的方式传达中国传统价值观，塑造了哈姆雷特的孝子形象。他还通过改变叙述方式，使其译本受到了年轻读者的欢迎。两种译本所取得的社会效果出现较大差异，林纾译本被社会广泛接受，林纾本人也因此获得“小说界泰斗”的美誉。相较之下，《澥外奇谭》的反应平平。虽然这两种译本没有把莎士比亚原著风貌带给国人，但随着林译小说的畅销，哈姆雷特的故事为越来越多的国人所知，这为后来《哈姆雷特》第

一个真正戏剧译本的出现奠定了读者基础。

20世纪20年代至30年代产生的两个《哈姆雷特》汉译与前期译本形成了鲜明差别。五四时期，翻译外国文学的目的是要学习外国进步的文学方法。译者对原著的态度是虔诚的，促生了首个全译本。此阶段，国内对莎士比亚的了解更加深入，已经开始关注其作品的文学价值。译者对原著都有较深入的了解，翻译之前做了充分准备。但由于此时的翻译目的是学习外国文学方法、用西方语言来丰富补充处于萌芽期的白话文，最终创造了中国自己的白话文学，因此学界更注重对原著形式和写作手法的传译。出于丰富白话文的需求，学界明确提倡使用白话散文体翻译外国名剧，大胆采用欧化国语。但直译绝不是字字对应的“死译”，而是要将外国语言的词法、句法等融化进国语之中，创造出浅显流畅、表意清晰的白话文。此阶段的两种译本都是全译本，只是以不同的面貌呈现：田汉戏剧家的身份使其译本重在展现“戏剧性特征”，同时田汉对莎士比亚及其作品进行了政治解读，认为《哈姆雷特》映射了莎士比亚的政治前途和家庭悲剧。相似的机遇让田汉在作品找到共鸣，他借译本抒发悲愤之情，因此其译本重在表达情感，充满了谴责、讥讽、嘲弄等，戏剧张力大。邵挺译本侧重原著的写作手法、传达外国文化，用大量注释作为文化补偿手段。两种译本在《哈姆雷特》汉译史上都具有里程碑式的意义。田汉译本应时代需求而生，反复再版。邵挺译本则反应平平，后人关注极少。

20世纪30年代到中华人民共和国成立前，见证了梁实秋、周平、曹未风和朱生豪的四种译本的产生。日本坪内逍遥莎剧全集译本的出现使得《哈姆雷特》汉译成为一项事关民族尊严的政治任务，成为对日战争的文化战场；在文学上，从语言和文学艺术层面对中国文坛也有裨益。此阶段，莎士比亚研究与翻译的互动关系明显：左翼作家全面接受苏联马克思主义莎评，莎士比亚作为现实主义伟大剧作家重新受到追捧，推动了其作品的汉译，四位译者吸收采纳西方莎剧研究成果，其中梁实秋和周平直接将莎剧研究成果运用到翻译之中。四位译者对莎士比亚戏剧有较深入的研究，莎士比亚作品的文学价值得到重视。在翻译过程中，译者也加深了对原著的了解，形成了自己的莎学观念，丰富了中国莎剧研究。赞助人因素对此阶段《哈姆雷特》的汉译活动有重要影响，使译本呈现不同面貌：由中华教育文化基金会赞助的梁实秋译本求“意似”，以忠实原著内容为主，采用散文形式，带有大量注释。由上海世界书局赞助的朱生豪译本则以普通读者为目标，求“神似”，重可读性，语言明白晓畅，生动传神。两位译者发挥各自优势，梁实秋注重考证，朱生豪注重传达原著诗意。两种全集均取得经典地位，但由于历史的原因，梁实秋译本在台湾得到推崇，1995年开始在大陆出版，并在大陆学术界中流传至今，而朱生豪译本除了供学术研究使用外，还被选入中学语文教材和大学中文系外国文学课外阅读推荐书目，同时朱生豪译本《哈姆莱特》片段还入选各种外国文学史及外国文学作品选读类书籍。舞台演出的脚本大多采用朱生豪译本。因此，朱生豪译本取得的市场效果最为持久，迄今为止在中国普通读者中产生的影响力超过了前后出现的各种译本。周平译本未能超越前人，几乎没有引起学界反应，曹未风译文尝试使用诗体翻译《哈姆雷特》，是散文译莎到诗体译莎的过渡期代表作，获得关注较多。

中华人民共和国成立后到20世纪70年代末，产生卞之琳、孙大雨和林同济的三个诗体译本。《哈姆雷特》汉译活动表现出高度政治化态势：赞助人所代表的意识形态与主流诗学观念完全统一。国家作为《哈姆雷特》汉译的唯一赞助人对翻译工作进行全面指导，翻译活动高度组织化和计划化：成立专门机构，负责翻译工作；创办翻译专刊，统一翻译行为；对翻译目的、翻译对象及翻译选材做出规定。在此政策影响下，更多的苏联莎评论文、专著被译介到国内，其中19世纪俄国马克思主义莎评家普希金、屠格涅夫的莎评说等被首次译介，中国莎学研究迎来又一个高潮，莎学研究队伍已经形成。第一代莎学家学把马克思主义莎评理论运用到莎剧作品的分析解读中，发表了大量高质量的论文，其中包括译者卞之琳、孙大雨和林同济，客观上促进了《哈姆雷特》汉译质量的提高。此阶段，莎剧翻译开始关注诗体形式。卞之琳、孙大雨和林同济既是译者又是莎学家，三位译者都对诗体翻译莎剧进行了有益的尝试：卞之琳在民歌格律基础上提出“顿”的概念，并用“顿”代替英诗“音步”，卞之琳重译文可读性，采用现代口语，语言通俗易懂、自然流畅；孙大雨从外国诗歌格律中寻找灵感，以白话文的“音组”代替英诗“音步”，他的译文以高级知识分子为阅读对象，从生活化的口语中创造文学语言，但稍显晦涩生硬；林同济提倡用现代口语译诗，并提出在白话格律中使用韵脚散押法来再现英诗的节奏感。三位译者都以原著为中心，试图从白话文中创造格律以再现原著格律。这种尝试得到专业人士的认可，卞之琳和孙大雨译本直到目前还在反复重印出版，但多在学术界内流传，译本在普通读者群中的接受度较之朱生豪译本不高。

20世纪70年末期至今，产生方平、北塔、王宏印、黄国彬和辜正坤等五种译本。专业读者和非专业读者的两级分化，《哈姆雷特》的汉译出现学术型译本和通俗型译本。王宏印、黄国彬和辜正坤译本以专业领域读者为翻译对象，对照使用便于读者，均采用英汉对照方式；包含大量注释，但注释的侧重点各有不同。王宏印和辜正坤在诗体翻译问题上均有所突破。随着莎学界对莎士比亚语言艺术认识的深入，两位译者都对现存诗体译本中译者对英诗格律的模仿持反对意见。王宏印从地方民歌中寻找资源，主张放宽音步或音顿的限制，注重节奏感和音节轻重；而辜正坤则继承并超越林同济，借鉴中国古代词曲体，主张诗行不受音节限制，并利用汉语韵律的音美弥补节奏的缺失。两位译者以中国文化为出发点，利用汉语优势，以中通西，力图再现原著格律节奏之美。黄国彬译本是“厚译”的典型代表，体现出很高的学术价值。在继续追求诗体形式的基础上，四个学术型译本都体现了译者对原著舞台演出效果的重视。莎剧翻译从意似、神似、形似的追求，发展到对原著舞台效果的表达，主要通过注释和语言表达两个层面加以表现。此外，此阶段《哈姆雷特》汉译重在普通读者群的普及，除重印朱生豪译本外，以中小学生为读者目标，推出新译本，作为教育部课外读物推荐书目在学生群体中推广。北塔通俗型译本采用当代简洁生动的口语和简明实用的注释，并在外观和装帧上吸引年轻读者。两个类型的译本在各自的读者群中发挥着作用，莎士比亚及《哈姆雷特》正是在这些重译中获得一次次的重生，生生不息。

二、《哈姆雷特》汉译研究的发展脉络

通过以上对不同历史阶段《哈姆雷特》汉译特点的归纳总结，可以勾勒出《哈姆雷特》汉译的发展脉络。

第一阶段：翻译活动是为政治服务的工具，翻译目的在于启发民智；《哈姆雷特》以故事改编本的形式进入中国；两位译者都基于传统知识结构对原文进行了中国化改写，翻译自由度极大，采取概述、删减等手段；译者均为古文作家，对莎剧了解甚少；读者对象是熟谙中国传统文化又愿意接受新学的旧式文人和青年士子。

第二阶段：翻译目的是学习外国进步的文学方法，以创造中国新文学；出现两个全译本；翻译态度是严肃认真的，多采用直译手法；原文版本的选择是随意的；译者对莎剧有初步了解；读者对象是有爱国之心的知识分子。

第三阶段：翻译成为一项事关民族尊严的政治任务，同时为国人提供一部文学经典，从语言和文学艺术层面补充中国文学；此阶段译本皆为全译本，并出现两个莎剧全集译本；译者具有版本意识，翻译时参考不同版本；译者对原著有较深入了解，重视原著的文学价值，并将莎学研究成果运用于翻译中；出现“意似”和“神似”两种译莎追求；读者对象分别为普通读者。

第四阶段：翻译目的是引进诗剧形式，补充中国文艺史的空白；此阶段皆为诗体全译本；译者对原著的态度是虔诚的，力图再现原著的形式美；版本的选择比较慎重；三位译者均为莎学研究的专家，其中两位

也是诗人；读者对象分别为具有较高文化水平的知识分子和普通读者。

第五阶段：翻译目的是重新认识莎士比亚，充分再现原著的舞台艺术魅力，还原莎士比亚戏剧家的本来面目，同时为青少年提供通俗读本；译者对诗体形式有更大突破，以中国传统文学会通英诗格律节奏，同时努力再现原著的舞台演出效果；译者精心选择重视展现舞台艺术的版本；译者皆为权威莎学家、翻译家；读者对象分为专业性读者和青年学生读者。

《哈姆雷特》在中国的译介经历了由浅入深、由表及里逐步深入的过程，这个过程同时也是莎士比亚作品中国化的过程。莎士比亚和《哈姆雷特》是以世界著名作家和经典名著的高起点进入国人视野的，但在百年汉译史中，也出现波折沉浮，五四后期莎士比亚一度被冷落，《哈姆雷特》被彻底否定，20世纪30年代至今，随着中国对马克思主义莎评的接受，莎士比亚作为伟大的现实主义戏剧家奠定了在中国的经典地位，《哈姆雷特》成为伟大的现实主义作品，成为炙手可热的阅读、研究和翻译对象。

随着国人对莎士比亚戏剧作品的认识的不断深化，从故事情节到人物刻画、主题内涵、语言艺术，最后到表演艺术，与此相对应的是莎剧翻译的追求从意似、神似、形似，进而到原著的舞台演出效果。这体现了中国莎剧研究和翻译的巨大进步，学者们不仅从理论上认识到莎剧的永恒魅力在于故事情节、人物刻画、普遍人性的描绘，更在于其诗性语言的独特魅力；在于案头阅读，更在于舞台演出，同时他们也努力试图在实践上再现莎剧的魅力。从最初的故事改写本，到第一个全译本，再到第一个重在忠实传达内容的全集译本，进而是诗体译本，学者们希望在不远的将来，中国的舞台上能够上演原汁原味的莎翁诗剧。同时，莎士比亚作品被继续在大众读者和年轻学生群体中大力普及推广，适于这个群体的译本不断出新。古老的莎翁戏剧在中国大地上，被不同读者以不同的方式阅读着、欣赏着、接受着，而这正是“他非一代骚人，实属万古千秋”[①]的最佳注解。

第二节 《哈姆雷特》汉译研究的反思

研究发现，首先，大型出版机构成为莎士比亚及其作品在中国传播的重要媒介，从最初译介的商务印书馆，到中华书局、上海世界书局及后来的人民文学出版社，包括当代的译林出版社等。商务印书馆对莎剧在中国的早期传播起到了重要作用，从第一个流传很广的《吟边燕语》，到第一个也是唯一一个文言译本，到第一部系统介绍莎士比亚的专著，再到第一部《莎士比亚全集》，都是由商务印书馆策划出版的，显示了其卓越的远见和名著意识。人民文学出版社对莎剧在中国普通读者中的普及和大众化功不可没。1954年，以作家出版社的名义出版了朱生豪的译本《莎士比亚戏剧集》。大获成功后，人民文学出版社既组织人员对未译的莎剧进行补译，1978年推出以朱生豪译本为主的《莎士比亚全集》，并在其后频繁印刷出版。这些努力不仅仅是为了利润，更体现了人民文学出版社作为大众媒介的高度社会责任心和责任感，是中西文化文学交流的桥梁。

其次，在《哈姆雷特》汉译史上，莎剧研究和翻译评价与翻译行为之间产生了积极的互动关系。作品的翻译和评论研究共同塑造了《哈姆雷特》在中国文化中的形象。每一次莎剧研究的兴起必然会催生新的译本，译者吸收莎学界及自己的研究成果，并将其运用到翻译之中。而翻译评价则会直接影响译本的再版。同时，《哈姆雷特》新译本的出现会激发更多的评论和研究。在这种良性互动当中，《哈姆雷特》的汉译逐步走向成熟，人们对作品的认识逐渐加深。

最后，每种译本各有特点，侧重点不同，翻译目的不同，取得的翻

① [英]莎士比亚著，辜正坤译，《哈姆雷特》，北京：外语教学与研究出版社，2015年，重译集序第ii页。

译效果也不一样。从再现原文风貌来说，都不够完美，这也是重译的必要性。不断挖掘译本深层含义，对于难以圆满体现的文化负载项，如宗教、民间传说、典故等，文本的意义是不断被挖掘的，一代人有一代人的理解，重译是原著在新的文化与时代背景中的再生。随着中西文化的交流和普及，越来越多的人了解西方文化和西方文学，更能欣赏莎士比亚的魅力。

《哈姆雷特》百年汉译的历程对中国典籍外译的借鉴之处：一是明确译作的读者对象，有针对性地与译入语国家的大型出版机构或知名出版商联合共同出版，增加译作的传播力。二是利用翻译与研究之间的互动关系，在国际期刊发表与译作相关的研究论文，尤其是比较文学视域下的研究，对异语文化学者和读者都有吸引力，增加其对译作的了解。三是针对不同读者对象，推出不同风格的译本。正如莎士比亚及《哈姆雷特》在中国的接受情况一样，任何作品在异语文化语境中的接受都不会一帆风顺，由很多因素控制。中国典籍外译的路也很漫长，坚持译介，总会离原著越来越近。

研究展望：戏剧不同于小说、散文等文体，除了研究和翻译，还包括演出、电影改编等。因此，要研究莎士比亚戏剧在中国的接受和传播，必须建立在对文本形式和演出改编形式综合考察的基础上，才能形成真正的宏观描述和客观评价。限于篇幅和个人精力，本书只把以文本方式传播的情况纳入考察范围，其他形式没有兼顾，留待今后的研究中进一步补充。此外，莎士比亚戏剧的“介”，即介绍、评论和研究，是《哈姆雷特》在中国形象塑造的重要手段，同时它与莎剧翻译之间相互影响关系明显，需要对其进行专章研究，在对“译”与“介”全面考察的基础上，才能形成对《哈姆雷特》在中国传播和接受全貌的客观描述，从而得出令人信服的结论。

主要参考文献

André Lefevere, Translation / History / Culture: A Sourcebook. London and New York: Routledge, 1992.

André Lefevere, Translation, Rewriting and the Manipulation of Literary Fame. Shanghai: Shanghai Foreign Language Education Press, 2004.

Charles and Mary Lamb, Tales from Shakesperare, Shanghai: Chung Hwa Book Company, 1929.

阿英,《晚清戏曲小说目》,上海:上海文艺联合出版社,1955年。

卞之琳,《人与诗:忆旧说新》,北京:生活·读书·新知三联书店,1984年。

卞之琳,《莎士比亚悲剧四种》,北京:人民文学出版社,1988年。

卞之琳,《莎士比亚悲剧论痕》,北京:生活·读书·新知三联书店,1989年。

曹未风,《莎士比亚在中国——纪念莎士比亚诞生三百九十周年》,《文艺月报》,1954年。

陈建华,《外国文学史新编》,北京:高等教育出版社,2013年。

陈平原,《20世纪中国小说史》(第一卷),北京:北京大学出版社,1989年。

陈去病,《论戏剧之有益》,徐中玉主编,《中国近代文学大系·文学理论集二》,上海:上海书店,1995年。

董健、丁帆、王彬彬,《中国当代文学史新稿》,北京:人民文学出版社,2005年。

段自力,《朱生豪莎剧翻译经典化研究》,杭州:浙江大学出版社,2015年。

二十四所高等院校,《外国文学史》,长春:吉林人民出版社,1980年。

方平,《新的认识和追求——谈〈新莎士比亚全集〉的翻译思想》,汪义群主编,《英美文学研究论丛》(第三辑),上海:上海外语教育出版社,2001年。

冯友兰著,赵复三译,《中国哲学简史》,北京:生活·读书·新知三联书店,2009年。

傅斯年,《戏剧改良各面观》,《新青年》,1918年第5卷第4号,第322—341页。

傅斯年,《怎样做白话文》,胡适选编,《中国新文学大系·建设理论集》,上海:上海良友图书印刷公司,1935年。

戈宝权,《莎士比亚的作品在中国(翻译文学史话)》,《世界文学》,1964年第5期,第136—143页。

顾良,《莎士比亚研究》,《大众知识》,1937年第1卷第9期,第10—16页。

顾绶昌,《评莎剧〈哈姆雷特〉的三种译本》,《翻译通报》,1951年第3卷第5期。第54—58页。

顾燮光,《译书经眼录》,阿英编,《晚清文学丛钞》,《小说戏曲研究卷》,上海:中华书局,1960年。

顾仲彝,《编剧理论与技巧》,北京:中国戏剧出版社,1981年。

郭汉民,《晚清社会思潮研究》,北京:中国社会科学出版社,2003年。

郭沫若,《沫若文集》(第6卷),北京:人民文学出版社,1958年。

郭嵩焘,《郭嵩焘日记》(第3卷),长沙:湖南人民出版社,1982年。

何寅泰、李达三,《田汉评传》,长沙:湖南人民出版社,1984年。

胡适,《建设的文学革命论》,《新青年》,1918年第4卷第4号,第289—306页。

胡适,《文学改良刍议》,《新青年》,1917年第2卷第5号,第21—33页。

胡适,《胡适全集》(第24卷),合肥:安徽教育出版社,2003年。

胡适,《胡适全集》(第29卷),合肥:安徽教育出版社,2003年。

胡适,《胡适全集》(第31卷),合肥:安徽教育出版社,2003年。

胡适,《胡适全集》(第32卷),合肥:安徽教育出版社,2003年。

[美]黄诗芸著,孙艳娜、张晔译,《莎士比亚的中国旅行》,上海:华东师范大学出版社,2017年。

黄维樑,《在黄国彬译海上奇幻漂流:黄译〈哈姆雷特〉漫读后记》,《东方翻译》,2013年。

黄遵宪,《杂感》,徐中玉主编,《中国近代文学大系》(第1集·第1卷·文学理论集一),上海:上海书店,1994年。

几道、别士,《本馆附印说部缘起》,陈平原、夏晓红编,《二十世纪中国小说理论资料》(第一卷·1897—1916),北京:北京大学出版社,1989年。

江绍原,"难译≠必译不好",《现代评论》,1925年第1卷第24期,第14—15页。

金静、朱建平,《〈哈姆雷特〉在中国的百年译介述评》,《中国翻译》,2016年第5期,第43—48页。

柯飞整理,《梁实秋论翻译莎士比亚》,《外语教学与研究》,1988年第1期,第46—51页。

[英]兰姆著,林纾、魏易译,《吟边燕语》,北京:商务印书馆,1981年。

李伟昉,《梁实秋莎评研究》,北京:商务印书馆,2011年。

梁启超,《论小说与群治之关系》,徐中玉主编,《中国近代文学大系·文学理论集二》,上海:上海书店,1995年。

梁启超,《新民说·释新民之义》,《饮冰室合集》(专集之四),上海:中华书局,1989年。

梁启超,《饮冰室诗话》,《新民丛报》,1902年第4期,第99—102页。

梁实秋,《〈哈姆雷特〉问题》,《文艺月刊》,1934年第5卷第1期,第61—67页。

梁实秋,《丹麦王子哈姆雷特之悲剧》,上海:商务印书馆,1936年。

梁实秋,《浪漫的与古典的》,上海:新月书店,1927年。

梁实秋:《莎翁名著哈姆雷特的两种译本》,《图书评论》,1932年第2卷第2期,第61—64页。

林纾,《〈黑奴吁天录〉跋》,陈平原、夏晓红编,《二十世纪中国小说理论资料》(第一卷),北京:北京大学出版社,1989年。

林纾,《致蔡鹤卿书》,徐中玉主编,《中国近代文学大系·第1集·第1

卷·文学理论集一》,上海:上海书店,1994年。

林纾,《春觉斋论文》,郭绍虞、罗根泽主编,《中国古典文学理论批评专著选辑》,北京:人民文学出版社,1959年。

林亚光,《简明外国文学史》,重庆:重庆出版社,1983年。

林则徐著,张曼评注,《四洲志》,北京:华夏出版社,2002年。

刘厚玲、高健民,《莎士比亚资料索引》,上海:复旦大学出版社,1987年。

刘平,《戏剧魂——田汉评传》,北京:中央文献出版社,1998年。

鲁迅,《鲁迅全集》(第5卷),北京:人民文学出版社,1981年。

鲁迅,《鲁迅全集》(第6卷),北京:人民文学出版社,1981年。

鲁迅,《鲁迅全集》(第10卷),北京:人民文学出版社,1981年。

鲁迅,《中国小说史略》,上海:上海古籍出版社,2004年。

陆谷孙,《莎士比亚专辑》,上海:复旦大学出版社,1984年。

马威,《戏剧语言》,石家庄:河北人民出版社,1992年。

茅盾,《莎士比亚与现实主义》,《文史》,1934年第1期第3卷,第81—83页。

茅盾,《西洋文学通论》,南京:江艺文艺出版社,2001年。

孟宪强,《中国莎学简史》,长春:东北师范大学出版社,1994年。

秋涛,《介绍梁译莎翁名剧》,《文艺月刊》,1937年第10卷第4、5合刊,第236—327页。

[苏]S.狄纳莫夫著,魏猛克译,《学习莎士比亚》,《译文》,1935年第2卷第5期,第699—702页。

[英]莎士比亚著,[英]查尔斯·兰姆、玛丽·兰姆改写,萧乾译,《莎士比亚戏剧故事》,天津:天津人民出版社,2015年。

[英]莎士比亚著,北塔译,《哈姆雷特》,北京:中国少年儿童出版社,2003年。

[英]莎士比亚著,卞之琳译,《哈姆雷特》,北京:人民文学出版社,1956年。

[英]莎士比亚著,曹未风译,《汉姆莱特》,上海:文化合作股份有限公

司，1946年。
[英]莎士比亚著，方平译，《哈姆莱特》，上海：上海译文出版社，2016年。
[英]莎士比亚著，辜正坤译，《哈姆雷特》，北京：外语教学与研究出版社，2015年。
[英]莎士比亚著，黄国彬译注，《解读〈哈姆雷特〉——莎士比亚原著汉译及详注》，北京：清华大学出版社，2013年。
[英]莎士比亚著，梁实秋译，《莎士比亚全家·32·哈姆雷特》，北京：中国广播电视出版社，2001年。
[英]莎士比亚著，林同济译，《丹麦王子哈姆雷的悲剧》，北京：中国戏剧出版社，1982年。
[英]莎士比亚著，邵挺译，《天仇记》，上海：商务印书馆，1930年。
[英]莎士比亚著，孙大雨译，《罕秣莱德》，上海：上海译文出版社，1991年。
[英]莎士比亚著，田汉译，《哈孟雷特》，上海：中华书局，1922年。
[英]莎士比亚著，王宏印译，《哈姆雷特：英汉对照》，上海：上海外语教育出版社，2012年。
[英]莎士比亚著，周平译，《哈梦雷特》，上海：启明书局，1938年。
宋清如，《寄在信封里的灵魂——朱生豪书信集》，北京：东方出版社，1995年。
孙大雨，《孙大雨诗文集》，石家庄：河北教育出版社，1996年。
孙近仁、孙佳始，《耿介清正——孙大雨纪传》，太原：山西人民出版社，2000年。
孙毓修，《欧美小说丛谈》，上海：商务印书馆，1916年。
田本相，《中国现代比较戏剧史》，北京：文化艺术出版社，1993年。
田根胜，《近代戏剧的传承与开拓》，上海：上海三联书店，2005年。
田汉，《田汉全集》（第14卷·文论），石家庄：花山文艺出版社，2000年。
田汉，《田汉全集》（第16卷·文论），石家庄：花山文艺出版社，2000年。
田汉，《田汉全集》（第18卷·文论），石家庄：花山文艺出版社，2000年。

田汉,《田汉全集》(第19卷·译著),石家庄:花山文艺出版社,2000年。

田汉,《给郭沫若的信》,田寿昌、宗白华、郭沫若著,《三叶集》,上海:亚东图书馆,1920年。

田汉、欧阳予倩、夏衍等,《中国话剧运动五十年史料集》(第一辑),北京:中国戏剧出版社,1958年。

涂淦和,《简明莎士比亚辞典》,北京:农村读物出版社,1990年。

王尔敏,《晚清政治思想史论》,桂林:广西师范大学出版社,2005年。

王行之,《老舍论剧》,北京:中国戏剧出版社,1981年。

王佐良,《莎士比亚绪论》,重庆:重庆出版社,1991年。

翁显良,《意态由来画不成?——文学翻译丛谈》,北京:中国对外翻译出版公司,1983年。

吴洁敏、朱宏达,《朱生豪传》,上海:上海外语教育出版社,1990年。

奚永吉,《莎士比亚翻译比较美学》,上海外语教育出版社,2007年。

肖曼琼,《翻译家卞之琳研究》,湖南师范大学博士论文,2010年。

谢天振、查明建,《中国现代翻译文学史(1898—1949)》,上海:上海外语教育出版社,2004年。

谢旭升,《翻译的政治性与有效性》,《翻译界》,2018年第2期,第1—3页。

邢光祖,《论翻译莎士比亚》,《红茶》,1938年第3期,第34页。

徐念慈(觉我),《余之小说观》,《小说林》,1907年第10期,第9—15页。

严复,《天演论》,北京:商务印书馆,1981年。

严晓江,《梁实秋中庸翻译观研究》,上海:上海译文出版社,2007年。

杨克敏,《图景·误读·范式——从孙毓修的〈欧美小说丛谈〉谈起》,《中国比较文学》,2014年第3期,第132—144页。

叶易,《中国近代文艺思想论稿》,上海:复旦大学出版社,1985年。

余上沅,《翻译莎士比亚》,《新月》,1932年第3卷第5—6期,第6—12页。

张德让,《重构·体验·融合——文学翻译的诠释学视界》,《解放军外国语学院学报》,2005年第2期,第67—70页、100页。

张江裁,《燕都名伶传》,张次溪编,《清代燕都梨园史料》(下),北京:

中国戏剧出版社，1988年。

张佩瑶，《从‘软实力’的角度自我剖析〈中国翻译话语英译选集（上册）：从最早期到佛典翻译〉的选、译、评、注》，《中国翻译》，2007年第6期，第36—41页。

张铁夫、王田葵，《外国文学史》（修订版），湘潭：湘潭大学出版社，2011年。

郑振铎，《郑振铎全集》（第11卷），石家庄：花山文艺出版社，1998年。

中国莎士比亚研究会，《莎士比亚研究》（创刊号、2、3、4集），杭州：浙江人民出版社，1983年—1986年。

周殿福，《楚辞魂——屈原辞译注图录》，长春：吉林人民出版社，2003年。

周领顺、强卉，《“厚译”究竟有多厚？——西方翻译理论批评与反思之一》，《外语与外语教学》，2016年第6期，第103—112页。

周宁、金元浦译，《接受美学与接受理论》，沈阳：辽宁人民出版社，1987年。

周越然，《莎士比亚》，上海：商务印书馆，1929年。

周兆祥，《汉译〈哈姆雷特〉研究》，香港：香港中文大学出版社，1981年。

周作人，《翻译文学书的讨论》，《小说月报》，1921年第12卷第2期，第109—110页。

邹振环，《译林旧踪》，南昌：江西教育出版社，2000年。

朱安博，《朱生豪的文学翻译研究》，北京：国防工业出版社，2014年。

朱宏达，《朱生豪的诗学研究和译莎实践》，《杭州大学学报》，1993年第3期，第89—95页。

朱生豪，《〈莎士比亚戏剧全集〉译者自序》，罗新璋编，《翻译论集》，北京：商务印书馆，1984年。

朱维之、赵澧，《外国文学史》（欧美部分），南开：南开大学出版社，1985年。

［日］樽本照雄著，李艳丽译，《林纾冤案事件簿》，北京：商务印书馆，2018年。

后　记

《〈哈姆雷特〉百年汉译史研究》要付梓了，这本书是在国家社科基金青年项目成果的基础上修改完成的。莎士比亚其人及其作品在中国家喻户晓，也一直是学术界研究的热点，而代表作《哈姆雷特》更是深入人心，拥有近20个汉译本。相较于对莎士比亚作品展开的学术研究，国内对其作品翻译的研究要逊色很多。我对《哈姆雷特》汉译研究的兴趣从硕士阶段就已经产生，至今丝毫未减。本书的出版是对我学术道路上前一阶段的总结，也是下一阶段的开始。由于个人学术根底尚浅，书中存有不足之处，敬请方家批评指正。

本书即将付梓，特别感谢安徽师范大学外国语学院诸位领导对我的大力扶持，尤其是张德让教授、张孝荣教授和蔡静教授，他们不仅给我很多精神上的鼓励，更对本书提出了许多高屋建瓴的专业性建议和意见，大到主题立意、框架结构，小到语言错误，都给予了非常细致的指导；特别感谢安徽师范大学科研处的戴忠朝老师，在他的鼓励和帮助下，我得以顺利结项；感谢安徽师范大学出版社汪碧颖老师为本书出版所做的不懈努力和辛勤付出；感谢我的同事兼闺蜜们，她们不仅在生活上鼓励我，还与我共同探讨，为本书提供了很多宝贵意见，尤其是管玲玲老师，她在南京大学鼓楼校区图书馆为我借书，并将只能在馆阅览的过刊拍了千余张照片，为我提供了非常珍贵的资料；还要感谢我的家人，是他们无私的爱与奉献让我全身心投入到本书的写作中来。要感谢的人还有很多，无法一一列出，在此，谨向所有关心帮助过我的诸位良师益友表示由衷的敬意与诚挚的谢忱！

吴　颖

2021年10月